スタティウス

テーバイ物語 1

西洋古典叢書

凡　例

一、本書はスタティウス『テーバイ物語』全一二歌の翻訳であり、1に第一―六歌、2に第七―十二歌を収める。

二、翻訳にあたっては、Hall, J. B., Ritchie, A. L. and Edwards, M. J.（eds., trs.）(2007-08), *P. Papinius Statius: Thebaid and Achilleid* I: Texts and Critical apparatus. II: Translations（Newcastle）を参考にしつつ、基本的には Shackleton Bailey, D. R.（ed., tr.）(2003), *Statius*, II: *Thebaid*, Books 1-7. III: *Thebaid*, Books 8-12, *Achilleid*（Cambridge, MA）に依拠した。

三、原文はヘクサメトロスの韻律で書かれており、可能な範囲で行ごとに対応するように訳出した。訳文欄外下部の漢数字は行番号を示す。

四、固有名詞は原則としてラテン語形で統一した。ただし、慣例に従ったものもいくつかあり、また訳註および解説で参照されるギリシア語作品に関わる固有名詞はこのかぎりではない。

五、ラテン語固有名詞のカナ表記は次の原則に従った。なお、巻末に「固有名詞索引」を付し、簡単な説明とともに原綴りを記した。

(1) ph, th, ch は p, t, c と同音に扱う。
(2) cc, pp, tt は「ッ」音で表わす。ただし、ll, rr は「ッ」を省く。
(3) 固有名詞の母音の音引きは原則として省略する。

目次

第一分冊梗概

第一歌

オエディプスの呪い。ポリュニケスがアルゴスに亡命する

詩神への賛歌。テーバエの王宮の奥深くで、オエディプスは自分を虐げている二人の息子たち（エテオクレスとポリュニケス）を呪う。この呪いは復讐の女神ティシポネに聞き入れられ、兄弟の間に不和が生じ、籤引《くじび》きの結果エテオクレスがテーバエの王位に一年間つき、その間ポリュニケスは故国から追われることになる。天界ではユピテルが、ユノら他の神々の反対を退けて、オエディプスの呪いを成就することを約束し、冥界からオエディプスの父ライウスの亡霊を召喚するよう命じる。一方ポリュニケスは嵐の中アルゴスの王宮の門前に辿り着く。たまたまそこに来合わせたテュデウスと争いになるが、すぐに二人ともアドラストゥス王に迎え入れられる。王はこの二人を、ポエブス神の託宣によって定められた娘婿と確信してもてなし、ポエブスを讃えてかつてテーバエを救った英雄の神話を物語り、神に賛歌を捧げる。

第二歌

アルゴスの婚礼。テュデウスが使節としてテーバエに赴《おもむ》く。テーバエ軍の闇討ち

ユピテルの命に従ってメルクリウスはライウスの亡霊を冥界からテーバエに連れて行く。ライウスは眠っているエテオクレスのもとに訪れ、ポリュニケスがアルゴス王の婿となったことを告げ、戦《いくさ》に駆り立てる。アルゴスでは、ポリュニケスとテュデウスがアドラストゥスの娘たちと婚礼を挙げるが、不吉な兆《きざ》しが現われる。とりわけポリュニケスが花嫁アルギアに与えたハルモニアの首飾りは、後に予言者アンピアラウスの家族の悲劇の原因となる。婚礼の後、テーバエの王位を激しく求めるポリュニケスの代わりに、テュデウスが使節としてテーバエへ向かう。しかしエテオクレスは王位を譲ることを拒否したのみならず、怒ってアルゴスに戻るテュデウスを集団で闇討ちにすることを企む。だが五十人の勇士もテュデウスの敵ではなく、マエオン一人を除いて皆殺しにされる。テュデウスはマエオンにテーバエへ戻って結果を伝えるように命じ、パラス女神に祈りを捧げる。

第三歌

戦争への準備。不吉な前兆

エテオクレスのもとにマエオンが戻り、アルゴス勢の敗北を告げ、エテオクレスの非道を非難する。マエオンが自死した後、アルゴス人たちは殺戮された者たちを悼んで火葬にする。天界ではユピテルが戦神マルスに命じて戦《いくさ》をかきたてようとするが、女神ウェヌスが涙ながらにマルスを止めようとする。一方テュデウスはアルゴスに戻り、テーバエとの戦いを強く主張する。迷ったアドラストゥス王は予言者アンピアラウスらに神託を求めるように命じる。するとアンピアラウス自身の死を含めて不吉な前兆しか現われない。しかしアルゴス人らは戦意にとりつかれており、神々を畏れないカパネウスは予言者を罵る。アルギアは悩みつつも父アドラストゥスに夫ポリュニケスへの支援を願い、父は娘の気持ちを受け入れ慰める。

第四歌

出陣。アルゴス軍のカタログ。ヒュプシピュレとの出会い

アルゴス軍は出陣し、テーバエを攻めに行く七人の王たちの軍勢が列挙される。アルゴスの柔和な王アドラストゥス、祖国の王位を求めるポリュニケス、その義兄弟であるテュデウス、勇猛なヒッポメドン、神をも畏れぬカパネウス、妻に裏切られて参戦した予言者アンピアラウス、そしてまだ戦いに未熟な少年パルテノパエウスも母アタランテの反対を押し切って加わっている。一方テーバエでは、エテオクレスに請われて予言者ティレシアスが冥府から死者を召喚し、呼び出されたライウスの亡霊は謎めいた言葉で戦争の行く末を予言する。テーバエを愛するバックス神は、アルゴス軍の進軍をとどめようとして水を干上がらせて乾きで苦しめる。そこへ落魄《らくはく》した姿のレムノスの女王ヒュプシピュレが幼児を抱いて現われる。女王は今は女奴隷の身でリュクルグス王の幼い息子の乳母となっていた。彼女は幼児を野に寝かせて、ただ一つ水の流れている川へとアルゴス軍を案内する。

第五歌

ヒュプシピュレの物語。幼児アルケモルスの死

アルゴス軍に請われてヒュプシピュレはレムノス島での身の上話を物語る。女神ウェヌスの呪いによって、レムノスの女たちは男たちを皆殺しにする。王の娘ヒュプシピュレだけは、バックス神の助けを得て父親を救い出して島外に逃がす。男がいなくなった島にアルゴ号が漂着し、イアソンに率いられた英雄たちは、後悔した女たちに受け入れられる。女王となっていたヒュプシピュレもイアソンと結婚し、双子の母となる。しかし女たちを置いてアルゴ号は出帆してしまい、残されたヒュプシピュレは海賊に捕えられて奴隷としてリュクルグス王のもと

に売られて来たのだった。そのような身の上話をしている間に、ヒュプシピュレが乳母として世話をしていた幼児アルケモルスは、大蛇の一撃で惨殺されてしまう。その報せを聞いた父親リュクルグスはヒュプシピュレを殺そうとし、人々の間に怒りが渦巻く。しかし、ヒュプシピュレの双子の息子たちが生き別れになっていた母との再会を果たして喜びに湧く。予言者アンピアラウスは人々の怒りを宥《なだ》め、亡き幼児を神として祀るように言ってポエブス神を讃える。

第六歌

アルケモルスの葬送競技

幼児アルケモルスのために壮麗な葬儀が営まれる。母エウリュディケも父リュクルグスも悲嘆の声を上げる。葬儀の後、幼児の死を記念して競技が行なわれ、アルゴス軍の七人の王たちが参戦する。戦車競技にポリュニケスが参加するが神馬に振り落とされてしまい、予言者アンピアラウスがポエブス神の加護を得て優勝する。徒競走では少年パルテノパエウスが、一度は風になびく金髪を他の走者に摑まれて勝利を奪われたが、競争をやり直して優勝を手に入れる。円盤投げではヒッポメドンが怪力と慎重さとを見せて優勝する。拳闘ではカパネウスが獰猛な強さを見せるが、ポルクス神に愛されている少年に事実上敗れる。テュデウスは格闘技で、自分より巨大な体躯の相手を打ち負かす。ポリュニケスは真剣での勝負に挑もうとするが止められる。最後にアドラストゥス王が矢を射るが、その矢は的に当たった後に王自身の箙《えびら》に飛んで戻ってしまう。それは、アルゴス軍の七人の王たちのうちアドラストゥスだけがテーバエから逃げ戻るという運命の予兆であった。

テーバイ物語 1

山田哲子 訳

第一歌

兄弟同士の争いを、年ごとに交換されるべき王権の
おぞましい憎悪ゆえの争奪を、罪深きテーバエを歌うようにと
詩神《ピエリア》の焔《ほのお》が我が心を満たす。女神よ、どこから歌い始めるようにと命じ
　られましょうや。
恐るべき一族の、そもそもの原初《はじまり》より歌い始めるべきでしょうか、
フェニキアで拐《かどわ》かされたエウロペ、その父アゲノル王の情け容赦のない
　命令と、
それに従って海の彼方へも妹を探し求めたカドムスの物語（1）から？
あまりにも長く遡ることになってしまいましょう、もし、マルスの竜を殺
　したカドムスが怯えた農夫となって、
罪深い鋤《すき》でその竜の歯を蒔き、テーバエの祖となる戦士らを芽生えさせた
　顛末《てんまつ》（2）を
私が開陳《かいちん》し、さらにその先を語り続けるならば。また、いかなる楽の音《ね》を
響かせて

五

（1）テーバエの建国神話。フェニキアの王女エウロペは、牡牛に姿を変えたユピテルに攫われる。父アゲノルは、娘を見つけるまで戻ってきてはならないと命令して息子のカドムスを探索に送り出す。このカドムスがテーバエ建国の祖となる。

（2）妹を探索するカドムスは、アポロの神託に従ってテーバエに都を築くことになる。その時、マルスの子である竜を退治し、その歯を地面に蒔くと、武装した男たちが生えてきて互いに戦いを始めた。この戦いに生き残った者たちがカドムスに従ってテーバエを建国し、「蒔かれた者たち（スパルトエ）」と呼ばれるようになった。

（3）テーバエの城壁は、アンピオンの奏でる竪琴の音に合わせて、岩がひとりでに積み上がっ

アンピオンがテーバエの岩を、その城壁として積み上げたか、(3)
何ゆえにバックスが、血を分けたこの都《みやこ》に、かくも重き怒りを下されたのか、(4)
過酷なユノがセメレに仕掛けた罠がいかなるものであったか、(5)哀れなアタマスは誰に向けて
その弓を引いたのか、(6)何故イオニアの海の深みへと、恐れることもなく
パラエモンを抱きしめて、母イノは真っ逆さまに飛び込んだのか(7)——
しかし今は、カドムスの悲しみや喜びについては語ることなく
通り過ぎることにいたしましょう。我が叙事詩の境《さかい》は
オエディプスの紊《みだ》れた一族までに留めておきましょう。また、いかにして我らイタリアの軍旗が
極北の地で勝利をおさめたか(8)を歌い上げることも、私の力には余りましょう。
二度もラインの流れを、二度もダニューブ河の民を、法の軛《くびき》に屈服させ、
ダキアの謀反人どもを山から追い落としたことを、(9)
さらには、まだ成年に達するや否やの若い身空におわしながらも
ユピテルの神殿を戦火より防がれた上に、(10)老成された父君ウェスパシアヌ

た。

(4)バックスは、カドムスの娘セメレとユピテルの間に生まれた神。カドムスの孫ペンテウス王はこの神を信奉することを拒んだため、バックスに狂わされた母アガウェらの手によって惨殺される。

(5)ユピテルはセメレのもとに人間の姿をとって通っていたが、ユノは正体を隠してセメレに近づき、本当に相手がユピテルかどうか確かめるようにと唆《そそのか》す。欺《あざむ》かれたセメレはユピテルに、神としての姿を見せてくれるようにと迫る。やむなくユピテルが本来の姿を顕わすと、その身に帯びた雷電に打たれてセメレは焼け死んでしまう。

(6)アタマスは、カドムスの娘イノを妻としたが、このイノがセメレの子として産まれたバッ

スの始められた業績を
引き継がれたことを――おお皇帝ドミティアヌスよ、ローマの名声にさら
なる栄誉を増したもう。
その支配の永遠《とこしえ》たらんことは、ローマ自らが欲しているのです。たとえ天
が陛下を招こうとして
狭すぎる領域がすべての星々を追いやり、夜空の輝かしい広がりの中でも
とりわけ
雨をもたらす昴星《プレイアデス》や北風からも、すべてを呑み込む雷からも悩まされる
ことのない場所に
陛下を誘《いざな》ったとしても、またたとえ、焔《ほのお》の脚で駆ける馬を御する太陽神
が、御自《おんみずか》ら
輝きを放つ冠を高々と、陛下の髪に飾らせようとも、
あるいはユピテルが、大空の領域をご自分と同等の広さまでもお譲りにな
られたとしても、
どうか陛下は、人間界の支配の方をお選びになり、
海と陸との覇権を手中にされて、星々はご辞退なされますように。
いずれその時は来るでしょう、より強く詩神の霊感に突き動かされて、

クスを養育したために、ユノの怒りを買う。ユノはアタマスを狂わせて、息子たちを殺そうとする。

(7)夫アタマスが狂乱して我が子を殺そうとしたために、イノは息子メリケルテスを抱きしめたまま海に身を投じる。後にこの母子は、レウコテア、パラエモンと呼ばれる神になり、船の守り神として崇められた。

(8)時の皇帝ドミティアヌスは八三年にゲルマン人のカッティ族と戦った。

(9)ドミティアヌスは八六年と八八年にダニューブ河流域のダキア人と戦った。

(10)六九年の内乱の時、ウィテリウスに追われてドミティアヌスはカピトリウムのユピテル神殿に逃げ込んだ。

陛下の勲《いさおし》を私が歌うことのできる時が。けれど今は、我が竪琴の弦《いと》は
　テーバエの戦《いくさ》を語るべく張られております。
一対《ふたり》の暴君の間で争われた、死を招く王杓を、
死の後《のち》も尽きることを知らない憎悪を、火葬壇の諍《いさか》いによって再び燃え
　上がる炎を(1)、
墳墓を築かれることなく横たわる王たちの骸《むくろ》を、
攻める側も攻められる側も双方の戦死者で空になった都《みやこ》を、
アルゴス軍の血で紅に染め抜かれた、青鈍色《あおにび》のディルケの流れを、
また普段ならば乾ききった両岸の間を流れるイスメノス河が
山なす死体を押し流し、海《テテュス》を慄《おのの》かせたことを。
いずれの英雄から、まず語り始めましょうか、女神クリオ(2)よ？　怒りの
　限界《わきまえ》を知らぬテュデウスでしょうか？
それとも、月桂樹の葉を戴《いただ》くアポロの神官を呑み込んだ、突如口を開い
　た大地の裂け目を？
死体の山を築いて河を敵に回した狂えるヒッポメドンも、私の心を駆り立
　てていますし、
怖いもの知らずのアルカディアの少年の戦いも悼まれるべきですし、

（1）第十二歌四二九から四四六行参照。
（2）詩の女神の一人で、特に歴史を司る。

さらには、他のどんな狂行に比べるべくもないカパネウスが歌われるべきでしょう――
さて今や、忌むべき眼球を罪深い右手で抉《えぐ》り出し
永劫の闇の中に、呪わしいその恥辱の身を沈めて、
オエディプスは緩慢な死の内に生を引き伸ばしていた。
館《やかた》の奥の暗がりに身を潜め
天の光に触れることのない住処《すみか》に籠《こも》っていながらも、
なおも途切れることのない羽ばたきのように
その魂の荒々しい輝きが、周囲に漂っている。そして胸には、罪を憎む復讐の思い。
未《いま》だ血の滴《したた》る空の眼窩《がんか》を、生き延びるという惨めな罰の徴《しるし》として
天に示し、また、血塗られた手で
虚《うつ》ろな大地を叩き、激しい声でこう祈る。
「おお、罪人どもの亡霊と劫罰ひしめく冥府とを支配したもう神々よ、
また、影深い深淵に流れる鉛色した――私にはそれが見えている――冥界の河《ステュクス》よ、
今までにも幾度となく呼び慣れた復讐の女神ティシポネよ、

(1)オエディプスは産まれた時に「父を殺し母と結婚するであろう」という神託を受け、実の親から捨てられる。その時にくるぶしを黄金のピンで突き刺された。
(2)親に捨てられたオエディプスはコリントスの王ポリュブスに拾われて育てられる。しかし自分の生まれに疑問を抱いたオエディプスは、アポロの神託を伺いに行く。
(3)オエディプスの実の父ライ

肯《うべな》いたまえ、そして聞き届けたまえ、この歪んだ祈願を。
もし、いささかなりと私がそなたの意に適《かな》うことをしたならば。母から生
　まれ落ちるその時に私は
汝の懐《ふところ》に抱かれ、踝《くるぶし》を傷で穿たれた時も汝に支えられたのだから。(1)
また、パルナソス山の二重の峰の間から流れ出すアポロの淵に
神託を求めてかつて私が訪ね——その時には私は
偽りの親であるポリュブスに満足して時を過ごしていられたのに(2)——
そしてポキスの三叉路で老齢の王と諍《いさか》い、その震える老いた顔を、
父を探していたにもかかわらず、斬ったのだ。(3) 無敵のスフィンクスの謎を
小賢しくも私が解いたのも、汝の加護あればこそ。(4)
またあの甘美な狂気、母との嘆かわしい同衾《どうきん》へと
それと知らずに歓んで踏み込み、忌まわしい夜を幾度となく過ごし、
息子たちを汝のために——わかっておいでのはずだ——生み出したのだ。(5)
それから真実を知るや罰を望んで、鉤爪に自ら進んで我が身を突き刺し、
眼を哀れな母に残したのだ。(6)
聞き届けたまえ、もし私の願いが相応《ふさわ》しいものであるならば。汝自身が狂
　える私を

ウス。三叉路で諍《いさか》いを起こし、オエディプスはそれと知らずに自分の父を殺す。

(4) 女面獣身の怪物スフィンクスがテーバエの若者を次々と殺していた時、通りかかったオエディプスはスフィンクスの出した謎を解いて打ち負かす。この功績によってオエディプスはテーバエの王妃であった実の母イオカスタと結婚して王位を継ぐ。

(5) オエディプスはそれと知らずに実の母イオカスタと結婚し、子供をもうける。このうち二人の息子ポリュニケスとエテオクレスが、テーバエの王位を巡って争い合う。

(6) 真実を知ったオエディプスは自らの目を抉《えぐ》り出す。その時イオカスタも自殺したという伝承もある。

焚き付けているならば。視力を奪われ王権を失った私を、
あの息子たちは、導くこともせず言葉で嘆きを和らげようともしない。
どんな床《とこ》であれ、この私が生んだのだ。それどころかどうだ、あいつらは驕《おご》りたかぶり
――おお何という苦しみ！――もはや私は死んだものとばかりに王となり、
我が盲目を侮《あなど》り、父の呻きを厭《いと》わしく思っている。
この息子たちにとってさえ、私は穢《けが》らわしい者なのか？　これを神々の父ユピテルも
無為に眺めておられるのか？　せめてそなただけは、復讐の女神に相応《ふさわ》しく
ここへ来て、子供ら全員に罰を与えるがよい。
血に濡れた王冠を戴《いただ》かせよ。かつて私が血染めの爪で
奪い取った王冠を。父の祈りに駆り立てられて
行け、兄弟の間に。血縁の絆を剣で断ち切れ。
冥府の深淵の女王よ、我に許したまえ、
その罪を見たいと私が欲することを。また遅れることなく息子たちの心も続くがよい。

来《きた》れ復讐の女神よ、奴らが真《まこと》に私の子であることを知るがよい」。
　このような言葉の方へと、残忍な女神ティシポネは
険《けわ》しい面《おもて》を転じた。折しも女神は
冥界を流れる陰鬱なコキュトスの河の畔《ほとり》にうずくまり、頭から蛇の髪を
　解き放ち
硫黄の流れを舐めるに任せていた所であった。
直ちに女神は、雷神《ユピテル》の稲妻よりも、星の流れるよりも速く
昏《くら》い岸辺を飛び立った。かたちなき霊の集まりは散り散りになり、
女主人の面前を恐れて引きさがる。女神は、影を抜けて
亡霊どもの群《むれ》で煙る冥界の野を抜けて、
タエナルス(1)の地にある、人間《ひと》には戻ることの許されない門口を目指す。
女神が近づいてくるのを、「昼」は感じた。瀝青のような雲を纏《まと》った「夜」
　が立ちはだかり
きらめく太陽の馬車を怯えさせた。遠くで天を支えて聳《そび》え立つアトラス(2)も
　震撼し、
ぐらつく肩から重荷を振り落とした。
速やかに女神はマレアの谷から地上に登り

(1) ペロポネソス半島南端の地。冥界への入り口があると信じられていた。
(2) アフリカ北西部の高峰、または天を支える巨人の名。

通い慣れたテーバエへの道を急ぐ。これほど迅速に行き来する道は他にはなく、
生まれ故郷の地獄以上になつかしい地であったのだ。
百もの蛇が角《つの》ある鎌首をもたげて、女神の顔に陰を落としていた。
それでも恐るべき蛇髪の半分以下でしかない。その中に落ち窪んだ眼には
鋼《はがね》のきらめきが宿っている。あたかも、テッサリアの魔女の術で蝕にされた月が
影の中で赤く光っているように――毒が漲《みなぎ》る膚《はだ》は張りつめ
膿で膨《ふく》れ上がっている。燃え盛る瘴気《しょうき》が黒い口にあり、
そこから果てしない旱魃《かんばつ》、疫病、飢餓、
また何者も見逃すことのない死が吐き出される。背中には荒布の衣がへばりつき、
青鈍色《あおにび》の結び目が胸の方に回されている。
運命を司るアトロポスと冥府の女王プロセルピナ自らが、この装いを新たにしている。
怒りが女神の双の腕を震わせる。一方の腕には葬儀の炎が輝き、
もう一方の腕は、生きた蝮で空を鞭打つ。

キタエロンの峻嶺《しゅんれい》が天に達するその場所で、女神は立ち止まると、
蛇髪のたてるしゅうしゅうという舌鳴りがさらに高まり
全地へ向けての合図となる。それに応えてアカエアの海のすべての岸辺、
ペロプスの王国なるアルゴスが、こだまを返す。
天への高みの半ばに達するパルナソス山も、荒々しいエウロタス河もそれを聞いた。
轟《とどろ》きがオエタ山の横腹を撃って尾根をぐらつかせた。
イストモス地峡は両岸からの波濤にほとんど堪《た》えられなかった。
海の女神イノも、弓なりの海豚《いるか》に乗って彷徨《さまよ》う我が子パラエモン(1)を、
その手綱から引き離し、おのが懐《ふところ》に抱きしめた。
そしてカドムスの血を引くテーバエの王宮に女神がまっしぐらに舞い降りて
慣れ親しんだ雲で館《やかた》に穢《けが》れをもたらすや否や、
二人の兄弟、エテオクレスとポリュニケスの胸の内に、直ちに動揺が掻き立てられ、
一族ゆかりの狂気が心に忍び込んだ。さらに、幸せな者たちに対する妬みという病い、

(1)六頁註（7）参照。

また、憎しみを生み出す恐怖、
そして権力への狂おしい欲望や、互いの信義の破棄、
次席の地位では耐え切れない野心、そして何よりも甘美に思える、至高の
　地位の独占、
王国を分かち合うことにはつきものの不和などが、二人の心に忍び込む。
あたかも、気性の荒い家畜の中から選び出された二頭の若牛を、
農夫が無理やり一つの鋤《すき》に繋ぎとめると、
牛の方は、まだ使役に慣れておらず
筋骨逞《たくま》しい肩まで誇り高い頭を下げられたことがなかったために怒り、
それぞれ別の方へ引っ張って、等しい力で縄目を緩《ゆる》め、
あちらこちらへと畔溝《あぜみぞ》を散らばしてしまうように――
そのように、抑えのきかない兄弟たち、ポリュニケスとエテオクレスを、
　不和が激しく駆り立てる。
双方の取り決めによって、一年ごとに交替に、一方が国を治め、
もう一方が国を追われることとなった。この悪意ある取り決めによって、
互いの幸運が入れ替わるようになっている。すなわち、王笏を持つ者を
常に次の後継者が、約束の期限が迫っていると悩ますのだ。

これが、兄弟の間にあった信義であった。これだけが戦いを遅らせていた。
だが、次の王位交替までは続くまい。
この時代にはまだ、硬い金属で飾られた黄金《こがね》色の天井もなく、
庇護民がひしめく宏大な広間を支えて
ギリシア産の大理石の柱が輝いているわけでもなかった。
王たちの不安な眠りのために寝ずの番をする槍もなく、
交替に警備の重荷にあえぐ見張りもなく、
宝玉を酒の器に供する気遣いもなければ、
黄金を食物で損なうこともなかった。ただ、剝き出しの力だけが
兄弟たちを武装させたのだ。戦いは、貧しい王国をかけてのものだった。
乏しいディルケの河の畔《ほとり》の荒れた土地を
耕すのはどちらか、フェニキアからの逃亡者カドムス(1)の王座にすぎない地
　位に
勝鬨《かちどき》をあげるのはどちらか、などと争っている間に、法も正義も善も
生と死に対する廉恥心さえも滅びてしまったのだ。一体どこまで怒りを募
　らせるのか、
ああ哀れな者たちよ。かくも大きな罪のためにもし天の両極までもが求め

(1)四頁註(1)参照。

　られたならば
どんなことになるというのか。太陽が、暁の門より上《のぼ》る時に眺めやる極と、
西の彼方の港に沈む折に見る極との双方が、
あるいは遠く傾いて太陽が触れるさいはて
極北の凍てつく地と、湿った南風でぬくめられる地との両極までもが求め
　られたならば？
もしトロイアやカルタゴの富が一人の男のもとに
積み上げられたらどうなろうか？　この荒れた土地、罪に穢《けが》れた城砦が
憎悪に価したのだ。恐るべき狂気によって贖《あがな》われたのは
オエディプスの後を襲うことであったのだ。
　　　　　　　　　　　　　　かくて籤《くじ》運つたなくポリュニ
　ケスの支配は
次年に回されることとなった。傲れる君主となったエテオクレスよ、お前
　にとって
それは何という日であったことか、他に主のない大広間にただ一人、
すべての法を手中にし、すべての者が自分より低い身分であり
肩を並べる者がどこにもいない有様を見渡した時には？

だが密やかな呟きが、テーバエの民の間に忍び込む。民衆は口には出さないが
元首から離れていく。そして、民の常であるが、今ここにいない者が待望される。
そしてある者が――下賤の身で毒ある舌で傷つけることを何よりの目的とし、
押しつけられた支配者の軛《くびき》を
進んで耐えようなどとはしない者が言う。「我らテーバエの民に苛酷な運命は
今度はこのような巡り合わせをもたらしたのか。恐れる相手を幾度も変え
次々と入れ替わる支配の軛《くびき》に、不安な首を繋ぐのか？
民の運命は、支配者たちの間でもてあそばれ、
武力の前では吹けば飛ぶようなものだ。入れ替わり立ち替わり亡命から戻る支配者に
奴隷として与えられるのだろうか？　おお、神々と多くの国々の祖であるユピテルよ、
ポリュニケスとエテオクレスの兄弟をこのようにさせたのはあなたなので

　すか。
それともあの時から、テーバエの古い凶兆はなおも続いているのだろうか、
フェニキアの王女エウロペを背に乗せ無体《むたい》にも連れ去った牡牛を追って
エーゲ海を捜し出すことを命じられたカドムスが、
ボエオティアの地を通り、亡命者として王国を打ち立てて、(1)
それから、豊かな大地が口を開いて生み出した兄弟同士の争い(2)を
後の子孫への予兆として伝えた、その時から今に至るまで？
見るがよい、何と険《けわ》しい眉をして傲然と反《そ》り返っていることか、
力を共有する者を追い払い、ますます酷薄な権力と化して。
何と威嚇的な表情か、何と尊大に皆を圧迫することか。
この男はもはや私人とはならないつもりなのだろうか？　ポリュニケス様
　ならば
嘆願する者に対しては優しく、その言葉は善く、正義についてもより寛
容——
いや、それに何の不思議があろうか？　あの時には独裁者ではなかったの
　だから。
我ら、あらゆる災難に曝《さら》される無力な群《むれ》は、主人が誰であっても従うしか

（1）四頁註（1）参照。
（2）カドムスの蒔いた竜の歯から生まれた者たち。竜を種とし母なる大地から生まれた者たちなので、兄弟と呼ぶ。四頁註（2）参照。

　ない。
ちょうど、こちらからは凍てつく北風が、あちらからは黒雲の東風が
帆を引っ張り、その間で船の運命は揺らぐように――
ああ、どちらともつかぬ恐れに吊り下げられた、いかなる民にも堪《た》えがた
　い苛酷な運命よ！
一方が支配するかと思うと、他方が攻撃をかけてくるとは」。
　さてユピテルの命により、巡る天球の宮殿には
選ばれた階層の神々が、会議に参集してきた。
そこは空の中枢部であり、あらゆるものから等しく隔たりがある。
夜明けの門からも、日没の門からも、また天《あま》が下《した》に広がるあらゆる大地と
　海原からも。
神々の居並ぶ中を、ひときわ高くユピテルは歩を進める。
穏やかな貌《かお》でありながら、すべてのものを畏怖させつつ、
星の玉座に着席する。それに続いてすぐ座ろうなどとは
天上の神々といえども憚《はばか》られる。御父自ら着座の許しを
鷹揚な手振りで与えるまでは。続いて、軽やかに宙を翔《か》ける半神の群《むれ》が、
空高い雲の身内である水神たちが、

畏《おそ》れに抑えられて唸《うな》りを控えている風の神たちが、
黄金《こがね》色の宮殿を満たして行く。諸々の神々の威光が合わさって
丸天井を轟《とどろ》かせ、破風《はふ》は清澄な輝きを放ち
神秘的な光に門扉は華やぐ。
静粛が命じられ、世界が恐れ戦《おのの》き沈黙すると、
高みよりユピテルが語り始める。荘重な、動かしがたい権威が
その聖なる声には備わっており、運命もその言葉に従う。
「地上にはびこる罪過《あやまち》を、復讐《ディラエ》の女神たちさえも飽かすことのない
人間どもの性状を、余は憂《うれ》える。一体どこまで罪人どもを
罰しておればすむというのか。稲妻で打ち倒すことにも倦《う》み、
もはや雷電を鍛えるキュクロプス[1]の腕も疲れ果て、
ウルカヌスの鍛冶場も火を使い尽くしてしまったほどだ。
それのみならず、日輪の馬車が偽りの御者のために
暴走するなどということにも耐えたのだ。よろめく車輪が天を燃え上がら
　　せ、
地上にパエトンの燃え滓《かす》[2]がこびりついた時のことだ。
すべて無駄なことであった。兄弟ネプトゥヌスよ、そなたが力強い槍を用

(1) 大地から生まれた巨人。ユピテルの雷霆を鍛える。
(2) 太陽神が人間の女に生ませた息子パエトンは、父のものである日輪の馬車を駆ることを求めて許される。しかし神馬の力を制御することができずに暴走させてしまい、ユピテルに雷電で撃たれて死ぬ。

いて
海を際限なくどこまでも溢れさせることを許したことも、(3) 益ないことだ。
それゆえ此度《こたび》は、二つの王家を罰することにした。どちらの家も、
他ならぬ余の血筋を始祖より引いておる。一方は、ペルセウスを通じてア
ルゴス王家に分かれており、(4)
もう一方は、ボエオティア地方のテーバエへと、余を源泉として流れ込む。
どちらも性根は変わらない。誰か知らぬ者があろうか、
カドムスの殺戮を。(5) 幾度となく冥府の座から呼び起こされて
復讐の女神たちが駆り立てた戦いを。母たちの 邪《よこしま》な 歓《よろこ》びを、
森の蔭《かげ》での獣じみた徘徊を、(6) 口にするのも憚《はばか》られる
神々への罪悪を。日を費やし、夜を徹したとても、到底
数え尽くすことは
叶うまい、この不敬なテーバエの 族《やから》の振舞《ふるま》いを。
然るに、かの罪深き末裔は父の閨《ねや》を襲い、
罪なき母の 懐《ふところ》を穢《けが》すことを求めて、
――おぞましい！――生まれの順序をさかしまにした。
だがこのオエディプスは、既に我らに永遠の罰で償いをつけている。

(3) 罪深い人間たちを滅ぼすために、海の神ネプトゥヌスは大地に大洪水をもたらした。

(4) ペルセウスは、アルゴスの王女ダナエとユピテルの間に生まれた英雄。

(5) カドムスがマルスの子である竜を殺したことか、その竜の歯から生え出した男たちが互いに殺し合ったこと。四頁註（2）参照。

(6) バックスを信じる女たちが狂乱状態で森の中を駆け巡ること。この狂乱の中でペンテウスは母アガウェらに引き裂かれて殺された。五頁註（4）参照。

陽の光を投げ捨て、もはや天の大気を享受することもない。
然るにその息子たちは——言語道断な行ない！——転げ落ちる父の眼球を
　踏み躙《にじ》ったのだ！
今や、今こそ、そなたの願いは聞き入れられたぞ
恐るべき老人よ！　そなたの盲目は、このユピテルを
報復者として仰ぐことを許されたのだ。この罪に穢《けが》れた王国に、
新たなる戦いを余は投げ入れよう。滅ぶべきこの一族すべてを、
根こそぎ覆《くつがえ》してくれよう。そしてこの戦《いくさ》の火種となるためには、
アルゴスの王アドラストゥスを舅として、神々に祝福されることなく
ポリュニケスとの縁組が結ばれるがよい。何故ならこのアルゴスの民もま
た、
神罰に打たれねばならぬからだ。この胸の奥深くには未《いま》だ、
タンタルスの欺《あざむ》きと、おぞましい饗宴の罪業の記憶(1)は、消え去ってはお
らぬゆえ」。
そのように全能の父なるユピテルは言った。しかし、その言葉にひどく
　傷つけられ
思いもよらなかった苦痛に燃える胸を滾《たぎ》らせつつ、

(1)タンタルスは神々を試そうと我が子ペロプスの肉を犠牲獣の肉と偽って神々に捧げた。

ユノ女神は応える。「私に言っておられるのですか、おお、神々のうちで
　も最も正しきお方よ、
私に、この戦いをせよとお命じなのですか。ご存知のはずです、私がどれ
ほど、
キュクロプスらの建てたあのアルゴスの城壁を、立派なポロネウス(2)の世に
　名高き王杓を、
武にも富にも恵まれるよう支えていたかを――そのアルゴスで貴方は恥じ
　ることもなく、
牝牛に姿を変えられたイオの見張り役アルグスを、
死の眠りで葬り去ったこともございましたが(3)。それに、黄金の雨となって、
　封印された塔に忍び込んだことも(4)――
いえ、妻を欺《あざむ》く情事のことは、よろしいでしょう。あのテーバエならば、
　私も好いてはおりませぬ。
あの都《みやこ》には、貴方が本来の姿を隠すことなく訪れて、神々の臥所《ふしど》の証《あかし》と
　して
雷電を身に帯び、妻のものであるユピテルの稲妻を炸裂させたのですから(5)。
テーバエは、その所業を償うがいい。ですが何故、アルゴスをその相手に

(2) アルゴスの祖イナクスの子。

(3) ユピテルは愛人イオを牝牛の姿に変えて妻の目を欺《あざむ》こうとした。ユノは夫の企みを見抜き、牝牛に変えられたイオを、百の目を持つ巨人アルグスに見張らせるが、この巨人はユピテルの使わしたメルクリウスによって眠らされた上で殺された。

(4) ペルセウスの母ダナエは青銅の塔に閉じ込められていたが、ユピテルは黄金の雨に姿を変えて彼女のもとに通った。

(5) 五頁註（5）参照。

お選びになったのです？
いっそ、それほどまでに私たちの神聖であるべき婚姻の絆が綻《ほころ》びている
というならば、
私の守護するサモスや、古きミュケナエを戦火でずたずたに引き裂き
スパルタを根底から覆《くつがえ》してしまいになればいい。何のために、世界中
至《いた》る所《ところ》で貴方の妻の祭壇が
犠牲の血や東方の香を堆《うずたか》く積み上げられて豊かに薫煙を上げているとい
うのでしょう？
それらの地よりももっと豊かに、マレオティス湖の畔《ほとり》に建つエジプト人
の祭壇が捧げ物と共に煙を上げ、
青銅の響きと共にナイルの流れの辺《ほとり》で嘆きの声を轟《とどろ》かせて牝牛の女神(1)が
崇められようになされればよろしいのでは？
それでももし、古い祖先の罪をアルゴスとテーバエは償わなければならず、
大昔にまで遡らなければならないほど遅すぎるご決定が
貴方のその悩める御心の中に固まったと言うのであれば、一体どこまで遡
れば
地上にはびこる狂気を根絶やしにし、この世界をすっかり新しく建て直す

(1)エジプトの女神イシスは「角《つの》のある女神」としてイオと同一視された。

ことが
適当だと思し召されるのです？　さあ、今すぐに、ほらあの一族から
お始めなさいまし。遠く離れてもなおシチリアの愛する流れと逢瀬《おうせ》を果たす
アルペオス河(2)が彷徨《さまよ》いながら滑って行く地を。
それともこちらのアルカディアは？　ここには貴方の――貴方は恥とはお
　思いではないでしょうが――神殿が、
不敬な場所に建てられておりますよ。それともあちらの国は？　マルスか
　ら授けられたオエノマウスの戦車と
野蛮なトラキアの山でこそ育まれるに相応《ふさわ》しい、人喰いの馬がおりますよ。(3)
オエノマウスとの戦車競技に破れた求婚者たちは、火葬されることすら許
　されず、その頭は胴体から切り離され、
硬く強張ったままで、野晒《のざら》しにされています。(4)　それなのにあの国にも、
貴方の神殿を擁するという栄誉を授けておいでですし、貴方の葬儀などと
　いう不届きな嘘を吐いた
クレタ島のイダの峰でさえも、御不快だとは思し召さない。それなのに、
　この私がタンタルスの国に留まることが

(2) アルカディアとエリスの間を流れるアルペオス河は、遠いシチリアの泉と地下で繋がっていると信じられていた。

(3) トラキア王ディオメデスは人肉を馬の餌としていた。

(4) ピサの王オエノマウスは誰にも負けない速さの戦車を持っており、娘の求婚者たちに戦車競技を挑んで、敗れた者を殺していた。

一体何故そうも、貴方のお気に障るというのでしょう？　戦乱の矛先を、
　ここから逸《そ》らしてくださいませ。
あなた自身の子孫を、どうぞ哀れと思し召せ。他にいくらでも
罪を犯した王国があるではございませんか。酷《むご》い婿の仕打ちにもっとよく
　耐えるであろう国が」。
　嘆願に非難を織り交ぜつつ、ユノ女神は言い終えた。
だがユピテルは、言葉の上では厳しくはないが、しかし行なう上では
酷薄きわまりない答を返して言った。「もとより、そなたが喜んで聞き入
　れようなどとは、
余も期待してはおらぬ。たとえどれほど公正であろうとも、そなたのアル
　ゴスに
何かを企もうものならな。また、このことも見逃してはおらぬ。機会さえ
　あれば
バックスやディオネも、テーバエのために大いに弁じ立てるつもりであろ
　うが
余の権威への敬《うやま》いだけが、それを阻《はば》んでいるのだということを。
だが、真に畏《おそ》れるべき河、我が兄弟である冥王の統《す》べるステュクス(1)の水に

（1）冥界を流れる河。これにかけて立てた誓いは、神々といえども取り消す事ができないほど強い拘束力を持つ。

かけて
余は誓う。消えることも取り消すこともできない誓言を。
いかなる言葉にも余が曲げられることはないことを。さあ、迅《はや》き翼を広げ
て
そなたを運ぶ南風さえも追い越して、キュレネ生まれのメルクリウスよ
澄んだ大気を通り抜け、影の王国へと降《くだ》って行き
そなたの伯父なる冥王《ディス》(2)に告げよ。生者の世界へと、再びライウス(3)を浮上さ
せよ。
かの老人は、息子に加えられた傷で命を落とし、
冥府の掟に従って、未《いま》だに三途《レテ》の河を彼岸へと渡ってはおらぬ。
彼をして余の命令を、凶悪な孫エテオクレスに伝えしめよ。
亡命先を頼りとし、アルゴスの援助に増長する兄弟ポリュニケスを、
己が欲望の命ずるままに、信義を打ち捨て、館《やかた》から遠く締め出し
一年ごとに王権を交替する取り決めを拒ませよ。
これを怒りの端緒となし、残りは順次、余が導くであろう」。
　アトラスの孫なるメルクリウスは、父の言葉に従って、直ちに
翼あるサンダルを、素早く脚の先に結びつけ

(2) 冥界の王ディスはユピテルの兄弟。メルクリウスはユピテルの息子であるから、彼にとってディスは伯父にあたる。
(3) オエディプスの実の父。互いに父子と知らぬ間に、オエディプスはライウスを些細な諍《いさか》いから殺害する。八頁註(3)参照。

髪を覆《おお》い、帽子で星の輝きをおさえるようにする。
それから右手に、杖を手挟《たばさ》む。その杖を用いて、甘い眠りを追い払うことや
また逆に誘い出すこと、さらには冥府の闇に赴《おもむ》いて
血の気のない亡霊たちを目覚めさせることをも、常としていた。
メルクリウスは飛び立った。そして薄い空気に飛び込んで身を震わせた。
そして留まることなく、虚空の中をさっと高みより舞い降りて
雲に雄大な弧を印す。
　その間、父祖の地から追放者として、既に長いこと
オエディプスの息子ポリュニケスは、人知れずボエオティアの荒野を彷徨《さまよ》っていた。
絶えず心は、自分のものであるべき王国を思い描き、
星々の巡りも鈍《のろ》く一年《ひととせ》の長さが続いているのを嘆いている。
昼も夜も、ただ一つの思いが浮かび上がり心から離れない。
兄弟エテオクレスを玉座からひきずり降ろして
自分がテーバエの権力を得る日を見られるならば
その日と命とを引き換えにしても構わない、と。

今、追放の時の歩みの鈍《のろ》さを嘆くかと思うと、すぐにまた、
君主の意気を昂《たか》ぶらせ、既に兄弟を追い払って
王座に驕《おご》る心地となる。じりじりするような期待が心を駆り立てる
かと思うと、先の長い願いが喜びを萎《しぼ》ませる。
それから、イナクスの裔《すえ》の都市へ、ダナオス人らの地へ、
陽が面《おもて》を隠し霧に覆《おお》われたミュケナエへと(1)
恐れもせずに向かうことを心に決める。復讐の女神が彼を先導しているの
　か
あるいはそれは偶然の導きにすぎないのだろうか。あるいは動かしがたい
　運命の女神《アトロポス》が
彼を呼んでいたのでもあろうか。テーバエの狂気がこだまする洞窟を、
バックスに捧《ささ》げられた血で潤《うるお》された丘を後にする。
そしてキタエロンの山裾《すそ》がなだらかに平原へと広がり
緩《ゆる》やかな山腹を海に向かって傾斜させている地を通過する。
ここからさらに、岩がちの隘路《あいろ》をよじ登り、
スキロン(2)の悪名も高き岩場を抜け、かつてスキュラの父が
紫の毛髪の魔力で治めていた王国(3)と、富めるコリントスの地峡を後にしつ

(1) ミュケナエの王アトレウスは、弟のテュエステスに、その子供の肉を騙《だま》して食べさせる。そのために太陽は翳り東に沈んだ。
(2) スキロンはメガラの近くの岩の上に待ち構えて、通行人を殺していた。のちにテセウスに退治される。
(3) メガラの王女スキュラは父の敵に恋をし、父親の力の源であった紫の髪を抜き取った。

つ、
野の只中で、両側から押し寄せる海の音を聞く。
　今や既に、太陽神《ポエブス》は昼の軌道を巡り終え、
月の女神はゆったりと、静謐な上空に浮かび上がり
夜露を降らす馬車を駆り、冷たい夜気を稀薄にしていた。
今や獣も鳥も皆黙《もく》し、「眠り」の神が
焼けつくような心労の中にも忍び込み、空から押し包むようにして
生の労苦に無くてはならない忘却をもたらしてくれる。
けれども、朱に染まる空に雲が
曙光の差し初《そ》めるのを告げることはなく、次第に薄らいで行く夜闇の中に
陽光を照り返して、待ち望まれた朝靄《あさもや》が光り輝くこともなかった。
地上からは、これまでにないほど濃密な、どんな光も通すことのない黒々
　とした闇が湧いて
空を覆《おお》っていた。今しも、凍てついた風の神の洞窟は
揺さぶられて鳴り轟《とどろ》き、荒々しい唸《うな》りを上げながら暴風が
今にも外に出ようと迫る。風が入り乱れて唸《うな》り声を上げながら
ぶつかり合い、閉じ込められている扉を揺さぶって、天へと襲いかからん

とする。
そしてついに、それぞれの風が、空に向かって解き放たれる。その中でも
真っ先に、南風《アウステル》が
闇夜をすっかり抱きかかえ、漆黒の渦を巻きながら
驟《しゅう》雨《う》をどっと吐き出す。するとこれを荒々しい北風《ボレアス》が、乾いた口を大き
く開いて
凍てつかせてしまう。閃《ひらめ》く稲妻が震え、
雷鳴と共に空が引き裂かれる。
今や、ネメアも、タエナルスの杜《もり》に囲まれたアルカディアに高く聳《そび》える峰
も、
雨に打たれている。濁流となってイナクス河は迸《ほとばし》り、
エラシヌス河も、氷のような水を盛り上げている。
かつては干上がった川床を踏み躙《にじ》られるに任せていた河であったのに、今
では
どんな堤防も、その奔流を押し留めることができない。レルナの淵も深い
水底から湧き上がり、
古《いにしえ》の毒をゴボゴボと噴き出させた。

森もすっかり打ちのめされ、年古《ふ》りた木々の枝を突風がもぎ取って行く。
永年の間、決して日の光に曝《さら》されることのなかった
蔭濃《かげこ》きリュカエウス山麓の夏の放牧地も、明るみに出る。
　しかしポリュニケスは、砕けた尾根から転がり落ちる岩に眼を瞠《みは》り、
耳では、雲から生まれた河が山を雪崩《なだれ》落ち、
ここかしこで羊や羊飼いの棲処《すみか》が
荒れ狂う渦に攫《さら》われていくのを聞いて怯える。
周章狼狽し行く先もわからず、どす黒い沈黙の中を闇雲《やみくも》にポリュニケスは
荒れ果てた道を急ぐ。四方八方から恐怖が、そして兄弟の幻影が、襲いか
　かって苦しめる。
あたかも、冬の海に嵐に捕《とら》えられた船乗りが
北斗七星にも月にも航路を照らしてもらうことができずに
天と海との猛威の只中で
なす術《すべ》もなく立ち尽くし、今が今にも、意地の悪い波の下に隠れた岩礁《がんしょう》
　が、
あるいは海面に先を尖らせて泡立つ岩が、
棹立ちになった船の舳先《へさき》に襲いかかるのではないかと怯えるように——

そのように、カドムスの裔《すえ》なるポリュニケスは、森の蔭《かげ》を辿《たど》りながら突き
　進んでいた。
恐ろしい獣たちの塒《ねぐら》を巨大な盾で騒がせ、
胸を突き出して藪を押し分けて
(恐怖が凄まじい力となって、心に鞭を入れるのだ)。
やがて、蔭《かげ》に勝《まさ》ってイナクス(1)の民の家並みを浮かび上がらせ、
輝きを放ち、なだらかに広がる都《みやこ》に光を注いでいたのは
アルゴスの城塞の頂《いただき》であった。希望に駆り立てられて
ポリュニケスは飛んで行く。ここから、聳《そび》えるプロシュムナ山のユノ神殿
　を左手にしながら、
さらに、ヘルクレスが焼き殺した水蛇から上がる煙で
黒く染まったレルナの沼の水を通り過ぎ、とうとう
開かれた城門の内に吸い込まれる。続けて目に入るのは、王宮の門。
ここに、雨と風でこわばった四肢を投げ出して、
見知らぬ館《やかた》の門柱に身をもたせかけて
僅《わず》かな眠りをポリュニケスは、堅い臥所《ふしど》に求める。
　その地に王として平穏に、人生も半ばを過ぎて

(1)アルゴスを流れる河。その河の神はアルゴスの始祖と見なされていた。

老いの境《さかい》にさしかかろうとするアドラストゥスは、民を治めていた。

輝かしい祖先を誇り、ユピテルの血を両親《ふたおや》の家系から引いている。

子は、よりよい性別には恵まれていないとはいえ、
女子の若枝が伸びていた。双《ふた》りの娘に恵まれていたのである。

彼にポエブス神は、婿について——口にするのも禍々しい神託！

それが真実であることはやがて明るみに出るであろう——こう予言していた。

運命の導きで、剛毛《あらげ》の生えた猪と、黄色い毛皮の獅子がやって来るであろうと。

これを心の内に反芻しつつも、父親自身も、また未来を知る予言者アンピアラウスよ汝も、
理解することはできはしない。それはポエブス自らが禁じていることなのだから。

ただ父の心に沈んで、悩みを深めるのみである。

見よ、そこへ運命に導かれ、由緒あるカリュドンを後にして
アエトリア生まれのテュデウスが——彼もまた恐ろしい兄弟殺しの覚えのゆえに

ここまで逃れてきたのだった——眠りをもたらす夜のもと、同じ荒野をくぐり抜けてくる。
同じ嵐と雨に悩まされて、テュデウスは
背には冷気を吹きつけられ、驟雨《しゅうう》に顔や髪をずぶ濡れにして、
同じ軒《のき》の下に逃げ込んでくる。ここには既に、先客として
冷たい地べたにポリュニケスが身を横たえていた。
この時二人に運命は、血みどろの乱心を吹き込んだ。
夜を凌ぐための屋根を分かち合うことが、彼らには堪《た》えがたかった。
しばしの後、荒々しい声をぶつけ合ったかと思うと
すぐに、投げつけられた言葉で怒りは膨《ふく》れ上がった。
双方ともに立ち上がると
肩をはだけ、裸の争いを挑んだ。
立ち上がってみると、ポリュニケスの方が背丈は高く
若々しさに溢れている。しかしそれに劣らぬ力が
テュデウスの剛勇を支えている。四肢に溢れる逞《たくま》しい力が、
やや小柄な体躯により大きく漲《みなぎ》っていた。
既に拳骨が幾度も、顔や頭蓋のまわりに

激しく浴びせかけられている。降り注ぐ矢の雨か、リパエウスの山の雹《ひょう》
　のように。
さらに二人は膝を曲げて、相手の無防備な急所を攻撃する。
さながら、ユピテルに捧《ささ》げられるオリュンピアの競技会に
五年目が巡ってくると、男たちの若い汗が砂地を熱くさせ、
しなやかな若者たちに向かって観衆がそれぞれに声援を送り、
外では母たちが勝利の報告を待ち望む——そのように激しく、
しかし競技の賞賛を求めてではなく、憎悪に燃え立たせられて、
互いに二人は襲いかかる。顔の中まで鉤爪《かぎつめ》で引き裂き、
眼窩の奥にまで深々と突き入れようとする。
怒りの向くまま、危うく腰に帯びた
剣を鞘走らせる所であった——その方が、敵の刃にかかっても
兄弟には悼まれて死ぬ方が、ポリュニケスよ、まだしもであったろう
　に——
この時もしアドラストゥス王が、耳慣れぬ叫びと、
胸の奥から吐き出される呻きを、夜の影の中で耳にして
歩を進めて来なかったならば。王は、心に悩みを抱え

老いのために浅い眠りにたゆたっていた所であった。
多くの灯に照らされて、広間の高い天井の下に歩みを進め、
扉を開くと、目の前の敷居に、
身の毛もよだつ有様を、引き裂かれた顔と
血の滴《したた》りがこびりついた頬を、王は目にする。「この狂乱はいかなることか、
異国から来たに違いない若者たちよ ── 何故なら、この国の者であればこのような
争いなどは敢えてせぬはずなのだから ── いかなる抑えがたい熱情が
この夜の平穏な静寂《しじま》を、憎悪で掻き乱したというのか？
昼の間だけでは飽き足りず、しばしの間でさえも
心に安らぎと眠りを許すことも厭《いと》わしいとでも？　だが、語るがよい、
そなたたちは何処《いずこ》の生まれか、何方《いずかた》へと向かわれるのか、また何を巡っての諍《いさか》いなのか。というのも、
これほどの怒りは、卑しからぬ身であることを示しており、誇り高い血筋の証《あかし》が
迸《ほとばし》る血潮の中にも鮮やかであるのだから」。

そう言われてすぐさま、罵声を交わし視線は逸《そ》らしたままで、
二人は一斉に言い始める。「おお、アルゴス人らのいとも柔和なる王よ、
言葉など何の役に立とうか、血の流れ落ちる顔を
ご自身でご覧になっているというのに——」などと、苦い言葉の響きを錯
　綜させた。
やがて、我に返ってテュデウスが
順序だてて言葉を続ける。「不幸な巡り合わせからの慰めを求めて
ディアナの野猪で名高いカリュドン(1)の富とアケロウス河の沃野とを
私は後にした。そしてご覧のとおり、あなたの領地へと来た所を、
深い夜闇に包み込まれたのだ。私がこの軒《のき》下に嵐を避けることを禁じたこ
　の男は、
一体何様《なにさま》なのだ。それも、たまたま先にこの門前に
足を運んで来たというだけで？　半人半馬のケンタウルスでさえ互いに
　棲処《すみか》を共にし、
キュクロプスさえもアエトナの火山の下で共に居ると伝えられているでは
　ないか。
怒り狂う怪物にさえ、生まれついての掟やそれなりの仁義がある。

（1）カリュドンの王オエネウスは、ディアナ女神の怒りを買ったために、巨大な野猪の害に悩まされる。この野猪を退治するために諸国の英雄が集められた。パルテノパエウスの母アタランテも加わり、最初の矢を野猪に射当てた。

それなのに我々には、地べたに臥所《ふしど》を分かち合うことさえできないという
　のか――
いや、こんな言葉が何になろう。貴様が何者であれ、
今日この俺の武具を剥取《はぎと》って意気揚々と立ち去るか、でなければ、
湧き上がる嘆きのためにこの力が磨り減らされていなければ、
この俺が偉大なオエネウスの血を引き、マルスを父祖とするに恥じないと
　いうことを、
身をもって知ることになろう」。「私とて、勇気や血筋に劣るものではな
　い――」。
ポリュニケスも言い返そうとする。しかし、一族の運命を考えると
父親の名を明かすことは躊躇《ためら》われる。そこへアドラストゥスが穏やかに、
「もうよい。夜と、思いがけない勇気だか怒りだかが誘い出した
その諍《いさか》いは脇にのけ、館《やかた》の内に入るがよい。
さ、そなたたちの心の証《あかし》に、右手を結び合わせるのだ。
この出来事は、徒《あだ》なことではなく、神々の思し召しによらぬものでもない。
あるいはこの怒りさえもが、後《のち》の愛情の先触れであったのかもしれぬ。
後々このことを思い出すことが楽しみになるようにと」。老いた王の言葉

は
虚しい予言とはならなかった。何故なら、刃傷で結ばれた二人の間には
固い信頼が生まれた、と伝えられるのだから。まるで、テセウスが地獄に
　降ることを
不埒なピリトウス（1）と共にしたように、あるいは、虚《うつ》ろな心となったオレス
　テスを
復讐の女神の怒りから守ったピュラデス（2）が示したような信頼が。
さて、穏やかな言葉で荒々しい心を宥《なだ》める王に従って、
今や二人は——あたかも嵐で掻き乱された海が
再び凪になり、だらりとなった帆の中では、かろうじて残った風さえもが
途絶えてしまうように——大人しく館《やかた》の内へと導かれた。
　ここで初めて、若者たちの装いと立派な武具とを
とくと見る余裕が王に生まれる。一方のポリュニケスの背には両肩から、
皮だけの獅子が、鬣《たてがみ》もおどろに毛を逆立てている。
その様子は、テーバエのテウメシアの谷で、
アンピトリュオンの子ヘルクレスが若い日に退治したもののよう（3）。
まだネメアの獅子（4）を剝《は》いで戦利品として身に纏《まと》うより前の。

（1）親友のテセウスと共に冥府に降り、冥王の妻プロセルピナを誘拐しようと企てた。

（2）オレステスは父の仇討ちのために実の母を殺す。そのため狂気に陥った彼を、親友のピュラデスが支えた。

（3）アンピトリュオンはテーバエの王。その妻アルクメネとユピテルの間に生まれたのがヘルクレス。

（4）夫ユピテルの浮気を怒ったユノはヘルクレスにさまざまな苦行を強いる。その中の一つがネメアの獅子を退治することであった。

他方、剛毛《あらげ》と反りかえった牙の恐ろしい姿で
テュデウスの広い肩をようやく覆《おお》っているのは
世に名高いカリュドンの野猪[5]。この兆《きざ》しに打たれて
老いたる王は呆然とした。ポエブスの神聖な託宣を、
声響かせる洞窟で与えられた神託を理解して。
じっと見つめて唇は凍りつき、四肢に喜びが震えとなって走った。
あらたかな神意に導かれて
婿となるべき者たちがやって来たのだと王は悟った。
野獣の外見に隠して、謎を紡ぐ予言神ポエブスが告げていた者たちが。
そこでアドラストゥス王は手を星々へと差し伸べ、
「夜よ、大地と天の労苦を抱きしめて
燃える星々を遥かな軌跡で移ろわせ、
やがて太陽《ティタン》が揺さぶり起こすまでの間、
弱った者たちの気力を立て直すことを許す女神よ、
汝は慈悲深くも、縺《もつ》れた迷いの内に探し求めていたことの証《あかし》をもたらし、
古《いにしえ》より定まりし運命の始まりを明らかにしたもう。
その働きを支え、汝の兆《きざ》しを確かなものとしたまえ。

（5）三八頁註（1）参照。

これより一年《ひととせ》の環《わ》が巡り終えるたびごとに、
この家を挙げて汝を誉めたたえん。汝がために、尊き女神よ、捧《ささ》げまつらん
よりぬかれた黒い家畜の首をいくつも。そして供物の臓物に
新しい乳が注がれた後、それをウルカヌスの炎が食い尽くさん。
めでたきかな、古《いにしえ》より信じられてきた、鼎《かなえ》と陰《かげ》なす奥殿で行なわれる
ポエブスの神託。
運命よ、われは神々を見出したり」。このように言うとアドラストゥス王は
両人と手を結び合わせ、館《やかた》の奥へと先に立って連れて行く。
祭壇にはまだ灰が残り
燠火《おきび》が埋れており、神酒《みき》を注いだ跡もまだ温いままだった。
王は、炉床に火を熾《おこ》し
つい先ほどまで行なわれていた宴《うたげ》を再び開始するよう命ずる。その言いつけに従うべく
僕《しもべ》らは先を争って立ち働く。ここかしこで喧騒がぶつかり合って王宮の中に響き合う。

ある者たちは、真紅の薄絹や金糸銀糸のささめく緞子《どんす》を座席に積み上げ、
綾錦《あやにしき》を堆《うずたか》く重ね上げる。
またある者たちは、丸い食卓を手で磨き上げ、配置を整える。
さらに別の者たちは、夜の陰鬱な闇を払いのけようとして
黄金《こがね》造りの灯火を鎖で張り巡らす。
また他の者たちは鋼《はがね》の串を刺して、屠《ほふ》られた羊の
血抜きをされた肉を火で炙り、また他の者たちは、パン籠の中に
石臼で細かく挽かれた穀物神《ケレス》の恵みを積み上げる。アドラストゥス王は
館《やかた》の中が言いつけどおりに沸きかえる様を見て喜ぶ。既に王自らも輝かしく
豪奢な錦繍《きんしゅう》を敷き、象牙の王座に身を委ねていた。
向かいには、若者たちが既に傷を水で洗い清めて
座に着いている。傷で損なわれた顔を見つめ合い
お互いを赦しあう。それから、齢《よわい》を重ねた王は、アカステを、
娘たちの乳母であると同時にこの上もなく頼りになる守《も》り役、
正しき婚姻のための神聖な慎みを守るために選ばれた女を、
呼び寄せるようにと命じて、そっとその耳に囁きかける。

言いつけに遅れることなく、直ちに二人の乙女は
奥の間より現われた。その何という美しさ。
盾もつパラス女神と箙《えびら》を負うディアナ女神にも劣らぬ美貌。
しかし女神のような恐ろしさはない。そして、羞《はじ》らいながら乙女たちは
見知らぬ男たちの顔を見た。蒼白と紅潮がともに
眩《まばゆ》いばかりの頬に溢れた。おずおずとした眼差しが
畏《かしこ》むべき父に再び向けられた。やがて、宴席のご馳走で
人々の食欲も満たされると、常のごとくに、見事に装飾を施され黄金に輝
く盃を
イアススの末裔なるアドラストゥス王は、召使らに持って来るよう命じた。
この盃は、アルゴスの祖先ダナウスや老ポロネウスらが
神酒《みき》を注ぐのを常としていたものであり、さまざまな意匠がそこには刻み
込まれている。
蛇の髪を持つゴルゴンの切り落とされた首を掲げて、翼あるサンダルを履
いた英雄ペルセウスが
黄金色に輝いている。まさに今この瞬間——と見えるのだが——空中にふ
わりと

飛び立ったという姿。ゴルゴンの方も、重い瞼と生気を失った顔は
まだ動いているかのようで、生き生きとした黄金細工の中でも次第に血の気を失っていくかのよう。
また別の図柄では、トロイアで狩に興じるガニュメデス(1)が、金色《こんじき》の鷲の翼に攫《さら》われて
ガルガラ山の峰さえも足元に沈んでいき、トロイアの都《みやこ》も遠ざかっていく。
おつきの者たちは、呆然として立ちすくみ、猟犬たちは、虚しく吠える口を疲れさせ
地上に映る影を追いかけ、雲に向かって吠えたてる――
この盃に、溢れる葡萄酒を注ぎ、神々の名を順序正しくすべて呼びかける。
だが他の神々よりもまず真っ先に、ポエブスを、祭壇に向かってポエブス神の御名を
すべての者が、賛美の声を高らかに上げる。身内の者らも僕《しもべ》らも一団となって
慎みの徴《しるし》である月桂樹の葉を額に結ぶ。何故なら今宵は、この神のための祭日であり

(1)トロイアの王子ガニュメデスは美少年であったので、鷲に姿を変えたユピテルに攫われる。

この神のために、香《こう》を豊かに注がれて蘇った炎が、薫煙《くんえん》まきおこる祭壇に輝くのだから。
「若者らよ、おそらくはそなたたちも、心の裡《うち》に訝《いぶか》しく思っていることであろう。
この祭儀が何なのか、いかなる理由があって、とりわけポエブス神に崇敬を捧《ささ》げているのかと」
とアドラストゥス王が言う。「この祭儀は決して、無知蒙昧な迷信ゆえに
強いられたものではない。大いなる禍《わざわい》をかつて味わったがゆえに
我らアルゴスの民は、この祭祀を執り行なっているのだ。耳を傾けよ、語り聞かせん。
かつて大地より生まれた怪物ピュトンが、青黒いとぐろをうねうねと巻きつけ、
七重《ななえ》の環《わ》となってデルピ神殿を締め付けていた。
鱗に覆《おお》われた胴体で、年経《としへ》た樫の樹を薙ぎ倒し、
カスタリアの泉の畔《ほとり》で、三叉に分かれた舌を出して
黒い毒液の源となる水分に飢《かつ》えて顎《あぎと》を開くこの大蛇《おろち》を、
ポエブス神が打ち倒されたのだ。無数の傷をつけて矢を使い果たし

デルピの野に百ユゲラにもわたって、大蛇《おろち》の骸《むくろ》を伸ばしていっても
それでもなお余るほどだった。して、済んだばかりの殺戮の汚《けが》れを清めるために
我らが館《やかた》、未《いま》だ豊かならざるクロトプス王のもとへと
ポエブスは立ち寄られたのだ。この咎《とが》なき館《やかた》の中には、ようやく子供時代に別れを告げたばかりの年頃の
見目麗しい娘御が育まれていた。
未《いま》だ婚礼の臥所《ふしど》も知らぬ乙女が。いかに幸せであったことか、もし、デルピの神との秘めごとを知らず
人目に触れぬ愛をポエブス神と交わすことがなかったならば。
すなわち乙女は、ポエブス神に求められたがために、ネメアの河の岸辺にて
五に倍する回数をキュンティア女神が三日月の角を再び円と為して
十月《とつき》が満ちた後に、ラトナ女神の孫となる神々しい赤子を
産み落としたのだった。しかし父の怒りを恐れて——というのも乙女の父は、
強いられた同衾《どうきん》にも容赦を与えるようなことは決してないだろうか

　ら――人知れぬ荒野へと向かい
その息子を、羊囲いの中でこっそりと
山々を巡る羊の守《も》り人《びと》の手に渡す。この子を育ててくれるようにと。
ああ幼児《おさなご》よ、そは汝に相応《ふさわ》しき揺籠《ゆりかご》にあらず。かくも気高き生まれであり
　ながら、
緑なす草が褥《しとね》として与えられ、互いに重なり合わさる樫の枝々が住まい
　となる。
イチゴノキの樹皮で包まれて四肢は暖を取り、
中の空《うつ》ろな葦が優しく眠りを誘う音を奏で、
地べたが、羊と分かち合う床《ゆか》となる。しかし、かような家でさえも運命に
見逃してもらえることは叶わなかった。すなわち、瑞々《みずみず》しい芝土の大地の
　上に
幼児《おさなご》が何思い煩《わずら》うこともなく横たわり、ぽっかりと開いた口の中に陽光
　を飲み込んでいる所へ、
獰猛な飢えに苛《さいな》まれた野犬どもが、血に餓えた顎《あぎと》を開いて
ずたずたに引き裂いたのだ。このことの報せが、母の耳に達し
驚愕で打ちのめすと、その心からは、父親に対する羞恥《はじらい》も、

不安《おそれ》も消え失せた。直ちに自ら哀悼の徴《しるし》として、狂おしく胸を打ち叩き
館《やかた》をその音で満たす。胸に衣も纏《まと》わずに
父王のもとに駆け寄り、すべてを打ち明ける。しかし王は心を動かされる
　ことともなく
――何たる仕打ち！――酷《むご》い死を下すようにと、自ら望む娘に命じる。
遅まきながらも、娘との臥所《ふしど》を思い出されたか、哀れな死を慰めるべく
ポエブス神よ、そなたは怪物を用意なされた。それは冥府の底で
復讐の女神たち《エウメニデス》の恐るべき臥所《ふしど》で生み出され、その顔と胸は乙女でありな
　がら
その頭《こうべ》からは、絶え間ない舌鳴りを発する蛇が突き出て
青鈍色《あおにび》の眉宇を左右に分けている。
かくてこの恐るべき禍《わざわい》は、夜闇をついて穢《けが》れた姿で通り抜け、
人々の閨《ねや》の裡《うち》へと忍び入る。生まれたばかりの魂を根こそぎに
母たちの懐《ふところ》から奪い去り、血に餓えた顎《あぎと》を飽かせ、
国中の嘆きに大いに肥え太る。
これに耐え忍ぶことなく立ち上がったのは、武勇にも精神にも抜きん出た
　コロエブス。

彼は、選りすぐられた若者たちの一員に自ら進んで加わった。
その若者らは、壮健なること余人に優《すぐ》れ、己が生よりも名誉を尊ぶ。
怪物は、新たに屋敷を貪《むさぼ》った後に
城門を出《い》でて二筋の路《みち》の合わさる所へ行っていた。その脇腹からは、
幼子《おさなご》らの骸《むくろ》が二つぶら下がり、既に、曲がった手は獲物の内臓を摑《つか》み
鋼《はがね》の爪は柔らかな心臓に突き立てられて、暖められている。
この怪物に対して、若者らの環《わ》に取り囲まれて
コロエブスは立ち向かう。そして長い剣を化け物の無情な胸に埋め込んだ。
　腸《はらわた》の奥深くまで、煌《きら》めく剣先で抉《えぐ》り回し、
ついにはこの恐るべき怪物を生み出した冥府に
再び戻れとばかりに送り返してやった。供《とも》の若者らは喜んで、骸《むくろ》のすぐ
　傍《かたわ》らにまで近寄り
死の中に黒く翳《かげ》り行く眼や、腹から噴き出すおぞましい体液や
子供たちの命が流した血糊がこびりついて汚《けが》れた胴などを目の当たりにす
　る。
イナクスの末裔なる我らがアルゴスの若者らは、声もなく
悲嘆の後の大きな喜びではありながら、不安は拭《ぬぐ》いきれない。

彼らは、愚かにも恐れを宥《なだ》めようと、粗い丸太を持ってきて
怪物の命なき四肢を打ちのめし、尖った岩塊で
顎《あぎと》を潰《つぶ》してみたりする。だがそんなことまでできたからとて、彼らの怒りは治まらぬ。
この怪物の骸《むくろ》には、不吉な鳴き声を立てて飛び回る猛禽でさえも
喰らいつこうとはせずに、逃げて行く。野犬どもの獰猛な餓えも
顎《あぎと》をあんぐり開いたままで、狼さえも怯えて口を渇かせたままであった、と伝えられている。
だが、懲罰のために遣わした怪物が倒されたために、前にもまして激しい怒りを
ポエブス神は、哀れな人間たちに向けられる。双《ふた》つの峰に蔭《かげ》を纏《まと》う
パルナソス山に座を占め、無慈悲にも神は恐ろしい弓から
疫病をもたらす矢を放つ。野や、キュクロプスの建てたアルゴスの城壁に、
蔭の被衣《かつぎ》を上から投げかける。
愛しい生命《いのち》が失せていく。『死』が運命の女神らの紡ぐ糸を
剣で刈り取り、都《みやこ》をその手に収めて冥府へと運んで行く。
これはいかなる所以《ゆえん》なのか、何故、天から不吉な火が降り注ぎ

灼熱をもたらす大犬星《シリウス》が一年中支配するのか、と尋ねる王に
パエアンの神、この惨状のもたらし手であるポエブスは命じる。
血塗《ぬ》られし怪物への供物として、その殺害に関わった若者らを捧《ささ》げよと。
おお、祝福されし勇者！　世々永遠《とこしえ》にまで続く名声を
受けるに値するコロエブスよ！　そなたは決して、敬虔《けいけん》な闘いを恥知らずにも
隠すようなことはせず、確実な死に直面することに臆することもせぬ。
面《おもて》を逸《そ》らすことなく、ポエブスの神殿へと自ら赴き
その戸口にすっくと立った。そして神の怒りを、次のような言葉でより増させる。
『私は連れて来られたのではない、ポエブス神よ。また嘆願者として貴方の社《やしろ》に参ったのでもない。
私自身の敬虔《ピエタス》と、勇気《ウィルトウス》を知る心が
この道を取るようにと命じたのだ。この私こそが、ポエブスよ、貴方が遣わした忌まわしい生き物を
うち殺して退治した者だ。そして貴方が非道にも、真っ黒な雲や
穢《けが》れた太陽、不吉な天から滴《したた》り落ちる黒い血の雨などで

追い詰めている相手だ。たとえかの獰猛な怪物が、高貴なる神々にとっては
愛しいものであり、人間どもの死などは、世界にとってはさして価値なきものだと、
それほどまでの無慈悲さが天にはあるのだとしても、
何故、アルゴスすべてを罰せられる？　私だ、私だけで充分のはずだ、どの神々よりも優《すぐ》れた方よ、
私の首さえ取れれば、それで充分だったはずではないか。それとも、
この方がよほど貴方の心には適《かな》うのか、家々がすべて無人となるのを目にし
農夫らが火に投げ入れられ、
すべての畑が燃え上がることの方が？　だが、こんなことを言って何故私は、
貴方の手が武器を取るのを引き伸ばさせているのか。母たちもそれを待ち望み、
この祈りで災いが終わるようにと唱えている。もうよいだろう。私の犯した罪は、貴方に決して赦されることはない。

かくなる上は、貴方の箙《えびら》を揺すり、唸《うな》る弓を引き絞り
他に類《たぐ》うべくもない我が魂を、死へ追いやるがいい。だが、これだけは、
イナクスの建てしこのアルゴスの頭上に覆《おお》い被《かぶ》さる、疫病の蔭《かげ》だけは
我が死と共に、追い払ってくださるように』。
公正な運命は、それに値す
る者たちを
見そなわしたもう。怒りに燃えていたポエブスも、
この男に死の罰を下すことには、憚《はばか》りを覚えられた。ポエブスは折れて、
この男に
生という辛い栄誉を、寛大に与えられる。見上げる空からは、不吉な雲が
散り散りになって消えていく。そしてコロエブスよ、ポエブスを驚嘆させ
たそなたも、神殿より
咎《とが》をすべて清められて去る。それ以来、この聖なる祭が定められ、年ごと
に
荘厳な宴《うたげ》で祝うのだ。そしてポエブスの神殿は
繰り返し捧《ささ》げられる栄誉を嘉《よみ》される。
さてこの祭壇を、たまたまこの時に

訪れた
そなたたちは、いかなる血筋の者たちなのか？　たしかそなたは、つい先ほどの大きな声を
私の耳が正しく捕《とら》えているならだが、カリュドンの王オエネウスと
その父ポルタオン王の家の血筋を名乗っていたが――そなたの方はどうなのだ？　語るがよい、
このアルゴスに来たそなたは、何者なのか。今やさまざまな語らいをすべき時なのだから」。
その時テーバエの英雄ポリュニケスは沈痛に視線を地に伏せた。
左手にいるテュデウスの方へと黙って目を逸《そ》らす。
やがて、長い沈黙を破って、ポリュニケスは言い始める。
「このような、神々への賛歌の後に、問われるようなものではありません。
私の生まれがいかなるものか、祖国は何処《いずこ》か、いかなる血筋の
流れを引いているのか、などと。神事のさなかに明らかにされるのは恥ずかしい。
それでも、この哀れな男の素性を知りたいと思い煩《わずら》われるのであれば、
私は、カドムスを父祖の初めとし、国はマルスの末裔テーバエ、

そして私を生んだ母は、イオカスタ――」。するとアドラストゥスは心づき、
「何故、そなたを受け入れた私から」と――それと察したので――言う。
「人にも知られたことを隠そうとするのだ。
我らも存じている。噂はそんなにもミュケナエから離れた道を
走っているわけではない。かの王権を、狂気を、羞恥に潰《つぶ》された両眼を、
誰か知らぬ者があろうか、極北の陽に震え上がる者であれ、
ガンジスの流れを飲む者であれ、あるいは日没と共に闇に沈む
大洋《オケアヌス》に漕ぎ出す者であれ、あるいは見えない浅瀬でシュルテスが
座礁させる者であれ。もうこれ以上、祖先の不幸を嘆き
数え上げることをしてはならぬ。我らの血筋とて、しばしば
美徳からよろめきはずれたものだ。罪が子孫を縛りはせぬ。
そなた一人だけでも、運に恵まれ
一族の者たちの弁護ができるようになればよい。だが今や、北斗は傾き
極北に凍てつく大熊座も薄れつつある。
祭壇に神酒《みき》を注げ。父祖たちの救い主である
ラトナ女神の御子ポエブスを、幾度も幾重にも誉め歌わん。
父なるポエブスよ、汝が今何処《いずこ》におられるのであれ、リュキアの雪を

戴《いただ》く尾根に広がる
パタラの叢《もり》で狩に勤《いそ》しんでおられるのであれ、あるいは、カスタリアの清らかな雫《しずく》に
その黄金の髪を浸すのを楽しんでおられるのであれ、
あるいは、テュンブラの守護神としてトロイアに留まっておられるのか——かの地では、伝説《いいつたえ》によれば
その御肩にプリュギアの岩塊を荷《にな》われながらも、その報酬を得られなかったという(1)。
またあるいは、エーゲ海の面《おもて》をその影で打つラトナ女神ゆかりのキュントゥス山を好まれ、
海に根をおろしたデロスのためにもはや探しまわることもない(2)のを喜ぶのであれ。
汝の手には武器が、遥か彼方より粗暴な敵へ向かって引き絞るべき弓があり、
天上の両親より贈り物として引き継がれた
永遠《とわ》の若さで花やぐ頬がある。汝こそは智慧《ちえ》ある者として、
運命《パルカエ》の女神たちが情け容赦なく紡ぐ定命の糸を予見し、遥か先にあること

(1)トロイアの城壁は、ポエブスとネプトゥヌスの手で築かれたが、トロイア王ラオメドンは約束していた捧げ物を拒んだため、罰を受けた。
(2)ポエブス生誕の地デロス島は、もともとは根のない浮島だった。

をも、
至高のユピテル神の御心に適《かな》うであろう運命をも、どの民に疫病の年が降
りかかるか
どの民に戦いが起きるか、どの王杓の交替を彗星が予告するのかをも知り
たもう。
汝こそは、マルシュアスを汝の竪琴《キタラ》に屈服させ(1)、汝こそは御母ラトナの名
誉のため
大地より生まれし化け物ティテュオスを、冥府の砂地に引き伸ばされ(2)
汝の箙《えびら》こそは、活力に満ちたピュトンも、テーバエの母ニオベ(3)をも
勝鬨《かちどき》たからかに、震え上がらせたもの。汝の復讐の執行者として、獰猛な
メガエラは
餓えたプレギュアス(4)を虚《うつ》ろな岩の下に横たわらせ
終わることのない宴席に着かせ、おぞましいご馳走で
責めたてるが、払いのけられない嫌悪が飢えを上回る。
来《きた》りませ、おお我らの歓待を御心に留められて、ユノの守りたもうこの地
を
恵み深く愛したまえ。汝の名が何と呼ばれようとも、ペルシアの民の慣《なら》わ

(1) マルシュアスは笛を吹くのが巧みなことを自慢にしていたが、ポエブスの竪琴と競争して破れ、罰を受けた。
(2) ポエブスの母ラトナ女神に乱暴しようとしたティテュオスを、ポエブスは退治して冥府に繋ぎとめ、その内臓を鷲についばまれる罰を与えた。
(3) テーバエ王アンピオンの妻ニオベは、子沢山を自慢して、ラトナ女神よりも自分は勝ると言ったために、ポエブスとディアナ女神にすべての子供を殺される。
(4) プレギュアスはデルピのポエブス神殿を焼き払おうとしたために、地獄で罰を受けている(『アエネーイス』第六歌六一八行に言及があるが詳細は不明)。

しに従って
薔薇色の太陽《ティタン》と呼ばれるのが正しかろうと、あるいは穀物を恵むオシリス
　神(5)と、
あるいはペルセウスの子孫(6)の洞窟の岩の下で
従うことを良しとせぬ牡牛の角を矯《た》めるミトラ神(7)と」。

(5)エジプトの神。死んで春に復活する神で、太陽神と同一視された。
(6)ペルシア人はペルセウスの子孫と思われていた。
(7)ミトラ教の神。牡牛を倒す神であり、太陽神でもある。

第二歌

その間にも、マイアの息子なるメルクリウスは翼を広げ
大いなるユピテル神の命《めい》を帯びて、冷たい冥府より帰還する。
四方から厚い雲に行く手を阻《はば》まれ、重い空気の中に巻き込まれる。
その飛行を急がせるのは西風《ゼピュルス》ではなく、沈黙せる死者たちの国の穢《けが》らわしい大気。
一方からは九重《ここのえ》に流れを蛇行させるステュクス河(1)が、
他方からは焔《ほのお》の急流が向かってきて、道を閉ざす。
メルクリウスの背後からは、老いたライウスの亡霊が身を震わせながら従って来る。
未《いま》だ癒えぬ傷で足取りも遅く。というのも柄《つか》までも深々と
かつてその生命を貫いた、我が子が手を下した忌まわしい剣は、
復讐の女神《フリアエ》らの怒りを変わることなく続かせたのだから。
それでもライウスは進む。メルクリウスの杖の癒しに歩みを確かなものとして。

(1) 冥府の河。

すると不毛の杜《もり》が、死霊の集う原が、
鉄錆《てつさび》色の叢林《そうりん》が、彼らを目にして驚嘆する。「地上」も自らが
上空へ向かって口を開いたことに目を瞠《みは》る。さらに、「妬み」というどす
　黒い膿《うみ》は
命を失いもはや光を持たぬ者たちにおいてさえ消え去ったわけではない。
中でも一人の死霊は、邪《よこしま》な望みを常に抱え
地上にいた時でさえ——それゆえにこそ、悲惨な人生の終焉となったのだ
　が——
災いがあれば嘲笑し、幸運なものを見ては苦痛に思う者であったのだが、
　あれ、
「行くがよい」と言う。「おお幸運な者よ、いかなる用に呼ばれているので
ユピテル神の命令のためか、はたまた大いなる報復の女神《エリニュス》が
白日のもとへと駆り立てたのか、あるいはまた、狂乱せるテッサリアの女
　占い師が
閉ざされた墓から起き上がることを命じたのであろうとも。
ああ何と甘美な空をお前は目にすることか、もはや失ったはずの太陽を、
緑豊かな大地を、そして清らかな泉から迸《ほとばし》る小川を。

だがまたこの闇にいずれ再び戻らねばならぬその時には、さぞや悲しいことだろうよ」。
その時ライウスとメルクリウスの二人に、地獄の門口に寝そべっていた番犬が気づいた。
ケルベルスは、三つの頭を同時にもたげ、かっと口を開いた。
冥府に入ってくる死者の群《むれ》に向かうのと同じように獰猛に。今やその黒い首を
脅しつけるように膨《ふく》れ上がらせ、今にも地にばら撒かれた骨を蹴散らして来る所だった。
もしメルクリウス神が、忘却の河《レテ》の小枝を用いて、毛を逆立てた番犬を宥《なだ》め
鋼《はがね》のようなその眼を、三重《みえ》の眠りで大人しくさせなかったならば。
　さて、アルゴスの民にタエナラと呼ばれていた場所があり、
そこには泡立つマレア岬の怖ろしいほどの山頂が虚空に聳《そび》えており、
何者の視線もその尾根に届くことは叶わない。
遥か高みに「頂《いただき》」は屹立《きつりつ》し、風も雨雲も晴れやかに見下ろし、
ただ幽《かす》かな星々だけを宿らせている。

そこには、力尽きた風の寝床が延べられ
稲妻のための通り道がある。山の中腹には虚《うつ》ろな雲が集まっており、
山頂には、素早い鳥の羽ばたきも辿《たど》り着くことはなく、
荒々しい雷鳴ですら打ちおろされることはない。
そして日が傾くと、海上に遥か長い尾を引いて
大海原の只中に巨大な山の影がたゆたう。
聳《そび》え立つ岸辺は内側に湾曲した中にあり、
タエナラ岬は、外海の波に曝《さら》される恐れはない。
ここは海神《ネプトゥヌス》が、エーゲ海より疲れ果てた馬たちを
憩わせるために連れ戻す所。海馬の前半身は蹄で砂浜を踏みしめつつも
後半身は魚の姿で海中に溶け込ませたままで。
この土地に、噂では、血の気の失せた亡者たちを導く
曲がりくねった道があり、冥府の主神の広大な館《やかた》を
死者で満たすのだという。もしアルカディアの農夫らの語るのが真《まこと》なら
ば
そこでは、責め苦を受ける亡者たちの悲鳴や呻き声が聞こえ、
黒い靄《もや》で野原が翳《かげ》るのだという。しばしば地獄の女神たち《エウメニデス》の言葉や業《わざ》が

白昼の只中に響き渡り、三つの頭《かしら》を持つ冥府の番犬の声も聞こえてきて
畑から農夫らを追い払ったのだと。
　この場所から、その時、翼ある神メルクリウスは闇色の翳《かげ》に包まれて
上空へと飛び出した。冥府の靄《もや》をその面《おもて》から振り払い、
新鮮な息を吸い込み、その顔は晴れわたる。
それから、アルクトゥルス星と静穏なる中空の月の間を抜けて
畑や人々の上へと、メルクリウスは進んで行く。これに行き会った「眠り」は
「夜」の馬を御していたが、神の威光に恐れ戦《おのの》き立ち上がり
天の真っ直ぐな道から脇に逸《そ》れる。
それよりも低い位置に、ライウスの亡霊は漂っている。既に彼からは奪われたはずの星々と
彼自身にとってそもそもの始まりとなったものを目にする。今やデルピの峻嶺《しゅんれい》と
己が死で穢《けが》されたポキスの三叉路[1]を、ライウスは見下ろしている。
やがて二人はテーバエにやって来た。息子が住む館《やかた》に近づくと、ライウスは呻《うめ》き声を上げ

（1）八頁註（3）参照。

かつて馴染んでいた屋敷の中へ入ることに躊躇《ちゅうちょ》する。
まさにその時、高い門柱の上に己が戦車が奉献されており
今もなお血潮で車輪が染められているのを彼は見てしまい、
動揺のあまり、踵《きびす》を返して立ち去ってしまう所であった。雷神《ユピテル》の至高の
命《めい》であろうとも。
しかしメルクリウスの杖の魔法がライウスを引き留める。
その日はたまたま、ユピテルの稲妻に打たれた生誕を記念する日だった。
優しきバックスよ、月足らずでセメレの胎より飛び出して
父なるユピテルにあなたが渡されたその日を。(2) この故事のためにテーバエ
の民は
夜もすがら眠らずに、祭と競技に興じることにしていた。
人々は、家々にも野にもどこにでも繰り出して行き
花綱と、生《き》の葡萄酒もすっかり空になった混酒器《クラーテール》の間で
朝日の差し初《そ》めるまで、酒気を帯びた吐息を喘《あえ》がせていた。笛の音も高ら
かに、
また青銅の鉦《シンバル》も、牛革の鼓に負けじと音を立てる。
あのキタエロン山でさえも喜ばしげに、道なき森の奥に

(2) セメレがユピテルの雷電に打たれて死んだ時（五頁註(5)参照）、その胎にバックスを身篭っていた。ユピテルはこのバックスをセメレの胎内から取り出し、自分の太腿の中に縫い込んで出産まで育てた。

心狂わせているわけではない母親たちを、かつてのように酷《むご》くはないバッ
　クスへの崇敬へと駆り立てていた。(1)
その有様はあたかも、ロドペやオッサの山腹の狭い谷の中で
トラキアの民が、狂乱の集いで宴《うたげ》を開いているかのよう。
その蛮族にとっては、息も絶え絶えに獅子の口から振り落とされた羊が御
　馳走であり、
搾りたての乳で薄められた血が贅沢であったのに、
ひとたび、テーバエに生まれたバックスの恐るべき香りが吹き込まれるや、
石や盃を手から撒き散らすことが歓《よろこ》びとなり、
同胞たちの無実の血を流して
その日に新たな活力を注ぎ、祭祀の宴《うたげ》をやり直す――
　その夜、翼あるキュレネ生まれのメルクリウスは静謐《せいひつ》な大気をくぐり
テーバエの王エテオクレスの臥所《ふしど》に滑り込んだ。その時彼は
大柄な四肢を、アッシリアの緞子を累《かさ》ねた高い寝台に委ねていた。
悲しいかな、神ならぬ身の、行く末を知ることもない心よ。
このエテオクレスが、馳走を食し、眠りにつくとは。
ここに老いたライウスの亡霊が命じられたことを運んで来る。

(1) かつてアガウェたちはバックスに心を狂わされて、息子のペンテウスを惨殺した。五頁註(4)参照。

夢の中の見せ掛けの姿と思われることのないように、齢《よわい》を重ねた占師で
　ある
ティレシアスの盲目な眼と、声と、神官の徴《しるし》の幣《ぬさ》を身に装う。
髪はもとのままで、顎から垂れ下がる髭もそのままの灰白色。
血の気の無さも本来のもの。しかし、偽りの鬘《かずら》が
頭に走っていた。銀灰色に光る橄欖樹《オリーブ》に結《ゆわ》えられた
髪の飾りを覗かせていたのである。それから枝でエテオクレスの胸に触れ、
運命を告げる声を発する。
「こんな時に眠っているのか。この深い夜のもと
兄弟のことを気にかけずに無為に休んでいるとは。既に由々しい行為と
ただならぬ支度《したく》が、お前を呼んでいるというのに。
お前は、あたかも、危険なイオニア海で嵐が沸き起こっているのに
黒雲の下で寝そべっている舵取りが
波を乗り切る舵も装備も忘れ果てているように、
手をつかねている。あいつは既に――噂が告げている――縁組によって
驕《おご》りたかぶり、力を蓄えている。王国を奪い取って
相手に譲らず、この王宮に爺《じじい》になるまでしがみつこうとして。

奴に勇気を与えているのは、神託によって義父と定められたアドラストゥスと
嫁資《かし》として与えられたアルゴスの兵。さらには、生死を共にすると誓いを立てた
兄弟殺しの血に染まったテュデウスだ。
こうして奴は増長し、お前を永遠に追放してやると予告している。
神々の御父自らが哀れんで、天より私を遣わされたのだ。
テーバエを手放すな。王権への欲望に盲《めしい》となり
お前と同じことをするであろう兄弟を、追い払え。もはやこれ以上、
兄弟の死を渇望する輩《やから》に、欺瞞の企みを許しておいてはならぬ。
アルゴスをテーバエの女主人としてはならぬ」。
　このようにライウスは言った。そして立ち去りながら――というのも、
　既に星々は色褪《あ》せて
太陽の馬に追いやられつつあったので――枝と額《ひたい》の幣《ぬさ》をかなぐり捨てた。
祖父であることを明らかにし、邪《よこしま》な孫の床に屈《かが》み込み、
傷口が開いたままの喉を露わにし、
傷から滴《したた》る血潮を眠りの中で溢れさせる。

エテオクレスは休息を破られ、身を起こし、
寝台から跳ね起きる。恐怖に満ちて、悪夢の中でつけられた血潮を
拭《ぬぐ》い去ろうとしながら、祖父の影に怯え、兄弟の影を探し求める。
あたかも、狩人の囁きを耳にして雌虎が、
縞の剛毛《あらげ》を逆立てるように。雌虎は緩慢な眠気を振るい落とすと、
戦いを求め、顎《あぎと》を開き爪を剝《む》く。
すぐに狩人の群《むれ》に襲いかかると、血に飢えた仔の餌にするため
まだ息のある人の体を咥えて行く――そのように、怒りに駆り立てられて
エテオクレスは、ここにはいない兄弟に対し戦いを求める。
　さて今や天上では、トラキアの臥所《ふしど》より身を起こし、
暁の女神《アウロラ》が冷たい影を一掃した。
その髪から露を振り撒き、すぐ背後に迫る太陽に紅《くれない》に染まりながら。
その前を、雲を透かして薔薇色に染まり、薄れつつある光を巡らせて、
もはや自分の役目は済んだ空の中を、歩みの遅い馬を駆り
暁の明星が去っていく。やがて父なる灼熱の日輪がその姿を完全に現わし、
妹君の月にさえも輝きを控えさせる。
その頃、アルゴスの老王アドラストゥスは身を起こし、またそれに遅れず

に
ディルケの畔《ほとり》とアケロウスの流れから来た二人の英雄ポリュニケスと
テュデウスも、
床《とこ》より起き出した。二人の若者には、諍《いさか》いと嵐をくぐり抜けた後すっか
り疲れ切って、
なみなみと角《つの》に溢れる「眠り」が注ぎ込まれていた。
しかしアルゴスの王の胸に運ばれたのは浅い休息だった。
心の内に、神託や、迎えたばかりの客人のことを
さまざまに思いを巡らせる。そして婿を見出したことで
いかなる運命を我が物とすることになるのかと考える。館《やかた》の中心にある
室に三人が揃い、
右の手を互いに結び合わせると、
内密の思いを突き合わせ繙《ひもと》くに適した一隅に座を占める。
まずアドラストゥス王が、訝《いぶか》しげな若者たちに向かって、このように言
う。
「優《すぐ》れた若者たちよ、そなたたちは神の意向により我が王国に
恵み深い夜が導いたのだ。稲妻と共に降り注ぐ驟雨《しゅうう》と

雷神の怒りをくぐり抜けて、
この館《やかた》の屋根の下にまで導いてくださったのは、我がアポロ神なのだ。
そなたたちだけでなくギリシアの民すべてに隠れもないことと
思って差支えあるまいが、どれほどの熱意をもって求婚者たちの群《むれ》が
我が子との婚姻を求めているか。すなわち、同じ星のもとに生まれた、
いずれは孫を産んでくれよう二人の娘が、もう年頃を迎えている。
その器量、慎みがいかほどのものか、親の言葉を聞かずとも、
昨日の宴席でそなたたちの目で知ることができたろう。
あれたちのことを、玉座や諸国を治める武器に驕《おご》る男たちが
ぜひにと求めたものだ（トラキアの王やスパルタの諸候も数え上げれば切
　りがない）。
ギリシアのあらゆる都市の母たちも、己が家の嫁にと望みをかけた。
そなたの父オエネウスもこれほど多くの求婚を退けはしなかったし(1)、
ピサで手綱さばきを恐れられたオエノマウスを義父に求めることもこれほ
　どに熾烈ではなかった(2)。
しかし、スパルタに生まれた者や、エリスから来た者たちの誰をも
我が婿として迎えるよう定められてはいなかった。そなたたちにこそ、我

（1）テュデウスの父オエネウスの娘デイアニラはヘルクレスの妻となった。
（2）二五頁註（4）参照。

が一族と我が王宮の支配は
遥か以前から運命によって約束されていたのだ。
おお神々よ、これほど神託に従うことが喜ばしいほどの、
かくも素晴らしい血筋と勇気を持つ婿たちを与えてくださった。これこそ、
苛酷な夜の間に
獲得された栄誉。あの諍《いさか》いの後で、このような報いが与えられたのだか
ら」。
王の言葉を聞き終えると若者たちはしばしの間、互いに目を見交わして
顔を見合わせたまま、どちらが話し始めたものかとお互いに譲り合う様子
であった。
しかし、いかなる行動においても大胆さの勝《まさ》るテュデウスが言い始める。
「ああ、ご自分の名声を知らしめるのに、何と控え目なお言葉。
深い配慮を持つ御心がそう言わしめるのでしょうか。どれほどのお力で、
幸運の勢いを
美徳で矯《た》めておられることか！　一体何人《なにびと》にアドラストゥス王の威光が譲
りましょうや。
父祖代々のシキュオン[1]の王座から離れたあなたが、

（1）ペロポネソス半島にある都市。

野蛮であったアルゴス人らを法で束ねたことを
知らぬ者がありましょうや。諸々の民がこの御手に委ねられんことを、
公正なるユピテルよ、赦したまえ、イストモス地峡が内側にせきとめる民や
他の境界でさらに遠くまで広げられる民が。
そうすれば、おぞましいミュケナエから太陽が失われることもなかっただろうし、(2)
エリスの渓谷が野蛮な争いに呻くこともなかっただろう。(3)
復讐の女神が繰り返し繰り返し王たちのもとで呼び求められることも、
またお前も、テーバエの若者よ、それほどまでに嘆くこともなかっただろう。
我々は喜んで、この心をあなたに委ねましょう」。このように言うと、ポリュニケスも
言葉を続けて、「一体何人《なにびと》が、このような義父に恵まれることを拒みましょうか。
祖国から追われ、追放のこの身には
未《いま》だ愛の歓《よろこ》びは好ましからぬとはいえ、心中の悲しみは鎮まり、

(2) 二九頁註（1）参照。
(3) オエノマウスが娘の求婚者たちに戦車競技を挑んだこと。二五頁註（4）参照。

胸に突き刺さった苦しみも退《しりぞ》きました。
この慰めが心を喜ばせる様は
激しい嵐に翻弄される船が、
懐かしい岸辺を望み見る時にも劣らぬほどです。喜んで、あなたの王国の
　豊かな兆《きざ》しのもとに入り
私の運命や人生の労苦のうち何であれ残されているものを
あなたの幸運のもとに過ごしましょう」。それ以上ぐずぐずせずに
三人は立ち上がる。さらにさまざまな約束を
アドラストゥス王は積み重ね、将来の援助を約束し、
彼らの祖国に再び戻れるようにと請け負う。
　かくしてアルゴスの都中に、素早く評判が満ちわたる。
王の婿がやって来て、華燭の典が執《と》り行なわれ、
名高いアルギアと、美しさでは聞こえ劣らぬデイピュレが、
機の熟した純潔を新床に捧げるということが。
人々は、慶《よろこ》びの日を心待ちにする。盟友の諸都市に「噂《ファマ》」が飛ぶ。
近隣の地を駆け抜け、さらに遠くアルカディアの山へ、
パルテニウス山の叢林《そうりん》を越え、エピュレの野を越え、

ついにはオギュグスの末裔なるテーバエにまで、
人々を掻き乱すこの「噂《ファマ》」の女神は飛び込んでくる。城壁の中をその羽毛(1)で覆《おお》い尽くし、
エテオクレス王を、以前に訪れた夢と唱和して脅《おびや》かす。
ポリュニケスらがアドラストゥス王に受け入れられたこと、その娘との婚礼、王権の約束、
血筋が結び付けられたこと――この「噂《ファマ》」という物《もの》の怪《け》には、何という放縦が
何という狂気があることか――そして、今や戦争を告げて「噂《ファマ》」は囀《さえず》る。
待ち望まれていた婚礼の日が、アルゴス中に溢れ出た。喜ばしげな集いで
王宮の広間は満たされる。人々は、父祖たちの姿をも間近に見ることができる。
生命ある顔と見紛《みまご》うばかりの青銅の像を。
さても見事な腕前に造り上げられたものよ！　始祖イナクス(2)自身が双《ふた》つの角を戴き
左に壺を傾けてゆったり座している。

(1)『アエネーイス』第四歌一七四行以下では、「噂」は全身を羽毛でおおわれた怪物であり、その羽毛ひとつひとつの下に目と舌がある、と描写されている。

(2)アルゴスを流れるイナクス河の神はアルゴスの始祖と見なされていた。三三頁註（1）参照。角《つの》や水源の壺は河神に特有のもの。

それを囲むように、老いたイアシウスと穏やかなポロネウスが、
そして戦士のアバスが、ユピテルに憤懣《ふんまん》を抱くアクリシウスが、
さらに、抜き身の剣に敵の頭を突き立てたコロエブスに、
今や殺戮に思い巡らしているダナウス(1)の陰惨な似姿が。
数多《あまた》の位ある者らが後に続き、それから平民たちが、聳《そび》える門《かど》の内へと
声をさざめかせつつ流れ込んでくる。特に身分の高い者たちの一団と
高貴な王に近い立場の者たちは、序列の先頭を占めている。
王宮の奥では、祭壇に火が燃え、女たちのざわめきが室内に響いている。
アルゴスの婦人たちは貞節な輪を成して花嫁の母を取り巻いた。
またある者たちは、嫁《とつ》がんとする乙女たちの周りを取り囲み
新たな契りを寿《ことほ》ぎ、嫁ぐことへの畏《おそ》れを慰める。
花嫁たちは、顔貌《かおかたち》も装束も気高く、美々しい様で歩んでいた。
純白の貌《かんばせ》には、含羞《はじらい》の真紅が刷《は》かれ
眼差しは伏せられている。口には出さねども胸の裡《うち》には
純潔への最後の望みがよぎり、初めての罪に対する慎みの想いが
面《おもて》を曇らせる。そして頬を、品位ある雫《しずく》が潤《うるお》し
その涙は、優しい両親に喜びを与える。

(1)ダナウスは五十人の娘を持ち、ダナウスの兄弟アエギュプトゥスは五十人の息子を持っていた。ダナウスの娘たちはアエギュプトゥスの息子たちと結婚することになるが、ダナウスは娘たちに武器を与えて、新床で夫を殺させた。

その姿はさながらに、天《あめ》の宮殿より舞い降りられた
パラス女神と、ポエブスの峻烈なる妹神ディアナのよう。
いずれの姫神の武器も眼も恐ろしく、その頭《こうべ》には黄金の髪が結い上げられている。
ディアナはキュントゥスから、パラスはアラキュントゥスから、おつきの者たちを従えてくる。
仮に許されて、どれほど長く見つめていたとしても、
どちらの女神の方が立派か、どちらの方がより美しいか、どちらの方がよりユピテルに近いか、などとは
見分けることなどできはしない。また互いの装いを望んで取り替えたとしても、
戦《パラス》の女神にも箙《えびら》が、月《ディアナ》の女神にも兜が、よく映えることだろう——
アルゴスの人々は、喜びに競い合い、神々のもとへと
その家柄や資産に応じて、願い事を持って押し寄せる。
ある者たちは、犠牲獣の腸《はらわた》と心臓を捧げ、またある者たちは、剝き出しの芝土の上で
この信心が受け入れられれば願いも聞き届けられないはずもないとばかり

に、
香《こう》を焚いて神々に訴え、割った薪を神前に積み上げている。
見よ、突然の恐怖が――これも酷《むご》い運命の女神《ラケシス》が命じたことだが――
人々の心に襲いかかった。父王の喜びも揺さぶられ
祝典の日も乱された。彼らは処女神パラスの神殿に詣《もう》でる所であった。
この女神にとって、他の都《みやこ》の中でもアルゴスのラリサの嶺《みね》は
アテナエにも劣らず心にかけられるものである。この神殿へ、父祖の慣《なら》わしに従って
アルゴスの娘たちは、貞潔な婚礼の年齢に至る時
乙女の髪を捧げ、新床の赦しを得るのが常であった。
ここの高い頂《いただき》へと人々が登って行くと、
神殿の高い破風《はふ》から足元に向かって、
アルカディアの人なるエウヒップスが捧げた物、青銅の丸盾が落ちて来た。
先に立っていた松明《たいまつ》も、花嫁たちのための祝いの火も、かき消された。
内陣の奥からその時、聞こえてきたのは
まだ歩みを取り直すことすらできないでいる人々を怯えさせた、大きな
喇叭《ラッパ》の音。

初め人々は皆、恐れ戦《おのの》いて王を振り返ったが、
すぐに、聞こえなかった振りをした。それでもすべての者たちは
怖ろしい前兆に心を騒がせて、色々な噂が不安を増大させる。
無理もないことだ。何故ならば、この時、花婿の贈り物として
不吉な装身具を、花嫁アルギアよ、そなたは帯びているのだから。
ハルモニアの不幸な首飾りを。長くはあるが、よく知られた不幸の物語である。
私は説き明かそう。何故、かくも酷《むご》い力がこの忌まわしい贈り物に宿ったかを。
レムノスを統べるウルカヌス神が、古《いにしえ》の伝えによれば、妻ウェヌスと
マルス神の密通に
長い間、苦しんでおり、その不倫が発覚した後の罰も
愛人たちを留めることはできなかったし、懲《こ》らしめの鎖も償いにはならなかった(1)。
この不義から生まれた娘ハルモニアの嫁入り(2)の飾りとして、
ウルカヌスはこの首飾りを造り上げたのだった。これのためにはキュクロプス(3)らも、

(1)醜い鍛冶の神ウルカヌスは美しい愛の女神ウェヌスと結婚していたが、ウェヌスは戦いの神マルスと浮気をする。ウルカヌスは精巧な網の罠で二人の情事の現場を押さえる。
(2)テーバエの始祖カドムスに嫁いだ。
(3)二〇頁註（1）参照。

もっと大きなものを作るのに長《た》けていたけれども、力を尽くし、技に巧み
　なテルキネス（1）も
競うように親身になって腕を貸した。だが誰よりも汗を流したのは
ウルカヌス自身であった。密やかな焔《ほのお》に花やぐ緑玉石《エメラルド》でぐるりと取り巻
　き、
そして、不吉な象《かたち》を彫琢した金剛石《アダマント》を、
またゴルゴンの瞳（2）、シチリアの鉄床《かなとこ》に最後に残ったユピテルの雷霆《らいてい》（3）の灰、
緑の竜の額から抜き取った輝く鬣《たてがみ》を嵌め込んだ。
さらに西方の乙女《ヘスペリデス》たちの涙から萌え出た琥珀（4）に
プリクススを振り落とした酷《むご》い金毛羊の黄金（5）を。
さらにさまざまな災厄、冥府の女神ティシポネの黒い蛇髪の中でもとりわ
　け太い蝮《まむし》を
引き抜いて織り込む。そして、ウェヌスの帯に籠《こ》められていた不幸な魔力（6）
　を。
この首飾りに、月の雫《しずく》をすっかり塗り込め
ウルカヌスは匠《たくみ》の技で、溌溂たる毒を全体に振り掛ける。
これには、人を喜ばせる「優雅」の三姉妹の長姉パシテアではなく

（1）半人半妖の一族。鍛冶仕事に長けている。
（2）蛇の髪をもつ女怪物。その顔を一目見ただけで、見た者を石にした。
（3）ウルカヌスはシチリアの火山でユピテルの投げる雷霆《らいてい》を作った。
（4）ヘスペリデスは、弟のパエトン（二〇頁註（2）参照）の死を悲しんで樹に変身した。その涙が樹液として流れて、琥珀となった。
（5）カドムスの娘イノ（五頁註（6）、六頁註（7）参照）の継子。黄金の毛皮を持つ羊に乗ってコルキスへ逃れた。この羊の毛皮を求めて、後にイアソンがアルゴ号の乗組員を率いて冒険に赴いた。
（6）愛の女神ウェヌスの帯には、恋心を燃え立たせる魔力がこ

「魅惑」でも、イダの山の少年「愛の神《クピド》」でもなく、「苦しみ」と「怒り」
もっていた。
「嘆き」と「不和」が、その右手の力を加えたのだった。
この作品の最初の証《あかし》となったのはハルモニアだった。倒れ臥《ふ》す夫カドム
スに伴って、
その嘆きの声もおそろしい蛇の舌の音と変じてしまい、
イリュリアの野を、長く伸びた胸で地を這って行ったという。(7)
次には、過《あやま》ちを犯したセメレが犠牲となった。この呪われた贈り物をそ
の首に
かける暇《いとま》もほとんどなく、ユノが謀《はか》ってその屋敷に入って来たのだった。(8)
さらにまた汝も、哀れなイオカスタよ、人々の伝える所によれば
この燦然《さんぜん》たる呪いの品を持っていたのだという。その貌《かんばせ》の誉《ほまれ》となすた
めに身に着けた折、
ああ何という婚姻の床《とこ》に喜んで臨もうとしていたことか！(9)　それから長い
時が経ち
今、アドラストゥスの娘アルギアがこの贈り物を身につけ、輝いている。
妹の見劣りのする装身具を
呪われた黄金の輝きで圧倒して。

(7) カドムスは妻ハルモニアと共に大蛇に変身した。

(8) 五頁註（5）参照。

(9) 九頁註（5）参照。

この首飾りを、やがて滅びる定めの予言者アンピアラウスの妻が見た。
そして、あらゆる祭壇や祝宴の前に、密やかに嫉妬を煮えたぎらせていた。
もしいつかあの恐ろしい飾りを手に入れることが許されたなら、と。
哀れにも、たった今起きたばかりの凶兆も、彼女には何の助けにもならない。
何という悲嘆を、何という災厄を、不実な妻は望んだことか！
彼女にはそれが相応の報いではあるが、しかし哀れな夫が欺《あざむ》かれて取った武器は、
何の罪もない息子たちの狂気は、何の報いだったというのか(1)？
　さて、王家の饗宴と民衆の歓びとが
十二日間の幕を閉じると、ポリュニケスは
再びテーバエへと想いを馳せ、己が王国を求めることとなる。
心のうちにあの日が蘇る。籤《くじ》運はエテオクレスに吉と出て、
ポリュニケスは父祖伝来の王宮に、何の地位もなく立ち尽くしていた。
神々の加護も失われ、うろたえ切った騒ぎの中で
味方の者たちも散り散りになり、誰も傍には残らず、
幸運も自分から逃げ去るのを、目の当たりにしながら。ただ一人、妹だけ

(1) 妻の裏切りに報復するよう命じたアンピアラウスの遺言に従って、彼の息子たちは自分の母親を殺害する。

が気丈にも、
悲痛な追放者の歩みに寄り添って来たが、この妹さえも、最初の門に残してきた。
ポリュニケスの涙は、強い怒りに封じ込められた。
そして、立ち去る時にも、誰が笑っていたか、誰が、公平ならざる君主に
阿諛追従《あゆついしょう》を言ったか、
また誰が、祖国を離れる自分を嘆いてくれたか、
いちいち心に留めておき、夜となく昼となくこれを数え直す。
胸を狂おしい怒りと苦しみが食い尽くした。
そして、死すべき身の悩みにはこれ以上の辛いものはない、
遥かな希望。このような想いの雲を胸に渦巻かせつつ
ポリュニケスは、ディルケの流れの畔《ほとり》へ、
テーバエの拒まれた王宮へと向かうべく備える。あたかも、牡牛の長《おさ》が、
懐かしい谷間を失い、慣れた草地から追い出されてしまい、勝利をおさめた牡牛に命じられ
牝牛とも引き離されて遠くで嘶《いなな》くしかないかのよう。
追放のおかげで牡牛の筋肉は盛り上がり、巨大な頭には再び血の気が漲《みなぎ》

り
胸で樫の樹を粉々に砕く。
そして戦いを求め、牧場《まきば》を、奪われた群《むれ》を要求する。
いまや蹄も、角も、以前よりも力を増して戻って来たこの牡牛に、
かつての勝利者自身も怯え、牛飼いたちも驚嘆のあまりもとの牛とは分からない——
そのように、激しい怒りをポリュニケスは
胸の内で研いでいた。とはいえ、誠実な妻は、夫が密かに行こうとしていることを感じとっていた。
暁の薄明の差し初《そ》める頃、床の中、アルギアは
夫を抱きしめて横たわっている時に言う。「一体どこへ向かおうと、私にも知られぬように、
どこへ飛んで行こうと考えておられるのでしょう。愛する者は何物も見逃さないと申します。
私も気づいております。眠られぬ悲しみがあなたの溜息で研ぎ澄まされ、
平穏の内にやすらうことがおできになれないことを。いくたび、あなたの
このお顔が涙に濡れ、

深い悩みに胸を轟かせるのが
この手に触れて伝わったことでしょう。いいえ、誓いを破られたり
離縁されたり、若い身空《みそら》で寡婦《やもめ》となることを恐れているのではありません。
この愛はまだ生々しく、新床のぬくもりもまだ
冷え切っておりませんのに。あなたのことが——急いで申しましょう——
愛するあなたのお身の安全が心配でならないのです。あなたは、供《とも》も連れ
　ず武器も持たずに
あなたのテーバエに王位を求めて行き、また戻れることができるとお考え
　なのですか、
もし拒絶されたら？　しかも、権力者を見つけ出すのに長《た》けたあの
　『噂《ファマ》』の言う所では、
あの男は増長しており、奪った権力に驕《おご》りたかぶり、
到底あなたの手に負えない、とのことです。それもまだ一年は過ぎていな
　かったのに。
私のもとに、いま予言者が来たかと思うと、今度は禍々しい予兆をしめす
　犠牲獣の腸《はらわた》が、
あるいは鳥占いの兆《きざ》しや、胸騒がせる夜の影などが、

私を脅《おびや》かしております。それのみか、思い出すだに恐ろしいこと！　私の夢の中にも、
決して欺《あざむ》くことのないユノ女神がおいでになったのです。どうしてあなたは向かおうとされるのですか。
それとも他に心に秘めた情熱があり、もっと良い舅《しゅうと》があなたをテーバエにお連れになるのですか」
これに対して、微《かす》かに笑ってポリュニケスは、
妻のけなげな嘆きを抱きしめて和らげ、悲しげな瞳に頃合良く口づけをし、
その涙を押し留めた。
「恐れることはない。私を信じなさい。分をわきまえて考える者には、必ずや
平穏な日が与えられよう。年端に合わぬ心配を
お前がすることはない。やがてはサトゥルヌスの父なるユピテルが
この私の運命をご覧になるだろう。また、天より『正義』がその眼差しを注ぎ、
地上の邪《よこしま》ならざるものを守ろうとするおつもりがあるならば。
いつかきっと、その日はやって来る。お前が夫の城壁を訪れ、

王妃として双《ふた》つの都市を行き来するであろうその日が」。
　そのように言うと、愛しい館《やかた》から身をもぎ離す。
そしてテュデウスに——今では彼は計画の同志となっており、
誠実な胸に悩みを共にしている（それほどに、争いの後では
強い愛情が心を結びつけたのだ）——そして義父であるアドラストゥスに、
　沈痛に語りかける。
　　やがて
話し合いには長い時がかかった。それぞれがさまざまなことを口にして、
ひとつの意見に落ち着いた。兄弟であるエテオクレスの信義に訴えて、
嘆願によって王国への帰還を求めるべきだということに。
この役目を、剛毅なテュデウスは進んで引き受けた。
アエトリアの一族の中でも最も勇敢な戦士よ、お前のことを
新妻デイピュレは涙にかきくれて引き止めようとした。
しかし、父の命令と、使者の立場の安全が保証されていることと
姉妹のアルギアのもっともな嘆願に打ち負かされた。
　かくてテュデウスは、森を抜け海岸を伝い、険《けわ》しい道を進んだ。
レルナの沼、ヘルクレスに退治されて焼け焦げた水蛇(1)が沼の底で

（1）レルナの水蛇はヘルクレスに退治された。その水蛇は多くの頭を持ち、一つの頭を切り落としてもそこから新しい頭が二つ生えてきた。これを退治するためにヘルクレスは、切り落とした首を焼いて再生できないようにした。最後の一つの頭は不死であったので、大岩の下に押し潰《つぶ》した。

毒で汚《けが》された水を生ぬるくさせている所を、また、歌声が響くこともまれな、
遥か彼方まで吼えるネメアの獅子(1)がまだ羊飼いたちに勇気を取り戻させない地を、
そして、エピュレの山腹が東の風に向かってなだらかに下る所を、
コリントスの港が築かれて、陸地に阻《はば》まれて怒りながら湾曲する波が
パラエモン(2)に縁《ゆかり》のレカエウム港から締め出されている所を、
そこからニススを通り過ぎ、優しきエレウシスよ、汝を左手に見て通り過ぎる。
いまや歩みは、テウメシアの野とテーバエの城砦に達する。
ここに、無慈悲なエテオクレスが玉座に驕《おご》りたかぶり、
恐ろしい武器に囲まれているのを、テュデウスは目にする。
民に苛酷に、取り決めも王権の期限も超えて
エテオクレスは既に兄弟の分まで支配している。どんな悪事をも辞さない構えで
ポリュニケスに約束を求められるのが遅すぎると不満に思う。
テュデウスは人々の真中に立った。橄欖樹《オリーブ》の枝を使者の徴《しるし》として掲げ

（1）ネメアを恐れさせていた獅子はヘルクレスに退治された。
（2）六頁註（7）参照。

て。
旅の目的と名を問われると、テュデウスは語ったが、
歯に衣《きぬ》着せず激しやすいのが常であったので、
正当さを交えてとはいえ、荒々しい言葉で話し始める。
「もしお前に充分な信義があり、取り決めを守る気持ちが残っていたならば、
一年が巡り終わった時、
お前の方から兄弟に使者を送るべきであっただろう。そして決められたとおりに
至福の座を手放して、喜んで王国から立ち去るべきであったのだ。
ポリュニケスが長い間さすらい、その身に相応《ふさわ》しからぬ待遇を見知らぬ都市で受けた後で
ようやく約束された王宮に入るように。
しかし、お前にとって王権への恋着は甘く、権力は蠱惑的だ。それゆえ我々の方から
お前に要求しなければならなかったのだ。もはや星を戴く天球も素早い一巡りを終え、

枯れ果てた木の葉の蔭《かげ》も山々に再び戻って来ている。
お前の兄弟が無一文の亡命者となって、よその町々を転々とする
悲惨な運命に投げ出された時から。そして今度はお前の方が、
屋根もなく日々を送り、冷たい地べたに身を凍えさせ、
異郷の家の竈《かまど》に身を低くしてうろつく番だ。
楽しみに切りをつけろ。もう充分に、真紅に富み黄金で人の目をそばだたせながら、
お前は貧しい兄弟の苦しい一年間を嘲笑ったではないか。
気をつけろ、王権の与える悦《よろこ》びを覚えすぎないように。
追放を甘受し、戻って来るに相応《ふさわ》しい振舞《ふるま》いをすることだ」。
テュデウスは言い終えた。エテオクレスの方はといえば、黙って胸の内で
火のような気持ちを沸き立たせている。あたかも、石を投げつけられたために怒って
すぐ間近から鎌首をもたげた蛇が、それまで空《うつ》ろな穴の中で
長い間抱えていた飢えを目覚めさせ、体中のありったけの毒を
喉と鱗の生えた鎌首に集中させるように——

「こんな風にポリュニケスが喧嘩を売ってくることを、確かな前兆で
あらかじめ私に告げられていなかったならば、また、憎しみの理由が明ら
　かでなかったなら
充分に信用することもできただろう。何と獰猛にお前は
あいつの気持ちを代弁していることか。まるで、張り巡らされた城壁を異
　国の工兵が掘り崩し、
喇叭《ラッパ》が敵軍の闘争心を煽りたてているように、
お前は既に今から猛り狂っている。たとえトラキアの蛮族ビストネス族や
あるいは太陽が訪れないために生白いゲロネス族の真っ只中で言葉を語る
　としても
もっと言葉を慎み、中庸と公正に意を尽くして話をするものだろうに。
しかし私は、お前の乱心を咎めることはすまい。
お前はあいつの命令を持ってきたのだ。このようにすべてが脅迫に満ち、
信義や仲裁による和解によって王笏を求めてもおらず、
むしろ手を刀の柄《つか》にかけているのだから、今度は私のこの返答を
——お前の暴言には到底足りないが——アルゴスの王に持って帰るがいい。
公平な籤《くじ》が私に与えた上に、歳《とし》の点でも相応《ふさわ》しからぬ栄誉のために捧げら

れたこの王笏を、
私は握っており、この先いつまでも握り続ける。
お前には、アルゴスの妻の王家の嫁資《かし》として与えられた王権があるではな
いか。
そしてダナエの末裔の(1)——これほど立派な業績を
どうして私が嫉むことがあろうか？——富を積み上げるがよい。
吉兆に恵まれてアルゴスとレルナを支配せよ。こちらは、ディルケの畔《ほとり》
の荒れた牧場《まきば》を、
エウボエア島からの波で狭められた岸辺を治めよう。
惨めなオエディプスが親だということすら私は恥じない。
お前には、遥かに高貴な身分があるではないか。なにしろ、ペロプスとタ
ンタルス(2)が祖《おや》だ！
血筋が結びつくことで、ユピテルにもっと近い縁《ゆかり》となるがよい。
それとも、実家の奢侈《しゃし》に馴染《なじ》んだ王女に
この館《やかた》での暮らしを耐えさせるのか？　その王女のために、我々の姉妹
たちが仕来りどおりに
おどおどと糸を紡ぎ、積年の嘆きのために痩《や》せさらばえた我らの母が、

(1) 二一頁註（4）参照。
(2) 二二頁註（1）参照。

あるいは、時には暗がりの奥から聞きつけて
かの呪われたオエディプスが、彼女を苛《いじ》めるのか？　既に民の胸にも
我が支配の軛《くびき》は慣れ親しんだものとなっている。まったく、恥ずかしい話ではないか、平民にも貴族にも！
かくもしばしば、不確かで嘆かわしい政権を、次々と替えて耐え忍ばせ、
次にはどんな暴君が来るのかとうんざりさせるとは！
短い治世は、民にとっても苛酷なものだ。見るがいい、何という恐怖があることか
われわれの諍《いさか》いに市民たちはうろたえている。
お前のもとでは確実に罰が科せられる者たちを、どうして私は見捨てて行けようか？
兄弟よ、お前は怒りに満ちてここへ来た。私の方が去りたいと望んだとしても、
彼らの方が――私への愛は明らかで、善行に対する感謝もされているのだから――長老たちの方が、
許すまい、王位を返すことなどは」。

それ以上は辛抱できずにテュデウス

は
演説を遮り、反駁を投げつけた。「返すとも」。
さらに繰り返し「お前は王位を返すとも。たとえ鉄の累壁《るいへき》が
お前を取り囲もうと、はたまた三重《みえ》の城壁をお前のため新たな歌で
アンピオンが築こうとも、(1)どんな武器や火でも
お前を守ることはできない。それどころか、お前は不遜な行為の償いをし、
我々の武力に捕《とら》えられ、処刑されて王冠を地べたに叩きつけるだろう。
お前には相応の報いだが、他の者たちには哀れなことだ。彼らの流す血を
　貴重なものと思わず
おぞましい戦いのため、妻や子らから引き離して
殺戮の中にお前が投げ込むのだからな、ご立派な王様だ。おおキタエロン
　の山よ、
何と夥《おびただ》しい死体か！　イスメノスの流れよ、お前も血に染まって浅瀬を
　渦巻くことになろう。
この誠実、この大いなる信義！　お前の一族の罪とて驚くにはあたらない。
このようにして血筋を創り出し、
このようにお前の祖先の床《とこ》は穢《けが》れているのだから。だが生まれは当てには

(1) 四頁註(3)参照。

ならないな、
オエディプスの息子はお前一人だったのだな。このことを、お前の悪事の
　やり口への
褒美とするがいい、冒瀆者め！　我々の求めているのは一年間王位を保つ
　ことだ。
だがこんなことは無駄だ」。
　　　　　　　このように豪胆なテュデウスは、もう出口へ
　と踵《きびす》を返しつつ吐き捨てるや、
たちまち、うろたえる兵の間をまっしぐらに飛び出して行く。
さながら、オエネウスへの復讐としてディアナ女神が差し向けられた、
剛毛《あらげ》を逆立て湾曲した牙を光らせる猪のよう(2)。
猪はアルゴスの戦士の一団に狩り立てられ、行く手を阻《はば》む岩を蹴散らし
アケロウス河の辺《ほとり》に生える淮木も、土手を抉《えぐ》って薙《な》ぎ倒し、
テラモンを、イクシオンを、次々地べたに這わせて後にして、
メレアゲルよ、お前の前にやって来る。ここでついに、槍を受けて猪は止
　まった。
盛り上がった肩からは刃が振るい落とされた——

(2)三八頁註(1)参照。

あたかもそのように、カリュドン縁《ゆかり》の英雄テュデウスは
歯噛みをしながら、怯えた一団を後にする。まるで自分が王国を拒否され
　たかのように。
道を急ぎ、嘆願者の徴《しるし》である橄欖樹《オリーブ》の枝を投げ捨てる。
家々の戸口の端からは、取り乱してテーバエの母親たちが見つめている。
獰猛なオエネウスの子テュデウスの上に災いあれと祈願する。
そして黙した胸の内では、王の上にも同様にと。
ぐずぐずすることなく、生来、悪事にも卑劣な行為にも欠ける所のない
　王エテオクレスは、
信用できる若い者たち、戦いのために選りすぐられた一隊を、
褒美やら誉め言葉やらで盛んに駆り立てる。
そして残忍にも、闇夜の襲撃を企てる。
いつの時代も人々にとって神聖不可侵な使者の名分を
罠と無言の刃で襲おうと欲する。
王権がかかっていれば、取るに足らないことなどあろうか？
どんな手段を、もし兄弟が相手だったなら、「運命」は与えたことだろう
　か？

おお盲目の、罪人らの思惑よ！　いつでも怯えている悪党！　たった一人
　を相手に、
多勢が共謀して、剣を取って出撃する。まるで敵陣に接近する
準備でもしているかのように、あるいは、破城槌の攻撃をかけて
高い城壁を揺らがせようとでもするかのように、
隊列を組んで密集した五十人の戦士は、聳《そび》える城門より整然と流れ出る。
何とテュデウスは勇猛なことか、かくも多くの軍勢に匹敵するとは！
　藪の中を近道が通じている。その隠れた細道を辿《たど》って彼らは
先回りをし、生い茂る森を抜けて距離を稼ぐ。
待ち伏せの場所が選ばれた。都《みやこ》から離れた所、双《ふた》つの丘が
不吉な隘路《あいろ》となって互いに迫っている。上からは山の影、
そして森が抱き込むように葉陰《はかげ》の屋根で覆《おお》っている。
自然が築いた、待ち伏せの場所。身を潜めて闇討ちする所。
岩の間を細く、険《けわ》しい道が切り裂いている。
足元には野原が広々と
緩《ゆる》やかな斜面を広げている。反対側は、足掛かりのない絶壁、
オエディプスの退治した翼ある怪物スフィンクスの棲処《すみか》。

ここにかつて、蒼褪《あおざ》めた頬、膿の溢れる眼をもたげ
おぞましい血で固まった羽に
人の残骸を抱きしめて、食べかけの骨を裸の胸に組み敷き、
スフィンクスはすっくと立った。眼を彷徨《さまよ》わせて野を見渡す。
誰か、解き明かしがたい言葉の謎に
挑もうとする異国の者か、あるいは旅人がすぐ近くまで
大胆にもやって来て、おぞましい謎かけの契約を結ぶのを。(1)
さっと鉤爪《かぎつめ》を剥き出し、鋭く突き出す。
鉛色の腕を。傷口に噛み付く歯を。
恐ろしい羽ばたきが、旅人の顔の周りに巻き起きる。
スフィンクスの悪巧みは闇に包まれていた。が、ついに血塗《ちまみ》れの岩から、
哀れにも、この女怪に引けを取らない男に引きずり落とされ、翼もうなだ
れ、
惨めな姿で、満たされぬ腹を崖に叩きつける。
森は惨事を露わにする。そばの牧場《まきば》の牛たちも
恐れて近づかない。飢えた羊も罪に染まった草地を避ける。
樹の精たちの群《むれ》もこの蔭《かげ》を好まず、ファウヌスらへの祭祀にも相応《ふさわ》しくな

（1）スフィンクスは通りかかった者に謎をかけ、これが解けなかった者は食い殺していた。この謎をオエディプスが解いたために、スフィンクスは滅ぼされた。九頁註（4）参照。

い。
禿鷹《はげたか》さえもがこの禍々しい森から逃げ去った——
ここに、密やかな足取りで、テュデウスを襲撃して
滅ぼされる定めの一団がやって来る。傲慢な敵を
槍にもたれ、地に置いた武器を摑《つか》んで、待ち受ける。
森は密集した配置に取り囲まれる。
　太陽を、露に濡れる裳裾《もすそ》の陰《かげ》に
「夜」が覆《おお》い隠し始めた。そして大地に紺碧の翳《かげ》を溢れさせる。
テュデウスは森に近づいていた。そして、丘の盛り上がりから
戦士の盾と飾りのついた兜が赫《あか》く光るのを目にする。
そこは森の樹の枝が途切れる所。向こうの影の中で
月光が青銅の武器に当たり、火のように震え揺らめく。
その有様にテュデウスははっとした。それでも足は止めなかった。
代わりに、恐るべき槍を構え、鞘に収めた剣の柄《つか》を握る。
そして自分の方から「どこの者だ、貴様ら、武器を手に何を企んでいるの
　だ」と
恐怖ではない震えと共に呼びかける。だがそれに応える声はない。

疑念を孕んだ沈黙からは、平和を信じることはできない。
しかし見よ、クトニウスの逞《たくま》しい腕から放たれて
――彼を指揮官と一団は頼んでいたのだが――闇色の大気を切り裂いて槍
　が飛ぶ。
が、その大胆な行為を、神と幸運とが退《しりぞ》けた。
それでもテュデウスの猪の毛衣、左肩の上にかけられた
剛毛《あらげ》に覆《おお》われた黒い皮を貫通し、あわや流血寸前で槍は逸《そ》れる。
刃のない木の柄《つか》が虚しく喉を突く。
瞬間、テュデウスの髪は逆立ち、血は心臓で凍りつく。
荒々しく、あちらこちらと気配を探り、怒りで蒼褪《あおざ》めた顔を振り向け
(このような戦いを仕掛けられるとは思ってもみなかったので)
「尋常に立ち会え、開けた場所に出てこい!
大それたことをしていながら、何をびくついている、何故そうも愚図愚図
　している?　一人で、
こちらはただ一人で戦いを挑んでいるのだぞ」。言われた方も遅れをとら
　ない。思っていたより遥かに大勢が
数え切れぬほどの隠れ場所から飛び出してくるのを、テュデウスは目にす

る。
崖の上から飛び出してくる者がいれば、谷底から次から次へと登ってくる者もいる。
なお少なからぬ者たちが平地にいる。道全体が武器で輝きわたる。
まるで、網で囲まれた獲物を狩人の最初の声が
開けた所に追い立てる時のように。理性は混乱し、救われるための唯一の道と思われて、
テュデウスは、恐ろしいスフィンクスの岩を目指す。
切り立った岩肌に爪を立て、
険《けわ》しい頂上に登り詰める。岩上に位置を占めると
そこでは背後から脅《おびや》かされることなく、攻撃に適した道が下に伸びている。
テュデウスは巨大な石を、それも牛が首の力のかぎりに呻吟《しんぎん》しても
地面から転がすことも石垣に積み上げることも叶わないほどのものを
岩の間から引っこ抜く。そしてそれを、全身の血を振り絞って宙に差し上げ、
釣り合いを取りながら、巨大な崩落を引き起こそうとする。

あたかも、向かってくるラピタエ人たちに対して、空の混酒器《クラーテール》を
剛毅な半人半馬《ケンタウルス》のポルスが振り上げた時のよう。(1) 死に直面して、戦士たち
　は惑乱し
立ちはだかるテュデウスに兵士らは呆然となる。巨塊が投げつけられ、
テーバエの兵士らを呑み込んで行く。顔も、武器を持つ腕も、
胴体も、剣と交じり合って粉砕されて横たわる。
たった一つの岩塊の下に四人までもが打ちのめされて呻きを上げた。
震え上がった他の一団は逃げ出して、怯んだあまり企てを放り出す。
何故なら、打ち倒され骸《むくろ》となった四名の者たちは、侮《あなど》りがたい勇者で
　あったから。
雷電のごときドリュラス、その燃え盛る勇武は王侯にさえ匹敵する。
また軍神マルスの種より生まれたテロン、
大地より生《お》い出《い》でた祖先を誇りとしていた。(2) 手綱さばきにかけては何者に
　も引けを取らないハリュス、
だがこの時には徒歩《かち》のまま地に臥《ふ》す。
そして、ペンテウスの血筋——バックスよ、未《いま》だ御身《おんみ》はきつく当たられ
る(3)——を引くパエディムス。

(1) ラピタエ人の宴席に招かれたケンタウルスたちは、酒に酔って乱暴狼藉を働き、ラピタエ人らとの間に闘いを起こした。

(2) 四頁註(2)参照。

(3) 五頁註(4)参照。

これら四人の突然の死に恐れ戦《おのの》き
敵の一団が混乱に崩れ去るのをテュデウスは目にすると、
この二本だけは手放すことなく携えて斜面に突き刺しておいた槍を
振りかざし、逃げ惑《まど》う敵に投げつける。
それからすぐに平原へ自ら進んで、真っ逆様《さかさま》に身を躍らせると、
鎧を纏《まと》わぬ身が武器に曝《さら》されることのないよう、
倒されたテロンの手から転がっていた盾を摑《つか》み取った。
背から頭にかけては、名高いカリュドンの猪から剝《は》いだ衣で包み、
胸は敵から奪った盾で防御して
テュデウスはすっくと立った。そこへ再び、ぎっしりと一丸となって
テーバエ人の戦士らが歩を固める。それより早く、テュデウスは、
ビストニア産の剣を抜く。勇武のオエネウスより受け継いだ
軍神マルスの賜物《たまもの》。そしてあらゆる方向に対して
こちらの敵を倒すかと思えばあちらの敵に向かい、鋼《はがね》の輝きを放つ武器
　を叩き落とす。
テーバエ人らは、数の多さが邪魔になり、自らの盾で互いに押し合う。
いかなる力も成果なく、かえって

仲間を誤って攻撃してしまい、己が混乱に巻き込まれて
体もよろめいてしまう。押し寄せる敵をテュデウスは待ち受け、
敵の槍にほとんど付け入る隙を与えずに、無敵の様で立ちはだかる。
その有様はあたかも——トラキアのプレグラで巨人が打ち倒されたという
話を信じても許されるなら(1)——
魁偉《かいい》な巨人ブリアレウスが、武装した天軍に刃向かった時のよう。
これに立ち向かうポエブスの箙《えびら》も、峻烈《しゅんれつ》なパラスの蛇《ゴルゴン》(2)も、
さらには先端に穂先をつけたペレスロニアの松の樹を槍として振りかざす
軍神マルスも、
ついには、あまりにも多くの雷を鍛えたために疲れ切ったピュラクモン(3)の
手で形作られた
ユピテルの武器さえも巨人は侮《あなど》り、オリュンプスの神々すべてに攻囲さ
れようとびくともせず
百本も生えている腕が存分に揮《ふる》えないと不平を鳴らす——これに劣らず
テュデウスは激しく
あちこちへと盾を突き出しながら、自らは後退しつつ円を描き、
合間に、怯えた敵に襲いかかる。肉薄しながら槍を引き抜いているが、

(1) 大地から生まれた巨人族《ギガンテス》をユピテルら神々が打ち倒した。

(2) ペルセウスが退治したゴルゴンの首はパラス女神の盾に飾られた。

(3) キュクロプスの一人。二〇〇頁註(1)参照。

それらは、盾一面に夥《おびただ》しく突き立って震えており、
彼の新たな武器となっている。
幾度も惨《むご》たらしい傷を被《こうむ》りはしても、生命の真髄にまで達する傷は受けておらず、
死などは望むべくもない。襲いかかるディロクスを転がすと、
これの冥土への道連れになるよう命じてさらに倒していく。
戦斧を振りかざして迫るペゲウスを、
ディルケ河に縁《ゆかり》のギュアスを、マルスの竜の歯から生まれた(4)血筋のリュコポンテスを。
もはやテーバエの戦士らは怯えて味方を求め、その数をかぞえ、
もとのような殺戮への情熱はなく、あれほどの数の集団がまばらになっているのを嘆く。
　見よ、フェニキア生まれのカドムス(5)を始祖に持つクロミスがやって来る。
(かつて彼を胎に宿して、テーバエ女のドリュオペは、
突如バッカエ(6)の群《むれ》に攫《さら》われて、胎の重荷のことを忘れていた。
それもバックスよ、御身《おんみ》のために牡牛の角を摑《つか》んで引き降ろす、
そのあまりの力みのために、赤子が押し出されるまで)

(4) 四頁註(2)参照。
(5) 四頁註(1)参照。
(6) バックスを信じる女たちは狂乱状態で野山や森の中を駆け巡った。

この時、クロミスは槍を振りかざし、捕《とら》えた獅子の毛皮の出《い》で立ちも勇ましく、
節くれだった瘤《こぶ》のある松の棍棒を打ち振りつつ
叱咤の叫びを上げていた。「敵は独りだ、勇者たちよ、これほどの殺戮をただ独りに
意気揚揚とアルゴスまで持ち帰らせようというのか？　たとえ戻っても人々に到底信じてもらえまい！
ああ仲間たちよ、どの腕も、どの武器も力を揮《ふる》おうとはしないのか？
キュドンよ、ランプスよ、一体これが我らが王に成した約束であったのか？」。
こう叫んでいる間に、大きく開いた口の中にテュデウスの槍が飛び込んでくる。
喉でもそれは止まらない。叫び声は詰まり、
切断された舌が噴き出す血の中に泳ぐ。
なおしばらくはクロミスは立っていたが、やがて四肢に死が染み渡り、頽《くずお》れる。
倒れながら刃を噛み締め、彼は沈黙した。

またそなたたちも、テスピウスの子らよ、その栄えある名声を何故こばみ
語らぬことがありえようか。兄弟の瀕死の体を地面から
ペリパスは抱き起こし——その気質においても誠実《ピエタス》においても
これほど優《すぐ》れた者はいなかった——、左の手でぐったり垂れる首を、
右の手で腰を支える。啜《すす》り泣きではちきれそうな胴鎧から
悲嘆が絞り出し尽くされ、涙に濡れる兜は
その結び目で堰《せ》き止められることもない。そのように激しく嘆く背後から、
重い槍が、肋《あばら》の曲がりを粉々にする。
そのまま槍は兄弟の体にまで貫通し、同じ血の流れる胸を槍で一つに結び
　合わせる。
その時もなお光の中を漂っていた兄弟の眼は止まり、
ペリパスの死を目の当たりにして見開かれた。
しかし彼の命は尽きてはおらず、手負いの内にもなお力は残っていた。
「このような抱擁を」と彼は呪う。「このような接吻を貴様の息子から与え
　られるがよい」。
運命を共にして二人は倒れ臥《ふ》した。哀れにも、共に死にたいという願いは
　叶えられた。

そして互いの右手で、その瞼を閉じてやったのだった。
さらにテュデウスはとどまることなく、槍と盾でメノエテスを攻め立て
ていた。
震える足で次第に後ろへと退《さ》がっていくのを追い詰めながら。
とうとう、地面の盛り上がった所に逃げ場を失って倒れる。
メノエテスは両腕をいっぱいに開いて嘆願し、
喉もとで煌《きら》めく槍を押さえる。
「助けてください、星々の流れるこの闇にかけて、
神々と、あなたの夜にかけて。どうかテーバエへ、あなたの凄まじい所業
を告げる使者として
帰ることを赦してください。この口を通して、わななく群集にあなたのこ
とを告げ知らせ、
王を貶《おとし》めてやりましょう。そうすれば、我らの武器が虚しく地に落ちま
しょう。
いかなる剣も、あなたの胸を貫くことはできないでしょう。
待ち望む友のもとへ、勝利者としてあなたは戻られましょう」。
メノエテスはそう言った。しかしテュデウスは、表情ひとつ変えることな

く「空々《そらぞら》しい」
と言い放つ。「涙を流しても無駄だ。騙《だま》されはせぬぞ、貴様もあの外道《げどう》な
君主に
俺の首を約束したではないか。さあ、武器も命も放り出せ。
何故、臆病者の余生を欲しがったりなどするのだ。
戦《いくさ》はすぐにやって来る」。言うと同時に、槍を地に染めて、既に引き抜い
ていた。
テュデウスはさらに、打ち倒された敵に向かって
挑むように厳しい言葉を続ける。「これは貴様らが、三年おきに父祖の慣《なら》
わしに従って祝う
体操競技の夜ではないぞ。貴様らが今目にしているのは、
カドムスの狂宴や、飢えた親たちがバックスの祭を血で穢《けが》している有様(1)で
はない。
仔鹿の皮や、華奢な杖を手にしているとでも思っているのか。
なよなよとした音を合図に、本物の男なら知らぬような戦いを、
マルシュアスの笛に合わせてやっているとでも？
この殺戮は、狂気は、そんなものではないぞ。冥土に行くがいい。

(1) 五頁註(4)、一〇七頁註(6)参照。

勇気もなければ数も足りん！」と怒鳴りつける。とはいうものの、
その体は言うことを聞かず、胸に脈打つ血は疲れ切っている。
既に手は下がり、虚しく剣は打ち下ろされる。
足取りも鈍くなり、腕は、敵の矢の重みに揺らぐ盾を支えられない。
冷たい汗が雨のように、喘《あえ》ぐ胸に流れ落ちる。
そして髪も、燃え上がるような顔も、鮮血の雫《しずく》と、
死体から跳ね返った血飛沫《しぶき》で濡れている。
あたかも獅子が、羊飼いを野から遠くに追い払い
アフリカの羊を食い尽くし、夥《おびただ》しい血で
飢えが満たされすぎて、首も鬣《たてがみ》も、血糊《ちのり》で強《こわ》ばって下がったよう。
死骸の間に、息も絶え絶えに立ち、
餌の食いすぎに打ち負かされて喘《あえ》いでいる。もはやそれ以上、怒りが荒ぶ
　ることはない。
ただ、虚《うつ》ろな顎《あぎと》が空を噛み
突き出された舌が、柔らかな毛皮を舐めるばかり——
それでもテュデウスは、戦利品と流血に満たされて、テーバエへも行っ
たかもしれない。

そして、驚嘆する市民と王に
勝ち誇った姿を示しさえしたかもしれない。もし、処女神パラスよ、あなたが
この燃え上がり、夥《おびただ》しい活躍で目の眩《くら》んだ男を、
諌《いさ》めてくださらなかったなら。
「誇り高いテュデウスよ、そなたには既に、ここから離れたテーバエを打ち負かすことを我らが諾《うべな》った。
今は限度をわきまえよ。あまりに好意を示される時には神々を憚《はばか》らねばならぬ。
この働きが人々に信じられるようにすることだけを求めよ。
幸運を充分に享受したのだから、そなたは退《ひ》くがよい」。
残されていたの
は、
惨《むご》たらしい骸《むくろ》となった仲間の群《むれ》から、心ならずも生き残った
ハエモンの子マエオンだった。彼は、こうなることを予見していた。
空の予兆を識《し》り、いかなる鳥占いにも過《あやま》つことがなかった。
また王を留《とど》めることも恐れはしなかったが、運命は、この予言者から

王の聞く耳を奪い去った。哀れなるかな、無力な生を運命づけられて。
慄《おのの》くマエオンにテュデウスは、苛酷な命令を下す。
「貴様がテーバエ人の何者であれ、情けをかけて、死者たちの中から免《まぬか》れ、
明日の日の目を拝ませてやるとしよう。
このことを王に伝えるよう命じる。城門を累壁《るいへき》で固めよ。
武器を新たにせよ。年経《としへ》て脆《もろ》くなった城壁を点検せよ。
何よりも、兵力をしっかりと固め、戦力を倍増し
充実させることを怠るな。この野原一面に、
俺の剣で血煙《ちけむり》が上がっているのを見よ。このようにテーバエとの戦にも
　我らは赴《おもむ》こう」。
こう言ってテュデウスは、パラス女神よ、御身《おんみ》に相応《ふさわ》しい美事《みごと》な捧げ物
　を
血みどろの惨禍《さんか》の中から調《ととの》える。
投げ出された戦利品を満足げにかき集め、戦果の大きさを量《はか》る。
野の真中が小高くなった所、樫の樹が立っていた。
若木の柔らかさをとうに失い、厚い樹皮に包まれ、
曲がった葉枝と荒い幹《みき》を持つ。

これに、空《から》の兜や、夥《おびただ》しい傷に刺し貫かれた盾を運んで架け、
刃を毀《うちこぼ》たれた剣を巻きつける。
さらには、まだ息のある四肢から引き抜いた槍を。
そうして屍《しかばね》と武具ともろともに重ね上げた上に立ち、
テュデウスは祈願の声を上げ始める。夜闇と遥かな尾根がこだまを返す。
「猛《たけ》き女神よ、ユピテル大神の誉《ほまれ》にして叡智《えいち》、
戦いを司る神よ。その頭には、獰猛な美しさに飾られた恐るべき兜があり、
血飛沫《しぶき》に染まるゴルゴンの首が威嚇《いかく》する。
これほど烈しく軍神マルスも、槍持つ戦の女神ベロナも
喇叭《ラッパ》の音で戦場を満たしはしない。この供物《くもつ》を嘉納《かのう》したまえ、
御身《おんみ》がパンディオンの山よりこの夜の戦《いくさ》を
見に訪《おとず》れておいでであれ、あるいは、アオニアのイトネでの楽しげな踊
　りの輪から
足を向けておいでであれ、あるいはリビュアのトリトン湖に
髪を浸《ひた》し梳《くしけず》っておいでであれ――そこから御身《おんみ》は二頭立ての戦車に勝ち
　誇り
汚《けが》れなき雌馬たちに牽かれて疾駆《しっく》する車輪に運ばれる――

いざ御身《おんみ》に、毀《うちこぼ》たれた勇士らの武具を、剝《は》ぎ取られた無残な戦利品を奉《ささ》
げまつらん。
いつかカリュドンに戻ることができ、
マルス縁《ゆかり》のプレウロンが私を迎え入れて扉を開いたなら、
その時には黄金の神殿を、都《みやこ》の中心の丘に奉献いたしましょう。
そこからはイオニアの逆巻く波が快く眺め降ろせましょう。
そして、金色《こんじき》の渦を巻いて海原を盛り上げて逆巻くアケロウス河が、
阻《はば》もうとするエキナデス諸島をすり抜けて行く。
ここに私は、祖先らの勲《いさおし》と、大いなる王たちの峻厳《しゅんげん》な貌《かんばせ》を描《えが》かせよ
う。
壮麗な円蓋《えんがい》に戦利品を架けよう。
今ここで私の血によって勝ち取られたものすべてを、
さらにはテーバエが陥落した時には、女神よ、御身《おんみ》が与えてくださるすべ
てを奉《ささ》げよう。
そこでは百人のカリュドンの乙女らが、汚《けが》れなき祭壇に奉仕し
仕来りどおりに、女神のため清らかな橄欖樹《オリーブ》で作られた松明《たいまつ》を結びつけ、
雪白の筋の入った真紅の幣《ぬさ》を結ぶだろう。

祭壇には絶やすことのない炎を、老女神官が育むだろう。
畏《かしこ》むべき聖所を決して覗くことのない老女神官が。
おお女神よ、戦の時も平和な時も、常に変わらず、
豊かな実りの初穂がもたらされよう。ディアナ女神もそれに否やは申され
　ますまい」。
言い終えるとテュデウスは、美《うま》しきアルゴスへの道を再び辿《たど》り始めた。

第三歌

しかしテーバエの王宮に君臨する不実な君主エテオクレスは
不安な夜のもとにあった。夜露に濡れる星々には
未《いま》だ暁《あかつき》までの長い勤めが残っているにもかかわらず、眠りに憩うことな
　く、
まんじりともせず心を研ぎ澄ませ、手を染めた罪の報いをあれこれと思い
　悩む。
とりわけ、心にさまざまなことを浮かび上がらせるのは、
疑心暗鬼の時には最も悪い予言者となる「恐怖」。「ああ！」と、彼は叫び
　を上げる。
「何故こうも遅い？」（というのも、あれほどの軍勢をもってすれば容易《たやす》い
こと、テュデウスも恐れるに足りず、その武勇も勇気も数には勝てまいと
踏んでいたので）
「行くべき道を違《たが》えたか？　あるいはアルゴスから
援軍が派遣されたのか？　もしや計画が漏れて、

近隣の都《みやこ》にまで伝わってしまったのか？　戦神《いくさがみ》も照覧あれ、俺が選んだ数が少なすぎて、
武勇も劣る者ばかりだったとでもいうのか？　いやそれどころか、
誰にも引けを取らないクロミスやドリュラスら、
また我が砦《とりで》にも類《たぐ》うべきテスピウスの息子たちは、アルゴスを丸ごと、根こそぎ滅ぼしもするだろう。
テュデウスとて、まさか我らが武器が貫けないようなことはなく
青銅と硬い金剛石《アダマント》で出来た腕を持ってこの地に来たというわけでもあるまいに。
ええい何をぐずぐずしているのだ！　たった一人を相手の戦《いくさ》ではないか、
一致団結して当たりさえすれば！」。このようにさまざまな不安が渦を巻き、
エテオクレスを苦しめる。とりわけ何よりも心を苛《さいな》むのは、
何故、テュデウスが使者として口上を述べている時に、衆人環視の中、彼を剣で撃ち殺し、
どす黒い怒りをおおっぴらに満足させておかなかったのかということ。
その考えに流石《さすが》に恥じ入るが、次の瞬間には、やらなかったことが悔やま

　れる。その有様はまるで、
イオニア海の波間に、カラブリアの榛《はん》の木で造られた船を操る船乗りが
(海に不慣れなはずはないのだが、なつかしい港を離れるようにと、
山羊星《カペラ》がひときわ輝いて昇ったために、思い込まされてしまったのだ)、
突如、真冬の雷が炸裂し、天のすべての領域が鳴り轟《とどろ》き、
強きオリオンも天極を傾かせる。
船乗り自身も、陸を恋しく思い、引き返そうと苦闘する。
しかし烈しい嵐は船尾《とも》に吹きつけ、船乗りはなす術《すべ》もなく
嘆きの声を上げ、もはや行方もわからぬままに、暗夜の波に運ばれて行
く——
あたかもそのような有様でエテオクレスは、空になかなか現われない暁《あけ》の
　明星《みょうじょう》を、
悩める者には鈍《のろ》い夜明けを、待ち焦がれる。
　見よ、「夜」がその手綱を地平の彼方へと転じ
星々も消え去りつつあり、ようやく海の女神テテュスが
東方の大洋に歩みを留めている日輪《ヒュペリオン》を送り出した時、
深い大地の底から、災厄を嘆く徴《しるし》として

鞭打たれたように地塊が身を震わせる。キタエロン山は揺らぎ
古い根雪を崩れさせる。その時には家々の屋根が持ち上がり、
七重《ななえ》の門が尾根に集まる様が見られたという。
その原因は近くに来ていた。冷たい朝日を浴びて、
運命に怒り、拒まれた死を嘆きながら
マエオンは戻って来た。未《いま》だその顔はしかとは見えず誰とも見分けがつか
　ない距離であったが、
遥か遠くから、大いなる災厄を明白に示していた。
その悲嘆の仕草によって。涙が顔中にとめどなく溢れていた。
その有様はあたかも、牧場《まきば》から逃げ出してくる牧人《ぼくじん》が
夜、野生の狼に家畜を食い荒らされてしまったかのよう。
主人のものである羊は、森の奥へ、時ならぬ驟雨《しゅうう》と
真冬の三日月が起こす風に追いやられる。
そして朝の光が殺戮の痕《あと》を照らし出す。主人に、起こったばかりの災いを
　告げるのを
羊飼いは恐れ、土をすくいあげて顔を汚《よご》し
嘆きの声で野を満たす。がらんとなった家畜小屋の沈黙を憎いと思い、

いなくなってしまった牛をいつまでも呼び求める――
　マエオンを、城門まで群がって来た母たちは見て
彼が一人きりでおり――何と忌まわしい！――周りに軍勢はおらず
勇猛な武将たちも居ないことを知ると、問い掛けることもできずに、
悲鳴を張り上げる。まるで、戦《いくさ》で敵の手に落ちた城が最期の声を上げるように、
あるいは、海で船が沈みつつある時のように――
そして、憎むべき王の御前に近づく赦しが与えられるや、マエオンは
「この惨めな命は、かくも多くの軍勢の中から選び出されて、獰猛なテュデウスより
貴方に贈られたものです。このようになったのも、神々の決定であったか、あるいは
運命が定めたものであったか、あるいは――こう申し上げるのも怒りが躊躇《ためら》わせることとなれど――
あの男の無敵の力によるものでありましょう。報せる私自身、ほとんど信じられません。すべての戦士が、
全員が、打ち破られました。夜空に彷徨《さまよ》う月にかけて誓います、

そして仲間たちの霊にかけて、私が戻るや直ちに起きた不吉な地震の予兆
　にかけて。
私は生きて戻って来ましたが、それは、哀願や狡猾さによって
残酷な赦しを、不名誉な生の贈り物を獲《え》たためではありません。
神々の命令と、決定を覆《くつがえ》すことを知らない運命の女神と、
さらには、遥か以前から開くことが赦されていなかった死への扉が、
殺戮から私を攫《さら》い出したのです。どれほど私が命を惜しまぬ心を持ち、
どのような恐ろしい死をも厭《いと》わないでいるかは、
すぐに貴方もご覧になれましょう。忌まわしい戦《いくさ》を、凶兆に拒まれたに
　もかかわらず
軍を動かしたのは、卑劣な王よ、貴方だ。法を侵《おか》し
血を分けた兄弟を追放し、驕《おご》りたかぶり支配する貴方が。
肉親を喪《うしな》いずたずたにされた家々の葬列が
途絶えることのない哀悼の叫びと共に、また、恐ろしい恐怖と共に浮遊す
　る五十人の霊が、
貴方の周囲に、昼となく夜となく襲いかかるだろう。
私もそれに遅れはしない」。たちまちのうちに怒りを発して

荒ぶる王は、陰惨な顔に血の色を火のようにたぎらせる。
即座にプレギュアスが、また非道な行為に遅れをとらないラブダクスが
（彼らは王国の武力を掌握していた）命じられるより前に進み出て、
マエオンに襲いかかろうと身構える。しかし、既に鞘走《さやばし》る剣は
勇敢な予言者マエオンの手にあった。残虐な独裁者の顔を睨みつけ、
そして刃に眼を向けると、「我が身の血は決して貴方の自由にはならない。
テュデウスの武器さえ逃れたこの胸を貴方が貫くこともありえない。
歓《よろこ》び勇んで私は、奪われていた死の運命に従おう。
私を待つ仲間のいる冥界に運ばれて行こう。
王よ、神々にも兄弟にも――」。そして未《いま》だ語り終えない言葉を
柄《つか》まで腹に埋め込まれた刃で、自ら断ち切った。苦痛に耐え、
突き立てられた剣に自分の重みをかけて倒れ臥《ふ》す。
魂の最期の喘《あえ》ぎが洩れ、
血潮が口からも傷からも流れ出す。
貴族たちの心は驚愕し、長老たちは動転して呟きを洩らす。
しかし、彼の誠実な妻や両親たちは、
乱れることなく自ら遂げた死の内に峻厳な面持ちを保ったマエオンを、

待ち望んでいたはずの帰郷に喜ぶことなく、家まで運んで行った。
だが罪深い王は、狂気のような怒りをなおも抑えることができずに、
彼が火葬の炎に焼かれることを禁じ、安らかな墓の憩いを不敬にも禁止する。
感覚のない死者にとっては意味のないことではあるが。
　しかし汝、運命においても精神においても気高く、
決して――それは相応《ふさわ》しいことだ――忘れ去られることのない者よ。
汝は、面と向かって王を非難することを恐れず、そうすることで、
自由が憚ることなく進む道を清めたのだ。いかなる歌をもて私は褒《ほ》め称《たた》うべきか。
いかなる言葉なれば充分に、汝の美徳に名声を加えることができようか、
神々に愛されし予言者よ。汝にアポロ神が、天界の事々を教えたのも
その月桂樹に相応《ふさわ》しいとしたのも、徒《あだ》なことではなかったのだ。
　［一行欠如と考えられる］
そして始原の森なるドドナの神託も、デルピの巫女も
アポロ神が沈黙したまま、民を無知のままにしておくことを喜ぶであろう。
今やマエオンの魂よ、冥府の淵より遥かに遠く離れて、

楽園《エリュシウム》の地へと到るがいい。かの地の天《そら》は
テーバエ人の亡霊を通らせることはせぬし、悪辣な独裁者の邪悪な命令も
　そこでは力を持たない。
汝の遺体の服は剝《は》ぎ取られることなく、
四肢は血に飢えた獣たちに貪られることもなく、露天の下に横たわり
森と、鳥たちの悲嘆に満ちた畏敬によって守られる。
　しかし、他の戦死者の妻たちは取り乱して、子供たちや、打ちのめされ
　た親たちと共に
城壁から飛び出して行き、平地と言わず道なき地と言わず至《いた》る所《ところ》で
それぞれの涙の原因《もと》へと向かい、哀《かな》しみの競走となって懸命に駆けて行く。
彼らの後を、多くの者たちが群《むれ》なしてついて行く。
彼らを慰めたいと望んで。また一部の者たちの望んでいるのは
ただ一人の敵が成し遂げた、かくも大きな夜戦の働きを見てみたいという
　こと。
道は嘆きで沸き返り、胸を叩く音が野に響き渡る。
ついに、忌まわしい岩場と罪深い森へと
彼らはやって来た。まるでそれまでには何の嘆きも

苦い涙の雨も流していなかったかのように、一斉に、
この上もない悲痛な叫びが迸《ほとばし》り出る。血塗《ちまみ》れの情景に揺さぶられて
群集は惑乱する。恐るべき「嘆き」が、ずたずたの血染めの衣を纏《まと》って君臨し
胸を打ち叩いて、母たちを招く。
人々は、冷たくなった者たちの兜を調べ、見出した骸《むくろ》を示し、
異国の者たちの上にも、自国の者たちの上にも、身を投げ出す。
女たちのある者は、血潮に髪を押し当て、またある者たちは死者の眼を閉じてやり、
深い傷に涙を注ぐ。またある者は、無益ながらにそっと右手で槍を引き抜こうとし、
またある者たちは、優しく
切り取られた腕をもとの場所に当て嵌《は》め、頭を首の上に戻してやる。
　だが、藪の間、広い野の土埃の中を彷徨《さまよ》いながら、
今や一対の骸《むくろ》となった若者たちの、大いなる母イデが
髪に塵を被《かぶ》り、黒ずんだ顔を
爪で傷つけつつ――哀れに痛々しいどころか、むしろ

涙の中に鬼気迫るものがある——武器や死体の只中を
おどろな白髪を地べたに引きずり回し
甲斐なくも息子たちを求めて、すべての屍《しかばね》を悼み嘆く。
その姿はあたかも、テッサリアの魔女が、行なわれたばかりの戦《いくさ》に歓《よろこ》んで
その一族に根ざした罪である魔術で、人を生き返らせることのために、
古い杜松《ねず》で出来た松明《たいまつ》の枝分かれした火をかざしつつ
夜、戦場に赴くかのよう。魔女は、血溜《ちだ》まりの中で、息絶えた者たちをひっくり返し
死体を調べている。どの骸《むくろ》が一番よく蘇生の術を命じるのに適しているかと。
亡霊たちは群集《むれつど》って悲しげに嘆き、
射干玉《ぬばたま》の冥府の父なる神も、憤激する——
　イデの息子たちは、ともに少し離れた所、岩の下に横たわっていた。
幸運な者たち。何故なら彼らを、同じ死と同じ手が奪い去り
一本の槍に貫かれた傷で胸が結び合わされていたのだから。
それを見て母の瞳は、溢れる涙で大きく見開かれた。

「このような抱擁を、産みの母親のこの私が、このような口づけを、息子たちよ
私は眼にしているのか？　このようにお前たちを、最期の瞬間に
死の残酷な力が結び付けたのか？　どちらの傷を先に私は手当てすればよいのか、
どちらの顔に先に触れるべきか？　お前たちはこの母の力ではなかったか、
この胎の幸運、神々にも匹敵し
テーバエのどの親たちにも名声で勝《まさ》ろうとも思っていたというのに？
ああ、どれほど幸運な運命のもとに婚姻を結んだことか、
不毛の床や、産みの苦しみの時に唸《うな》り声で召喚される
お産の女神《ルキナ》が心にかけてくださらなかった家は。
私にとって産みの苦しみは、禍《わざわい》の原因となった。それも、白昼堂々の戦いにおいて
その運命のために人目にしるき者となり、諸国にも永遠に覚えられるほど豪胆に、
哀れな母のために語られるような死を、お前たちは求めたのではない。
不名誉な最期、十把一《じっぱひと》からげの死を被《こうむ》ったのだ。

ああ何と夥《おびただ》しい血が卑劣にも流され、栄誉もなくお前たちは横たわって
　いることか！
お前たちの哀れな抱擁からその右手を引き剝《は》がすことは
この私には到底できない。このような死の結びつきを破るようなことは。
さらば、兄弟のままで逝《ゆ》くがいい。葬儀の炎にさえも分かたれることはな
　く
愛しいそなたらの遺灰を一つの骨壺の中に注ぎ入れよ」。
　その間にも他の者たちは、虐殺された身内の遺骸を選り分けつつ、
こちらではクトニウスをその妻が、こちらではペンテウスを母アステュオ
　ケが
悼んで叫びを上げる。いたいけな少年らが、パエディムスよ、汝の息子ら
　が
父の最期を見出した。マルペッサは許婚《いいなずけ》のピュレウスを、
血塗《ちまみ》れのアカマスを姉妹らが、清めてやる。
それから人々は刃で木々を刈り取り、
近くの丘の年経《ふ》りた頂《いただき》を裸にする。その丘は、前夜の戦いを知っており
苦悶の呻きを見下ろしていた。ここに築かれた火葬壇の前で

誰もが身内を焼く火から離れがたくいる間に、
年老いたアレテスは、不運な人々にこう言って慰めようとしていた。
「真《まこと》にこれまで幾度となく、不幸な我らが一族は、
運命のさまざまな試練に弄《もてあそ》ばれてきた。始祖カドムスがフェニキアから
　の旅人として(1)
テーバエの畝《うね》に鉄の種子《たね》を投げ入れて
そこから怪《あや》しい実りが生《お》い出《い》で、己《おの》が耕夫に大地も怯えて以来。(2)
だが、古きカドムスの館《やかた》が
ユノの悪意ある忠告のために、雷の灰の中へと沈んだ時(3)にも、
また我が子の死の誉《ほまれ》を得た不幸なアタマスが、
揺らぐ山から降りて来て
哀れなるかな、虫の息のレアルクスを歓《よろこ》びの叫びと共に担いでいた時(4)に
も、
これほどの嘆きはテーバエになかった。またあの時にも、これほど激しく
テーバエの館《やかた》が泣き叫ぶことはなかった。疲れ果て、神懸りの狂気から
　醒《さ》めて
供《とも》の者たちの涙にアガウェが恐れ戦《おのの》いた、あの時(5)にも。

(1) 四頁註(1)参照。
(2) 四頁註(2)参照。
(3) 五頁註(5)参照。
(4) 五頁註(6)参照。
(5) 五頁註(4)参照。

ただあの日だけが、その運命でも災いの有様でも同じように匹敵しうるも
　のだった。
その日、神を畏《おそ》れず大言壮語したニオベが
その罪の償いとして、子らの死体がいくつもいくつも周囲に転がる中、
その骸《むくろ》を地べたから抱え上げ、火葬の炎を求めなければならなかったの
だ。(1)
まさに今の我ら民衆と同じ有様で、都《みやこ》を後にして
若い者たちも老いた者たちも、また母たちも、長い群《むれ》を成して
神々への恨みに胸を打ち叩いた。そして悲嘆に暮れて惑乱しつつ
七つの城門からそれぞれに二体ずつ運び出される棺に付き添って行った。
この私自身も――まだその勤めに充分な年齢ではなかったが――涙を流し、
私の親たちの嘆きに合わせたのを覚えている。
だがこれらのことは、神々の与えたことだ。ディアナ女神よ、汝の純潔な
　泉に
踏み込んでしまい、不敬な眼差しで犯してしまったアクタエオンを、
哀れにも、モロッスス産の猟犬たちが正気を失わされて主人だと見分けら
れなかったことを、(2)

(1) アンピオン（四頁註（3）参照）の妻ニオベは子供の多さを誇り、ラトナ女神にも勝ると豪語したため、女神の子アポロとディアナの射る矢で子供をすべて殺された。

(2) カドムスの孫アクタエオンは誤ってディアナ女神が水浴している場面を目撃してしまう。そのため女神は彼を鹿の姿に変えさせ、彼の猟犬に追わせて噛み殺させた。

私はこれ以上に嘆こうとは思わない。また、王妃ディルケが、その身の血
　潮を水に変えられて
突如として泉の流れに身を変じたことも。(3) 運命の女神たちがそのように酷《むご》
　い定めを与えられ、
ユピテルもそれを良しとされたのだ。しかし今、我々は不正な王の咎《とが》のた
　めに
祖国の最高峰たる無辜《むこ》の市民らを奪われたのだ。
そして未《いま》だアルゴスへは、踏み躙《にじ》られた取り決めの噂も到達していないの
　に、
既に我らは戦いの惨禍を嘆いている。
いかばかりの汗が、人にも馬にも、戦塵の中に流されることか！
ああどれほどの川が残酷にも紅《あか》く染まることか！
それを見るのは、戦いに未経験な青年たちなのだ。だがこの私には、
許されるならば、我が身を葬る火が与えられ、父祖伝来の土地に埋められ
　ますように！」。
このように老人は言い、エテオクレス王の罪を高々と積み上げる。
そして、残酷な王よ、不実な王よ、いずれ報いを受けるであろうと呼ばわ

(3) テーバエの王妃ディルケは、アンピオン（四頁註（3）参照）の母アンティオペを嫉んで殺そうとしたが、逆にアンピオンとその兄弟の手で殺され、泉に投げ込まれた。このためにこの泉はディルケと呼ばれるようになった。

る。
この自由はどこから来たのだろうか？　彼には末期《まつご》が近く、人生のほぼす
べては既に過ぎ去っている。
なかなか訪れない死に誉《ほまれ》を加えることを、彼は望んでいるのだ。
これらの有様を、星々の父なるユピテルはもう長いこと世界の頂《いただき》から
見下ろしていた。
最初の流血に浸された者たちを。
そして戦神《マルス》を直ちに召喚するよう命じる。
マルスは、荒ぶるビストネス族やゲタエ族の町々を、殺戮で打ちのめして
意気揚々と、天上の砦《とりで》へと戦車を駆っている所であった。
その兜に飾りとして挿された雷《いかずち》の穂先を振り、
黄金で造られ、身の毛もよだつ化け物がまるで生きているかのように描か
れた、陰惨な盾を打ち振りながら。
轍《わだち》で天が轟《とどろ》き、盾からは血が紅《あか》く輝き、
その丸い表面は、日輪に挑むように遥かに光を打ち返している。
マルスは、サルマティア人らとの戦いに、今なお息を弾《はず》ませており
胸には戦《いくさ》の嵐が満ち溢れている。

その姿を見てユピテルは、「それでよい。息子よ我がためにアルゴスへと
そのままで行け。剣を血で滴《したた》らせ、憤怒の雲を纏《まと》って。
彼らを怠惰の枷から弾《はじ》き飛ばせ。すべてを厭《いと》わせ、
そなたを欲するようにさせよ。そなたのためにまっしぐらに、命も力も捧げさせよ。
躊躇《ためら》う者どもを引きずり出し、取り決めを反故《ほご》にさせてしまえ。
既にそなたに余は許した。そなたには、天上の神々であろうとも、余の結んだ和平であろうとも
戦《いくさ》で燃え上がらせることが許されている。既に戦いの種子《たね》は
余自らが蒔いておる。テュデウスは忌まわしい悪行を伝えにアルゴスに戻る。
テーバエの王の罪、醜い戦争の発端である待ち伏せと欺《あざむ》きを。
それらに己が武器で既に報復を与えたことを。
そこに確信を与えてやれ。だがそなたたち、我が血縁の神々よ、
憎しみを競い合うことも、余を嘆願で引き止めることも求めてはならぬ。
『宿命』と、運命の女神らの紡ぐ死の糸車が
こうなることを余に誓ったのだ。この日は、世界の始まりより

戦うべく定められているのだ。この人間たちは、戦闘のために生まれてき
　たのだ。
仮《かり》にもし、古《いにしえ》の悪事の罰をこの一族に余が課することも
悪逆な子孫らを罰することも、そなたらが認めないとしても、
この永遠の宮居と我が心の神殿にかけて、
また余にとっても神に等しいエリュシウムの泉にかけて、余は誓う、
自らの手で、テーバエの城壁を根こそぎ覆《くつがえ》し
塔を大地から引き抜いてアルゴスの家々の上に撒き散らすことを、
あるいは驟雨《しゅうう》を降り注がせて
青黒い海の中へと押し流させてしまうことを。たとえユノが、戦乱の中で
彼女の愛しむアルゴスの丘や神殿を、懸命に抱きしめようとも」。
　そうユピテルは言った。その命令に神々は凍りつく。まるで人間《ひと》の心と
　同じだと思われるほどに、
すべての神々は言葉も心も抑えていた。
その有様はあたかも、長らく風が静まったために海が凪《な》ぎ、
力ないまどろみの中に浜辺が横たわり、
森の木々の枝も、風のない空の雲も

気《け》だるげな夏の暑さに眠らされているかのよう。
池も湖もさざめく水の音を潜めてしまい、日差しに焼かれた小川も静まり
　返っている——
　剣神マルスは雄叫びを上げ、ユピテルの命令に歓《よろこ》び、まだ熱の冷めや
　らぬ戦車に乗り込み
荒々しく左方へと手綱を向けた。
すぐに道を駆け抜け、天から飛び降りようとした時、
そこへウェヌス女神が、恐れる様子もなく歩みを
馬のすぐ前に進ませる。馬は後方へ退《しりぞ》き、逆立っていた鬣《たてがみ》も次第に
うやうやしく垂れ落ちた。そこで女神は轅《ながえ》の先に
胸を押し当て、涙に濡れた顔を背けながら言い始める
(その間、女神の足元の傍《かたわ》らで
馬は首を垂れ、泡立つ鋼の馬銜《はみ》を噛む)。
「戦いをテーバエに、その気高い岳父(1)であるあなたが、戦いを
あなた自ら準備して、剣であなたの子孫を滅ぼそうとなさるのですか?
私たちの娘ハルモニアの血筋の一族も、天に祝福された婚礼も、
この私の涙のいくばくかでさえも、荒ぶる方よ、あなたを留《とど》めることはな

(1)カドムスの妻ハルモニアは、マルスとウェヌスの間に生まれた娘。八一頁註(2)参照。

いのですか？
これが私たちの罪の代償なのですか？　醜聞と打ち捨てられた羞恥《はじらい》と
ウルカヌスの鎖に捕《とら》えられたことは(1)、こんな仕打ちをあなたから受けるた
　めだったのですか？
思うとおりになさいませ。けれど夫ウルカヌスの私への献身は
何と違っておりますことか。傷つき怒れる夫でありながらもなお私に尽く
　してくださいます。
あの人は、私がしてくれと言えば喜んで、
休むことなく鞴《ふいご》に汗を流し、寝ずの夜を作業に費やして
新しい物具《もののぐ》を自らの手で鍛え上げるでしょう。
それがあなたのための武具であっても。それなのにあなたは――　いいえ私
　は、岩か青銅で出来た心を
嘆願によって翻《ひるがえ》させようとしているのですね。それでもただこの事だけ
を、どうか、
これだけは教えてくださらなければ。何故あなたは私に、フェニキアから
　来た(2)カドムスを婿として
愛しい娘ハルモニアを、不吉な婚礼で娶《めあ》わせることを許したのですか？

(1) 八一頁註（1）参照。
(2) 四頁註（1）参照。

武勇に輝き、事を起こすに大胆な気性を持つことになろうと、
竜の血筋を引くテーバエの民[3]を、
ユピテルの系譜にも連なる一族を、あなたも誇っておいでだったのに？
　ああ！　どれほど良かったことか、
あの娘《こ》を、極北のシトニイ族のもとにでも嫁がせてやった方が。
北風《ボレアス》やあなたの治めるトラキアの彼方に。どれほどの不名誉に
耐えれば充分だというのでしょう。女神ウェヌスの娘たる者が、蛇形と変
　じて地を這い、
イリュリアの草の中に毒を吐き出すとは[4]？
その上に今度は、罪もない一族が――」。それ以上の涙に耐えられず、
戦神マルスは、槍を左手に持ち替え、高い戦車から
即座に飛び降り、盾の中に女神を抱きしめ
その抱擁で相手を痛がらせ、情愛深い言葉でこのように慰める。
「おお我が戦いの安らぎにして、神聖なる欲望よ、
我が心のただ一つの平和よ。これほどの力を持つのはそなただけだ。
神々であろうとも人であろうとも、我が武器に向かい合って
無傷でおられるのは。また、殺戮の最中《さなか》であろうとも、

（3）四頁註（2）参照。
（4）八三頁註（7）参照。

この荒ぶる馬の前に立ちはだかり、この剣を右手から落とさせるのは。
私にしても、テーバエのカドムスが結んだ婚姻や
そなたの心からなる信義を——過《あやま》った非難を向けようとはしないでおくれ！——
忘れたわけではない。もし忘れたなら、伯父上[1]の統べる冥府の淵に
神の身であっても沈み、鎧を剝《は》がれて、血の気の失せた亡霊どもの方へ追いやられるだろう。
だが今は、『運命』の指令と至高の父ユピテルのお考えを
遂行すべく命じられているのだ（この命令には、ウルカヌスの腕前といえども選ばれるに相応《ふさわ》しいものではないゆえに）。いかなる勇気あらば
ユピテルに逆らい、命じられた掟を軽んじることができようか。
つい今しがた——何という力！——大地も天も大海原も
その言葉に恐懼《きょうく》し、並み居る神々でさえも身を隠したのを、
この目で見たばかりだというのに？　だが、どうか、愛しい女《ひと》よ、
心に深すぎる恐れを抱かないでほしい。確かに、これらのことを変える力は
私には与えられてはおらず、今にもテーバエの城壁の下では

（1）冥府の王ディスはユピテルの兄弟なので、マルスにとっては伯父にあたる。

双《ふた》つの族が争うであろう。そこへ私も赴《おもむ》き、身内の軍に援《たす》けを与えよう。
その時、一面の地の海となった戦場で私が
アルゴス軍の上では鼓舞するのを控えるのを見て、貴女も少しは心痛を和
らげよう。
このことは我が権利であり、『運命』とても妨げることはない」。
　　　　　　　　　　　　　　　　　　　　　　　　　　　　　　このよう
に言うと、マルスは
荒ぶる馬を空に駆り立てた。ユピテルの怒りの稲妻が
大地に落ちるよりも早く。雪を戴《いただ》くオトリュスの峰や
極北のオッサ山の凍てつく頂《いただき》に立つユピテルが
雲間に武装して下す稲妻よりも早く。炎の塊となって飛ぶ稲妻が、
ユピテルの非情な命令を携えて。三筋の尾を引いて
天《そら》全体を脅《おびや》かし、実り豊かな畑に予兆を与え、
海に哀れな水夫らを投げ落とすよりも早く。
　さて、来た道を戻り、よろめく足取りでテュデウスは
アルゴスの地へ、緑豊かなプロシュムナのなだらかな土地を進んでいた。
見るからに恐ろしい様子で、髪は埃に塗《まみ》れて逆立ち

肩からは汚《よご》れた汗が、深い傷口の中に流れ込んでいる。
眠りをとらない眼は赤く充血し、口は懸命に息を吸いながら
渇きに喘《あえ》いでいる。だが心は、己が武勇を思って
誇りに満ちて昂《たか》ぶっている。あたかも、もとの牧場《まきば》に戻った牡牛が
再び闘いを挑むよう。その頸は、相手と自分の血に染まり、
喉袋は裂け、肩も濡れている。
使い果たしたはずの力が膨《ふく》れ上がり、昂然として
地べたを見下す。敵の牡牛は開けた砂地に倒れ臥《ふ》し、
恥辱に呻きつつも、生々しい苦痛を悟られまいとする——
テュデウスはそのような有様だった。そして、倦《う》むことなくあらゆる都《みやこ》で
どこであれアソポス河と古のアルゴスの間にある都《みやこ》中に、
憎しみの炎を掻き立てる。すべてを至《いた》る所《ところ》で明らかにして。
ギリシア人の使者として、王権を求めて
追放されたポリュニケスのために派遣されたこと、然るにこれを迎えたのは
暴力、夜襲、罪、武力、欺《あざむ》き。このような信義を自分は

テーバエの王から受けたのだ。彼の兄弟は、当然の権利を拒まれている、
　と。
人々はすぐにテュデウスを信じた。戦《いくさ》を司る神も、すべてを信じるよう
　にと
人々の心を唆《そそのか》す。噂が、恐怖を受けとめて倍化させる。
さてテュデウスは城門をくぐると――たまたまその時、
威厳に満ちた岳父アドラストゥス王は、諸侯を集め会議を催している所
　だった――
前触れもなくそこへ近づいて行く。既に王宮の扉から声を張り上げ、
「武器を、武器を取れ、男たちよ、アルゴスを治める王よ、
祖先らの勇敢な血がその身に流れているならば、
武器を取るのだ！　かの地には信義《ピエタス》はなく、かの民には公正な掟も、
ユピテルへの畏《おそ》れも、まるでない。使者として遣《つか》わされるならば、
蛮勇のサルマティア人の所か、あるいは、ベブリュキイ族の森の
血に飢えたアミュクス(1)のもとへ行った方がましだった。いや、私は命じら
　れたことに非を鳴らしたり、
任務を悔やんだりしているのではない。むしろ、喜んでいるくらいだとも。

(1) ベブリュキイ族の王アミュクスは、よそから来た者に必ず戦いを挑み、勝負に負けた者を殺していた。最後にはポルックスと戦って退治される。

　罰当たりなテーバエを
この腕で試せたのだから。この私に戦《いくさ》を――偽りではないぞ――戦《いくさ》を奴
　らは仕掛けてきたのだ。
まるで堅固な砦《とりで》や、かたく守られた城を攻めるかのように。
待ち伏せのために選ばれた戦士らが、あらゆる武器を帯びて
卑怯にも夜討ちをかけて、武器もなく地の利にも暗い私を取り囲んだのだ。
無駄なことを。奴らは血に塗《まみ》れて転がり、
テーバエにはもう勇士はいない。今こそ、今こそ敵に向かうべき時だ。
彼らが恐怖のあまり震え上がり血の気を失い、死骸を運び込んでいる間に。
さあ、義父《ちち》上、この手の記憶が消えないうちに。私自身も、
五十人もの勇者を夥《おびただ》しい死者の群《むれ》と成して疲れ切り、
汚血が乾いてこびりついたこの傷を負ってはいても、
直ちに進軍することを望みます！」。
　　　　　　　　　　　　　震え上がって座席から、アルゴス人
　らは立ち上がる。
他の者よりも先に、カドムスの血を引く英雄ポリュニケスは、
駆け寄り、面《おもて》を伏せて、「ああ、私は何と神々に憎まれていることか！

生きていることさえも罪深い。この傷を眼にしている私の方が
無傷でいるのか？　このような出迎えを兄弟は用意していたというのか？

私にこそ向けられるはずだったのか、これらの剣は？　ああ、命を惜しむ卑劣な欲望！

これほど重い罪を兄弟に犯させなかったとは、私は不幸だ。

だが今はまだ、この都《みやこ》は静かな平和のままであり続けよ。

かくも大きな騒乱の原因に、私がなるなどということは、あってはならないことだ。

私はまだ客人にすぎない。何故なら私は知っている――恵まれたこの境遇さえも私の痛手を軽くしてはくれなかった――

どれほど酷《むご》いことか、どれほど辛いことか、子供たちから、夫婦の臥所《ふしど》から、そして祖国から
引き離されるということは。いや、いかなる家の不幸のもととなって誹《そし》られるようなことにはなりたくない。

母たちが恨みのこもった眼で、憎しみを込めて私を見るようなことには。

私は行こう。自ら進んで、死を覚悟して。たとえ、誰よりも素晴らしい妻や

義父《ちち》上が、私の願いを聞いて再び呼び戻そうとも。この首は、テーバエに、
そしてエテオクレスに、そして勇敢なテュデウスよ、お前のために
捧げられるべきものだ」。
　　このようにポリュニケスは、さまざまな言葉で
もって人々の気持ちを測り、
嘆願を捻《ね》じ曲げていく。彼の悲嘆によって人々の怒りは掻き立てられ、
涙に混ざって悲憤が燃え上がる。すべての者たちの胸に、
それも若者だけではなく、老齢に冷え衰えたはずの者たちの胸にも、
期せずして同じ気持ちが忍び込む。故郷を後にし、近隣の軍を結集させ、
すぐにも出陣しようとの気持ちが。しかし、深い思慮を持ち
絶大な権力を操ることに無知ではない父アドラストゥス王は、
「このことは、神々と、この私の配慮によって癒されるべく委ねてほしい。
そなたが報われることなく、兄弟が王笏を揮《ふる》うようなことにはさせぬ。
また我らも、いたずらに兵を発してはならぬ。
それよりも今は、かくも多くの血に凱歌を上げる、オエネウスの赫々《かくかく》たる
　息子、
テュデウスをもてなさねばならぬ。昂《たか》ぶる心を安らかにし、

遅い休息を取るがよい。我らの怒りに、理性が欠けるようなことになってはならぬ」。
直ちに、動転した仲間たちや、蒼白になった妻が、一斉に、
戦いと旅とに疲れ切ったテュデウスの周りに押し寄せる。
広間の中央に座を占めて、テュデウスは満足げに
大きな柱に背をもたせかける。
その傷を、治癒の神アエスクラピウスに仕えるイドゥモンが水で清め、
小刀で素早く処置し、温めた薬草で穏《おだ》やかに治療する。
テュデウス自身は、胸の奥深く思い起こしつつ、
繰り返し、怒りの原因となった次第を物語る。テュデウスとエテオクレスが互いに何を語ったか、
罠を仕掛けられたのはどんな場所か、無言の襲撃がいつ行なわれたか、
向かってきた武将は誰で、いかなる力量だったか、最もてこずったのはどこだったたか、
さらにマエオンを、テーバエへの哀れな伝令として赦してやったことなどを語り聞かせる。
その話には、誠実な仲間たちも、貴族たちも、岳父アドラストゥス王も言

葉を失い、
テーバエからの亡命者ポリュニケスの心は燃え上がる。
既に、西方の海のなだらかな縁《ふち》では、沈む太陽神が
炎の馬を車から解き放ち、赤々と光輝く鬣《たてがみ》を
大洋《たいよう》の源泉で洗わせていた。そこへ深海に住むネレウスの娘たちと
時の女神《ホラエ》たちが、敏捷な足取りで駆け寄ってくる。
女神たちは、太陽神から手綱や頭《こうべ》を覆《おお》う黄金の冠を取り去り、
汗を流す胸を熱い帯から解き放つ。
ある者たちは、忠実な馬たちを柔らかな草地へと連れて行き、
車軸を立てて馬車を逆様《さかさま》にする。
夜が訪れた。人々の悩みや獣たちの動きは鎮められ、
天空は闇の衣の内に包み込まれた。
だが、他の者には優しくあっても、アドラストゥスよ、汝にはそうではなかった。
そしてオエディプスの息子なるポリュニケスにとってもまた。もっとも
テュデウスの方は、
豊かな眠りに捕《とら》えられ、大いなる武勇の夢の内にいた。

そして今や、移《うつ》ろう夜の影の中を、戦いをもたらす神は
アルカディアの地の上を、ネメアの田畑の上を、
タエナルスの高い峰を、アポロ縁《ゆかり》のテラプナエの上を、
武器の轟《とどろ》きで撃ち、慄《おのの》く心を戦いへの熱望で満たしている。
「狂気」と「怒り」が兜の飾りを整え、
「恐怖」が御者として馬の手綱を執《と》る。そして、あらゆる声に目を光らせ
　る「噂《ファマ》」が、
さまざまな空《から》騒ぎを腰に巻いて、戦車の前を飛ぶ。
翼ある馬の嘶《いなな》く息吹に押されて「噂《ファマ》」は、
囁き声がぎっしり詰まったその翼[1]を、ぶるぶると打ち震わせる。
というのも、御者が血塗《ちまみ》れの突き棒で
あることないことを話すようにと駆り立てており、戦車の上からも憎々し
　げに
父マルスがスキュティア製の槍で、この女神の背中や髪を打ち据えている
　ので。
あたかも、風の神《アエオルス》の牢から解き放たれた風神たちを、
海の神《ネプトゥヌス》が支配者として自分の前に追い立てており、

(1) 七七頁註(1)参照。

風神たちも自ら望んで広いエーゲ海中に駆り立てられているかのよう。
不吉な供《とも》廻りとなって馬具の周りでうなっているのは、「雨」に深い「嵐」、
「雲」、
そして地の底を覆《くつがえ》す泥だらけの「突風」。
これらの前には、キュクラデスの島々も根底から揺さぶられてぐらぐらし、
また、デロス島よ、ミュコノスやギュアロスから引き離されることを汝は
恐れて、
偉大な養《やしな》い児《ご》アポロの約束(1)に訴える——
今や紅《くれない》の貌《かんばせ》で七日目の暁《あかつき》が、地の上にも神々のもとへも
輝く太陽を牽いてくる。アドラストゥスは
老齢ゆえに真っ先に、館《やかた》の奥深くから姿を現わした。
戦いや逸《はや》り立つ義息らのことに、いたく心を惑《まど》わせながら、
気持ちを決めかねている。軍に命じて、新たな拍車を諸国にかけるべきな
のか、
あるいは、怒りに手綱をかけて
振り上げられた剣を鞘に収めるべきなのか。
ある時は、穏やかな平和に心動かされるかと思うと、またすぐに、

（1）デロスは浮島であったが、ラトナ女神がアポロを出産する時に場所を提供したので、それ以来アポロ生誕の地として、もはや浮島ではなくなり人々の崇敬を受けることが約束された。

卑怯な無為に恥じ入らされる。それに、戦いという新たな魅惑から
人々を引き戻すのは難しい。思い惑《まど》った末に、とうとう、このように心を決める。
予言者たちの胸に訴え、真実を予見する神々の秘儀に諮《はか》るようにと。
そこで、未来のことを慮《おもんぱか》るようにと、
聡《さと》きアンピアラウスよ、汝に委ねられる。その傍《かたわ》らには、アミュタオンの息子、
既に年老いてはいても、精神においてはポエブスによって力の漲《みなぎ》る、メランプスが
歩みを共にしている。この二人のどちらの方がよりアポロの好意を受けているか、
あるいはデルピの水がより豊かに口に注ぎ込まれるのはどちらなのか、それは定かではない。
まず初めに、犠牲獣の内臓と血の中に、彼らは神意を探り出す。
だが、彼らを怯えさせたことには、血塗《ちまみ》れの獣の心臓は何も語ろうとはせず、
不吉な様の血管は、忌まわしいことを告げて脅《おびや》かす。

そこで彼らは、出かけていって虚《うつ》ろな天に神託を求めることに決める。
　天に向かって猛々しく尾根を突き出す山があった。
その名を、レルナに住む者たちは、アペサスと呼んでいる。
アルゴスの民にとって、昔から神聖な山だった。伝えられる所によると、
ここからペルセウスが、素早く宙に飛翔して雲を蹂躙《じゅうりん》し、
その時怯えきった母親は、舞い立った息子の足跡を崖から望んだが、
到底それを眼で追いきることはできなかった、という。
ここへ二人の予言者らは、灰色がかった橄欖樹《オリーブ》の枝で聖なる髪を、
そして雪白の鬘《かずら》で額《ひたい》を飾り、
相携《あいたずさ》えて登って行く。折りしも、湿った大地に夜明けの光が射し、
凍てつく霜を太陽が溶かした。
そしてまず、アンピアラウスが、常に祈願する神に恵みを求めて訴えかけ
る。
「全能なるユピテルよ——汝こそが、飛び交う羽根に託して神託を与え、
鳥を未来の兆《きざし》で満たし、
前兆と隠れた理《ことわり》を天から下す、ということを我らは知っているのだから。
例えデルピの神アポロであろうとも、これほど確かに託宣を洞窟から発し

はしない。
また、モロッススの森で神託を鳴らすと人々が噂するカオニアの葉でさえ
も。
涸れ果てたハンモンも妬ましく思うがいい。
リュキアの占いも張り合おうとあがくがいい。
ナイルの獣や、父の栄誉に肩を並べるブランクスも、
また、波しげきピサに住む牧人《ぼくじん》が
リュカオンの闇夜にその声を聞くパンでさえも。
この御神には、何にも勝《まさ》る豊かな霊感を、ディクテに生まれしユピテルよ、
汝は、
吉兆の鳥を示して、吹き込んでくださる。その由来は謎ではあるが、古《いにしえ》
より
この栄誉は鳥たちに与えられている。天上の館《やかた》の作り手が、
広がる混沌を新たな種へ織り成した天地創造の折に、そのような栄誉を与
えたものなのか、
あるいは鳥は、我らと同じ起源に生じたもので、姿かたちを転じた結果、
風の中を飛んでいるからなのか、そして、より澄んだ空気からは汚《けが》れが取

り去られ、
地に触れることも稀《まれ》であるから
鳥たちは真実を告げるのだろうか。おお、大地と神々を産み出したもうた至高の方よ、
あなただけがご存知だ。我らに、アルゴスの戦いの始まりとその後《のち》の労苦を
空の中に予見することを、どうかお許しください。
もし、御恵みを得て、無情な運命《バルカエ》の女神の決定のもと、
テーバエの門を、アルゴスの穂先で破ることができるならば
徴《しるし》を与えて左手に雷を轟《とどろ》かせてくださいますように。さらには星々の間で
すべての鳥たちに、秘密の囁きである吉兆の鳴き声を響かせてくださいますように。
もし、止《や》めよと告げられるならば、しばしの空白を紡ぎ出し、右手の方に
鳥の翼で太陽を厚く覆《おお》ってくださいますように」。このように言うと、高い岩の上に体を置く。
そしてさらに、名を知らぬ神々をも呼び、

広大な世界の神秘を享受する。
それから二人が、儀式に則って正しく星々を観察し、
全霊を込めて眼を凝らして中空全体を見張り続けた後、
やがて長い時が経ってから、アミュタオンの息子なる神官メランプスは言
う。
「息づく天の遥かな高みの領域に、
アンピアラウスよ、あなたの目にも見えているでしょう、
いかなる鳥も静かな飛翔を描くこともなく、流れる軌跡で天を抱いて漂う
こともなく、
飛び去りつつ佳《よ》き兆《きざし》の鳴き声を上げることもないことが。
アポロの三つ足の鼎《かなえ》に仕える、闇に溶け込む翼の鴉《からす》も、輝く稲妻の運び
手たる鷲も
金髪のミネルウァ女神に随《したが》い唱《うた》う鉤爪《かぎづめ》の梟《ふくろう》も、姿を見せない。
占いで吉兆と見なされる鳥は、やって来ない。それどころか、禿鷹《はげたか》や猛禽
が空の高みに、
空中の獲物を奪い取って舞い上がった。
身の毛もよだつ有様の飛翔。雲の中、おぞましい鳥たちが金切り声を上げ

ている。
夜の木葉梟《このはずく》と梟《ふくろう》が嘆きの声を上げ、
死の破滅の予言を唱《うた》っている。神々の与えられる前兆の、どれを一番に我らは追えばよいのだろう?
このような兆《きざし》に、テュンブラの神アポロよ、天意を委ねられるのか?
曲がった鉤爪《かぎづめ》で、狂える鳥たちは顔を引き裂いている。哀悼の響きを模した翼の羽ばたきが
西風を掻き乱し、羽毛に包まれた胸を撃っている」。
これに対してアンピアラウスは、「真《まこと》に、尊き長老よ、さまざまな予言を成すアポロの神託を
これまでにもしばしば私は授《さず》かってきた。あの時にも——ようやく一人前の活力に満たされてきた私を
神々の血を引く王たちに伍して、テッサリアの松で造られたアルゴ船が連れ出した時にも、
このように、大地のことでも海のことでも、私が予言を与えると、
諸侯は驚嘆したものだった。来《きた》るべきことについて私が語れば、
心決めかねていたイアソンは、モプススにも劣らずしばしば私に、耳を傾

けたものだった。
だが、これまでに、このような恐怖や、これ以上に不吉な前兆の天《そら》を見た覚えは私はない。
確かに、これまでよりも大きな企てがなされているとは言うものの。
こちらに注意を向けてみよ。底知れぬ天の澄んだ一画に、
夥《おびただ》しい白鳥が、隊列を組んでいる。
極北のトラキアから、北風が追いやってきたのだろうか、あるいは、
静かに流れるナイル河の豊かな恵みが、それらを呼び戻しているのだろうか。
飛ぶのをしばし止めた。あの鳥たちを、テーバエの象徴に見たててみよ。
何故ならあの鳥たちは、輪になって動かずにおり、平和のうちに静かにいて
まるで城壁や砦《とりで》に守られているかのようだ。しかし見よ、力強い一団が
空を切って近づいてくる。金褐色の列となり、
至高のユピテル神の太刀持ちである七羽の鷲の、勝ち誇った群《むれ》を私は見る。
これらはアルゴスの王たちである、と考えよ。
雪白の群《むれ》の中に乱入し、曲がった嘴《くちばし》を

新たな殺戮へと突き出し、鉤爪を剝《む》き出して迫る。
見よ、風もただならぬ血に潤《うるお》い、羽毛が日を斑《まだら》に染めるのを。
いきなり何故、凶兆を与えるユピテルの激しい怒りが
勝ち誇った鷲たちを、死に駆り立てるのだ？
この鷲は、遥か高みを目指したかと思うと、突然、太陽の炎に焼かれ勇気を挫《くじ》かれた。
あの鷲は、他の大きな鳥たちの後を慕って
まだ未熟な翼で飛んだために墜落する。
この鳥は、敵と組み合ったままで共に滅び、この鳥は、身を翻《ひるがえ》して退却し
仲間の隊列の運命を共にせずに、見捨てて逃げる。
この鷲は、雨雲に包み込まれて命を落とし、この鷲は、死に瀕していながら
まだ生きている鳥を貪《むさぼ》ろうとする。虚《うつ》ろな雲に、血が飛び散る。(1)
何を私に隠して嘆いているのか？　尊敬さるべきメランプスよ、
落ちて行く鳥が何を意味するか、私にもわかる」。このように、来《きた》るべき事の巨大さに慄《おのの》き

(1)それぞれの鷲は、アルゴスの武将の末路を予告している。五三九行の鷲は塔の高みから撃ち落されたカパネウスを、五四一—五四二行の鷲は少年パルテノパエウスを、五四三—五四四行の鳥は一人だけ生き残ったアドラストゥス王を、五四四行の鷲は河神に倒されたヒッポメドンを、五四四—五四五行の鷲は敵の血を啜《すす》ったテュデウスを、それぞれ表わしている。

すべての出来事を、今や明確な姿で捕《とら》えた神官たちは、
恐怖に陥る。鳥たちの議会に闖入し、
隠されていた天意を探ろうとしたことを後悔し、
願いを聞き届けられたにもかかわらず、その神々を憎悪する。
一体どこか
ら、世界中至《いた》る所《ところ》で
このような将来を知りたいという病んだ欲望が、哀れな生き物たちの間に
最初に生まれたのだろうか。神々の贈り物として賜《たまわ》ったものなのか、それとも我々自身が貪欲な種族なために、
得たものだけで甘んじることを決してしない我々の方から、もぎ取ったものなのだろうか。
生まれた日がどうであったか、人生の終局はどこになるのか、
慈悲深い神々の父は何を考え、何を、無情な運命の女神は考えているのか？
こんなことから、内臓占いや、雲間を飛ぶ鳥たちの会話で占うことや、
星々の運行や月の航路が計測されることや、
テッサリアの魔道などが生じた。だが、かつて、かの黄金時代の父祖たち

の族《やから》には、
あるいは岩や樫から生まれたという原初の種族(1)には、このような技《わざ》は用いられなかった。
森林や大地を手で征服することだけが、唯一の欲望であったのだ。
明日という時がどんな事態を起こすのかと人が知ろうとするのは罪だ。
我々、道を失った脆い大衆は、神々を深く詮索する。
ここから恐怖と怒りが生じ、
ここから罪と欺《あざむ》きが生じ、限度をわきまえぬ祈りが生じたのだ。
かくして神官の徴《しるし》も、額に戴《いただ》く呪わしい花輪も手でむしり取り、
葉飾りを捨てて、名誉を失ったアンピアラウスは
忌まわしい山から戻って行く。いまや、戦いの喇叭《ラッパ》は近くに迫り、
遠く離れたテーバエが、人々の胸の内で轟《とどろ》く。
だがアンピアラウスは、人々に見《まみ》えることも、あるいは主君に忠実に相談することも、
武将たちとの会合さえも望まずに、ただ、暗い館《やかた》に身を隠し、
閉じ籠《こも》ったまま、神々の予言を語ることを拒んでいる
(メランプスよ、お前の方は、羞恥と不安が田舎に引きこもらせている)。

(1)アルカディア人はそのように生まれたと考えられていた。第四歌二七五から二八四行参照。

十二日間、予言者は口を閉ざし、人々にも武将たちにも、
何ひとつ知らさないままにしている。が今や、至高なる雷神《ユピテル》の命令が轟《とどろ》き、
田畑を、古くからの都市を、人々は空《から》にする。
至《いた》る所《ところ》で戦《いくさ》を司る神が、自分の前方へと
数多くの軍団を駆り立てて行く。人々は進んで、家を、愛しい妻を、
戸口で嘆く子供らを、後にする。
それほどまでに神は、狂乱する人々に取り憑いたのだった。父祖伝来の家に架けられた武具を、
神聖な内陣に架けられた戦車を、もぎ取ろうとする熱望。
そして、錆の腐食に侵されていた槍を、
鞘の中にしがみついていた剣を、残酷な傷へと再び蘇えらせ、
砥石で擦って若返るように強いる。
ある者たちは、丸い兜を被《かぶ》り、またある者たちは、銅で出来た巨大な鎧の胸当てを、
鋼が傷んできしむ胴衣を、胸に当ててみる。
またある者たちは、クレタ産の弓を引く。

飽くことを知らぬ鍛冶場では、鎌や犂《すき》が、
熊手や湾曲した鍬が、ごうごうと赤く熱せられる。
神聖な木の根から、頑丈な槍を切り出すことも、
使い慣れた若牛を使って盾に皮を張ることも、恥ずべきこととは思われない。
アルゴスへ、愁《うれ》えるアドラストゥス王の宮殿へと、人々は押し寄せてきた。
戦いを、戦いを、と心も声も轟《とどろ》く。雄叫びは天にまで届く。
まるで、ティレニア海の呻《うめ》きのように。あるいはエンケラドゥス(1)が
脇腹を転じようとする時に、その上では火の山が、胎内で轟鳴を響かせ、
その頂《いただき》から溶岩を溢れ出させ、ペロルス岬が波間から盛り上がり、
断裂した陸地は、再び元に戻れるようにと望む。
　だがここに、軍神への大いなる熱望に掻き立てられて、カパネウスは、
既に長すぎる平和を軽蔑し、心を昂《たかぶ》らせている。
この男は、旧《ふる》くからの血筋に由来する家柄の高貴さに溢れていたが、
それだけでなく自らの腕によって、父祖たちの偉業を凌駕《りょうが》している。
もはや長い間、平然と神々を蔑《ないがしろ》にする者であり、正不正に拘《こだわ》っておられず、

(1)巨人族の一人。ユピテルに敗れて、シチリア島のアエトナ火山の下に閉じ込められた。

怒りに駆り立てられた時には、命さえも惜しまない。
あたかも、鬱蒼たるポロエに棲むケンタウルスの一頭が森から現われたか
　のように、
あるいは、アエトナ山のキュクロプス(2)たちの間にも引けを取らずに立ち上
　がるかのように、
カパネウスは門前に立つ。武将たちや騒ぎ立てる民衆が群集《むれつど》う中、
アンピアラウスよ、汝の門前で、「何たる臆病者！」と彼は叫ぶ。
「おおイナクスの末裔(3)よ、血縁を共にするアルゴス近隣の者たちよ！
たった一人の——何たる恥辱！——王族でもない市民の門前に、
剣を帯び勇気にも欠けない民である我らが縋《すが》りついているのか？
こんなことは、たとえデルピの山の虚《うつ》ろな峰に、
正体は何であれ——臆病者や噂にはそう思われているだろうが——アポロ
　が
物狂いの洞窟の奥深くに隠れて、呻《うめ》き声を上げるとしても、
到底待ってなどいられない。蒼褪《あおざ》めた処女が告げる怪しげな言葉などは。
武勇だけが、俺には神だ。そしてこの手に持つ剣だけが！
さあ、この神官を、卑怯な欺《あざむ》きもろとも引きずり出せ。

(2) 二〇頁註(1)参照。
(3) 三三頁註(1)参照。

さもなければ今日こそ、鳥占いの力がいかほどのものか、試してくれよう」。

賛同の声が唸《うな》り、同意の声を上げて群集は、狂えるカパネウスを煽る。

ついに奥から押し出されるようにアンピアラウスは出てくる。

「恐怖とは異なる心痛のうねりに私は急き立てられて来たのだ。

私は決して、不敬な若者の慎みのない叫び声や
その言葉を恐れたために――この者の脅《おど》しが尋常ではなくとも――

暗がりから追い出されて来たのではない。私には別の運命が最期の日を定めており、
死すべき者の刃《やいば》にかかることは許されていない。

だが、あなた方を愛《いとお》しむ心とポエブスとが、私に、隠されたことをすべて明かすようにと強いる。

あなた方に、来《きた》るべき事とその先にある事すべてを、悲しくはあっても私は明らかにしよう。

だがお前は、正気を失った者よ、前もって忠告されることは許されていない。

お前のことだけは、我が神アポロは沈黙なさる。

どこへ、哀れな者たちよ、どこへ武器をあなた方は向けるのだ、運命にも

神々にも逆らって?
一体いかなる狂気の女神の鞭が、あなた方を盲目にさせて駆り立てるのか?
それほどにまで生命に飽きているのか? アルゴスが憎いのか?
我が家は愛しいものではないのか? どんな神託も気にならないのか?
ペルセウス縁《ゆかり》の山の、近づいてはならない頂《いただき》にまで
震える足取りで登り、神々の会議に突入せよと
何故あなた方は私に強いたのだ? 私も、あなた方同様、知らずにいることもできたのだ。
戦いの運命がいかなるものか、黒い死の日はいつなのか、宿命の発端がどのように皆に、
そして私自身にもたらされるのかを。託宣を告げる世界の奥義にかけて、
鳥占いの神託にかけて、そしてアポロ神よ、汝にかけて、
いかなる未来の徴《しるし》を私は担《にな》ったのかと尋ねても、かつてこれほどに残酷であったことはない汝にかけて、
私は見た、大いなる破滅の予兆を。
私は見た、人々も神々も恐れ、狂気の女神メガエラは浮かれ、

運命の女神ラケシスは、腐敗した糸を繰《く》って世界を空《から》にして行く。
武器を手から離せ。見よ神が、狂えるお前たちの前に立ちはだかる。
見よ、神だ！　哀れな者たちよ、戦死者の血でテーバエを、
不屈のカドムス(1)が拓いた畑を、ずぶ濡れにするのが立派なことか？
だが私は何故、虚しい予言をしているのか。既に定まった運命を、何故私
は阻むのか。
我々は行くだろう——」。ここまで言って口を噤《つぐ》み、神官は吐息をもらす。
すると再びカパネウスが、「貴様の狂気は、ただ貴様にだけそんな予言
をすればよい。
名誉もなく、虚しい歳月を守り続け
その神殿の周りにも決して、ティレニアの喇叭《ラッパ》の音が響かぬようにと。
何故、もっと男たちに好ましい願いを、お前は言い渋るのだ？
無意味な鳥どもや、息子や家や、夫婦の床《とこ》を、
のうのうとお前は保ち、我々は勇敢なテュデウスの復讐もせず、
傷つけられた胸のことも、掟《おきて》破りの武力沙汰のことも口を噤《つぐ》んでいろと
いうのか？
もし、荒れ狂う戦《いくさ》をアルゴス人にお前が禁じるというのなら、

(1) 四頁註(2)参照。

使者としてテーバエへ、お前が行けばいい。
その神官の徴《しるし》が、平和をもたらしてくれるだろうよ。お前の言葉は、
虚《うつ》ろな空から、ものごとの原因や隠された神意を明るみに出すというわけか！
神々も哀れなことだ、人間のまじない歌や願いを気にかけるというならば。
貴様のその鈍《にぶ》い胸は、何を怯えている？
そもそも、この世に神々を創り出したのは、不安だ。おかげで、お前は安心して
今、気のふれた予言をすることができる。だが、最初の進軍喇叭《ラッパ》が響き
敵地のイスメノス河とディルケ河を、兜で飲み干す時には、
その時こそは、いいか、喇叭《ラッパ》と武器を求める俺を、
邪魔しようなどとは目論《もくろ》むな。生贄《いけにえ》の内臓だの鳥だのを見て
戦いの日を引き延ばそうなどとはするな。
この柔弱な幣《ぬさ》だのこけ脅《おど》かしのアポロの狂乱などは、何の役にも立たないぞ。
そこでは俺が神官だ。そして誰であれ俺と共に
武力によって荒れ狂う覚悟のある者も同様だ」。

再び、励ます人々の叫び

声が凄まじく轟《とどろ》き、
大きな唸《うな》り声となって、星々の下へと飛ぶ。
あたかも、素早い急流が、春の大風や、
凍てつく寒さから解き放たれた山々によって、大胆になり、
平原に彷徨《さまよ》い出して、無益にも押し留《とど》めようとするものすら乗り越えるかのよう。
その激流に巻き込まれて、家々も、畑も、家畜も、人々も、どよめきを上げる。
ついに、御しがたい激流も聳《そび》える丘には敵わずに停滞し、
盛り上がった地面にようやく防波堤を見出すように——
このような武将たちのやりとりを、夜闇が流れ込んで引き分ける。
しかしアルギアは、夫の嘆きをこれ以上平静な心で耐えることはできず、
苦しみを夫と共にして心を痛めていた。
そのようにして、髪を乱してその美しさを損ない、
涙で頬に痕《あと》をしるしていたが、今や、尊ぶべき父の高い館《やかた》へと向かっていた。

その懐《ふところ》には、幼いテッサンデルが抱かれ、
愛情深い祖父のもとへと運ばれていた。もはや夜も終わりつつあり
新たな日の出の前で、ただ大熊座だけが沈まぬ北斗と共に
大洋へと消え去りつつある星々を羨《うらや》んでいる。
門をくぐるとアルギアは、偉大な父の前に身を投げ出した。
「何故私が涙に暮れて、悲しむ夫も伴わずに、嘆願者として
この館《やかた》へと夜に参ったのかは、たとえ私の方から申し上げなくてもお父様にはおわかりでしょう。
けれども、神聖な婚礼の掟にかけて、それにお父様、あなたにかけて、私は誓います。
あの人が命じたからではありません。そうではなく、眠られぬ心痛のゆえなのです。
最初に婚礼の神とユノ女神が凶々《まがまが》しくも不吉な松明《たいまつ》を掲げて以来、
常に、涙と溜息が傍《かたわ》らにあり、安らぎは掻き乱されておりました。
たとえ私が恐ろしい雌虎であったとしても、
冷たい岩礁よりも心が強張っていようとも、到底耐えることはできません。
お父様だけが力を、癒しのための誰にも勝《まさ》る権威をお持ちです。

戦《いくさ》を許してください、お父様。打ちひしがれたあなたの婿の貶《おとし》められた有様を顧《かえり》みてください。
そしてこの、お父様、あなたの孫のために。祖国を追われた夫の子です。
いつの日か、この子が生まれを恥じることのないように。ああ、この地に
あの人が来た時の歓待は一体どこへ、
神々を証人として結び合わされた右の手は、どこへいってしまったのでしょう？
あの人は確かに、運命が与えていた人、アポロが予言した人ではありませんか。
私は断じて、ウェヌスの密かな情熱を盗み取ったわけでもなければ
罪深い婚礼を上げたのでもありません。お父様の畏《かしこ》むべき仰せとお告げを私は尊重したのです。
今、一体どのような畜生の心があれば、苦しむ夫の嘆きを見下したりできるでしょう？
誰よりも立派なお父様、でも決しておわかりにはならないでしょう、
どれほどの愛を、不幸な夫に嫁いだ私が貞節に抱いているか。
今はたとえ悲しくとも、耐えがたく、決して喜びではない賜物《たまもの》を

恐れ苦しみながらも、私はお願いいたします。けれど、私たちの接吻を、
　嘆きの日が引き裂く時には、
喇叭《ラッパ》の荒々しい響きが、出立する軍に合図を送り、
無情な黄金が父上のお顔を輝かせる時には——
ああ、愛するお父様、その時にもやはり、私はこうお願いするでしょう」。
　娘の泣き濡れた頬に、父親は唇を触れさせて、
「このように嘆くからと言って、娘よ、お前は決して咎《とが》められるようなこ
　とはない。
恐れを捨てなさい。お前が願っていることは、誉《ほ》められるべきことであっ
　て、拒まれるべきではない。
だが、私の心には、神々と——いや、お前が求めている事を望むのをやめ
　ろと言うのではない——
不安と、王権の移ろいやすい重みとが、大きくのしかかっているのだ。
そなたの言うことには、娘よ、相応の報いがもたらされようし、
その嘆願が虚しく涙を流すことにもなりはすまい。
そなたは夫を慰めるがよい。また、理由があって遅れていることを、酷《むご》い
　無駄ととってはならぬ。

我々が時をかけているのは、娘よ、大変な準備のためなのだ。
戦《いくさ》のためにも必要なことだ」。そのように言ううちに、昇りつつある太陽
がアドラストゥス王を促《うなが》し、
計り知れない心痛も、起き上がるようにと命じるのだった。

第四歌

それから三度《みたび》、太陽神《ポエブス》が凍てつく季節を西風で溶かし、
春の日を、それまでの狭い軌道よりも長くして行きつつあった。
アルゴス人の良識は運命に撃たれ突き動かされて、
ついに哀れな人々に戦いがもたらされることになった。
まずテッサリアの山の高みより、戦いの女神ベロナが、赤々と燃える松明《たいまつ》を片手で掲げ、
また右の手では、樹の幹ほどの太さのある槍を、回転させつつ投げつける。
槍は、澄んだ空に唸《うな》りを上げて飛び去った。
そしてディルケ河畔に聳《そび》えるテーバエの城壁に突き立った。
続いてアルゴス軍の陣営へと女神は行く。鋼《はがね》と黄金を煌《きら》めかせる戦士らに交じり
猛々しい喚《おめ》き声を上げる。戦いに行く者たちに剣を与え、
軍馬を打ち叩き、門へと兵士らを呼びたてる。その鼓舞にも先んじて勇者たちは進み、

臆病者にさえも、束の間の勇気が与えられる。
定められた日がやって来た。多くの犠牲獣が、雷神《ユピテル》と剣神《マルス》への儀式で屠《ほふ》
られる。
だがその内臓には、吉兆を見出せず、
血の気の引いた神官は、戦士たちに期待を抱くふりをする。
今や、各々《おのおの》身内の周りに、子供も妻も両親も入り混じって押し寄せ、
最後の門を出ていこうとするのを押し留《とど》める。
別離の涙には限りがない。丸盾も兜の前立ても、哀《かな》しい挨拶に濡れそぼつ。
どの武器にも、啜《すす》り泣く家族が縋《すが》りつく。
面《おもて》を覆《おお》い隠す兜の中へと接吻を差し入れ、
猛々しい兜の穂先を、抱擁によって下に引き下げる。
戦いを喜ぶ者、それどころか死ぬことさえ喜びである者たちですら、呻《うめ》き
声を上げ、
戦いへの熱情は啜《すす》り泣きに挫《くじ》かれ、萎《しお》れている。
あたかも、遥かな海を越えて行こうとする男たちに、
もはや帆が風を捕《とら》え、海底に打ち込まれていた錨が再び上げられると、
愛《いと》しげに人々がしがみつくかのよう。首を抱きしめようと腕が争い、

こちらからは、潤《うる》んだ眼を口づけが霞《かす》ませるかと思えば、
向こうからは、大海原の霧がその眼を引き寄せる。ついに、残された者たちは岸壁に立ち、
遠ざかっていく帆布を眼で追うことだけが慰めとなり、
我が家から吹く風がますます遠くへ船を運んで行くことを嘆き悲しむ――
［一行削除］
今こそ私に、古《いにしえ》の「名声」と、この世の秘められた「太古」よ、
武将らを記憶し、その生涯を語りきかせることが、汝らの勤めであるのだから、
勇者らを語りたまえ。そして汝、おお歌い上げる森の女王カリオペ(1)よ。
いかなる軍団を、いかなる武具を、かの軍神マルスは動かしたのか、
どれほど多くの諸都市からその住人を空にしたのか、
竪琴を掲《かか》げて物語りたまえ。何故ならば、これほどに深い洞察は
他のいかなる泉からも汲み出されることはないのだから。
王アドラストゥスは
心痛の重みのために哀《かな》しみ悩みつつ、過ぎ去る齢《よわい》に曝《さら》されつつ

(1) 詩の女神の一人で、特に叙事詩を司る。

意気盛んな者たちの只中を、自らの本意ではなく、進み行く。
剣を腰に帯びたのみで、盾は歩兵らが背後から運んで行く。
御者が城門の脇で、飛ぶがごとき駿馬に手入れをすれば、
既にアリオンは軛《くびき》に抗《あらが》う。
この王のため、テッサリアの地が勇士らを武装させる。さらには険《けわ》しいプロシュムナ、
家畜を飼うことの方に長《た》けているミデア、また羊に富むプリウスが。
そして、長大な渓谷に泡立つカラドロスを怯えさせているネリスが。
また、巨大な塊の塔をそそり立たせるクレオナエが。
さらには、いずれスパルタの血を飲み干すよう定められているテュレアが。
また、かつてその地からアドラストゥス王が移り住んだことを忘れていない
ドレパヌムの岩地とオリーブ豊かなシキュオンの沃野を耕す者たちも
この軍勢に加わっている。また、眠ったようなランギア河が静かな流れで洗う地や、
入り組んだ堤で曲がりくねったエリソン河の地も。
この河には、恐るべき名声がある。冥府の女神《エウメニデス》たちが、

この激流で身を清める、と伝えられているのだ。ここに女神たちは、その貌《かんばせ》や
冥府の水に喘《あえ》ぐ蛇の髪を、浸すのを常としているのだという。
トラキアのテレウスの家(1)や、ミュケナエの忌まわしい館《やかた》(2)、
さらにカドムス(3)の末裔の家を覆《くつがえ》した(4)折りに。
河そのものでさえも、流れに泳ぐ蛇髪から逃げ、その夥《おびただ》しい毒のために淵は鈍く濁っている。
さらにアドラストゥスに随《したが》って進むのは、イノの嘆き(5)を慰めるエピュレ、
そして、ケンクレアエの軍勢。その地には、詩人たちには馴染みの深い
ゴルゴンの血から生まれた天馬《ペガスス》に穿《うが》たれた泉がある(6)。
また、イストモス地峡が海に斜めに迫り出し、なだらかに海を大地から追いやる地が。
これら三千もの数に上《のぼ》る軍勢が、アドラストゥスの後に続いて気勢を上げる。
ある者たちは長槍を手にし、ある者たちは、焼入れをして硬くした棍棒を持っており
(というのも、どの兵士もそれぞれの習慣や生まれを持っていたので)

(1) テレウスは妻プロクネの妹ピロメラを強姦したので、これに復讐するためにプロクネは我が子を殺してその肉を夫に食べさせた。
(2) 二九頁註(1)参照。
(3) 四頁註(1)参照。
(4) 第一歌一一、一三、一四、六六、七〇、七二、二五八行、第二歌二九一行、第三歌一九四、二〇三、二〇五行など参照。
(5) 六頁註(7)参照。
(6) 天馬《ペガスス》は、ペルセウスがゴルゴン(八二頁註(2)参照)を退治した時、その血から生まれでた。またその蹄に打たれて、詩人に霊感を与える泉が噴き出した。

またある者たちは、弓の紐を滑らかに回して
石礫《つぶて》で虚空に円を描くのに長《た》けていた。
アドラストゥス王自らは、その年齢と王笏とに相応《ふさわ》しく、威を払って進み
　行く。
あたかも丈高い牡牛が、その縄張りの牧場《まきば》の中を進むかのよう。
既にその首は垂れ、肩の力は失われている。
とはいえさすがに群《むれ》の長《おさ》。これに向かって若牛さえも
戦いを挑もうという勇気は起こらない。歴戦の傷に打たれて折れた角や
打撲ですっかり瘤《こぶ》だらけの胸を見てしまっては——
　老いたるアドラストゥスのすぐ傍《かたわ》らに、軍旗を進めるのは
テーバエ生まれの義息ポリュニケス。この者のため戦いを望み、彼のため
　怒りを
全軍は共にしている。また彼のために、故郷テーバエから望んでついて来
　た者もいる。
あるいは、彼の追放に心を動かされ、不幸の中でもいや増す信義を変えて
　いなかったのか、
あるいは、権力者の交代が特別の関心事であったのか、

あるいは、多くの者はより正当な理由があると信じて、ポリュニケスの訴えに加担しているのか。
これらに加えて、義父アドラストゥス自らも、
アエギオンやアレネの地を、彼の支配下に与えていた。
さらに、テセウス縁《ゆかり》のトロイゼンの援軍も。僅《わず》かな軍しか率いないことで不名誉なことにならぬようにと、
あるいは祖国での名誉が奪われたと感じることのないようにと配慮して。
ポリュニケスの装束も武具も、
約束された客人として、あの冬の夜に帯びていたものと変わらない。
テーバエの獅子の毛皮が背を覆《おお》い、一対《いっつい》の槍の穂先が煌《きら》めきを発し、
獰猛なスフィンクスが、脇腹の下、痛手を与える剣に刻み付けられている。
既に、王国も母の懐《ふところ》も優しい姉妹たちも
ポリュニケスは希望と願望の内に捕《とら》えている。が、塔の頂《いただき》から
打ちのめされた様子ながら背丈のかぎりに伸び上がるアルギアを
遥か遠くから彼は振り返る。夫の目と心とを、彼女は再び引き戻し、
甘美なるテーバエを、その胸から払い除《の》けた。
　見よ、その只中を、己が祖国の隊列を鼓舞しつつ

稲妻のごときテュデウスが行く。既に体は回復しており
喇叭《ラッパ》が鳴り轟《とどろ》くや嬉々とする。その有様はまるで、つるつるとした蛇が
　地の底から
穏やかな春の日差しの息吹へと、鎌首をもたげるよう。
老いから逃《のが》れ、年経《としへ》た鱗《うろこ》を脱ぎ捨てて、
瑞々《みずみず》しい草の間に息づく脅威となっている。
何と哀れなことか、もし農夫がたまたまこの蛇が草の中で口を開けている
　所にぶつかってしまい、
その牙の最初の毒を無駄に使わせてしまったならば——
このテュデウスのためにも、アエトリアの諸都市から、
戦いの評判が勇者たちを送り込んでいる。岩多いピュレネもこれを聞き、
鳥となった姉妹に死を嘆かれるメレアゲル(1)に縁《ゆかり》のプレウロンも、
また険《けわ》しいカリュドンも。そしてユピテルを育んだことを理由に、生誕の
　地であるイデに挑むオレノスも、
そして、イオニア海の波濤《はとう》から港に迎え入れてくれるカルキスも。
そしてヘルクレスとの競技で顔を潰《つぶ》されたアケロウス河も。
今もその河は、ずたずたになった額《ひたい》を水底からもたげることに恐れを成

(1) オエネウスの息子メレアゲルがカリュドンの野猪退治（三八頁註（1）参照）の後に母親の呪いで命を落とすと、その死を嘆く姉妹はディアナ女神によってホロホロ鳥に姿を変えられた。

し、
灰緑色の洞窟の中に頭を沈めて嘆いている。
その岸辺も喘《あえ》いで砂塵に苦しむ。
これらの兵士たちは皆、編み上げた青銅で胸を鎧う。
手には恐ろしげな槍。兜に立てられた飾りは、父なる軍神《マルス》。
四方から、選りすぐりの若者たちが、勇猛なテュデウスを取り巻いている。
テュデウスは戦いに意気軒昂とし、夜戦の傷を誇っている。
ポリュニケスの憤りと怒りにも劣らない。
どちらのために戦いが行なわれるのかもわからないほど。
それらに続いて堂々と、新たに武装したばかりのドリスの軍が進んで行
く。
源であるリュルケウスの泉(1)よ汝の水辺を、そしてそこから流れ出す汝
アカエアの河の王者たるイナクス河よ、汝の岸辺を多くの犂で耕す者たち
が
(何故ならこれほど烈しくアカエアの地を迸《ほとばし》る河は他にはないのだから。
ことに、牡牛座や昴星《プレイアデス》のもたらす雨を飲み干して溢れ出し、
義息であるユピテル(2)の嵐で泡立ち膨《ふく》れ上がる季節には)。

(1) イナクス河の源泉。
(2) ユピテルの恋人となったイオはイナクスの娘。一二三頁註(3)参照。

さらに、流れの迅《はや》いアステリオンが巡る地から来た者たち、ドリュオペス
　の穀物畑を流れて行くエラシヌス河畔から来た者たち、
エピダウルスの鄙《ひな》に住まう者たちが——その丘は葡萄《バックス》の神には嘉《よみ》せられ、
ヘンナに奉《たてまつ》られる穀物《ケレス》の女神に拒まれる——さらには、遥かなデュメも
　援軍を送り、
ネレウス縁《ゆかり》のピュロスも、密集部隊を派遣する
(この時はまだ、ピュロスは世に知られてはいない。この前後の世代にも
　活躍する長寿のネストル(3)は、まだ若く、
この滅びるべき陣営に加わることを拒んだのであった)。
これらの軍勢を駆り立てて、優《すぐ》れた武勇への熱望を教えているのは
丈高いヒッポメドン。その頭《こうべ》には青銅の兜が揺れ
三重《みえ》の羽飾りが雪白に屹立《きつりつ》する。盾の下では脇腹全体が
鉄の縫い目でこすられている。肩と胸は広々と、燃え上がるような盾が守
　る。
その黄金の表面には生き生きと、ダナウス王の殺戮の夜(4)が彫琢されている。
狂気の女神の掲《かか》げるどす黒い松明《たいまつ》に照らされて、罪深い五十組の新床《にいどこ》が輝
　いている。

(3) ネストルはトロイア戦争で活躍した老将。三世代を生きたと言われている。トロイア戦争にはテュデウスの息子のディオメデスが参加しているので、このテーバエとの戦争は、トロイア戦争より一世代前の出来事になる。

(4) 七八頁註(1)参照。

父ダナウス自らも、血に染まった戸口に立ち、
新郎を殺《あや》めた娘たちの罪を褒《ほ》め称《たた》え、その剣を検《あらた》めている。
このヒッポメドンを、パラスの城砦から、ネメア産の馬が運んで来る。
軍勢にいきり立ち、巨大な姿の飛び去る蔭《かげ》で大地を満たし、
高く舞う砂塵で野を掻き立てる。
さながらに半人半馬《ケンタウルス》のヒュラエウスが山の洞窟から、
肩と人馬両方の胸で森を砕きつつ、疾駆《しっく》してくるかのよう。
その進む道をオッサ山も怯え、家畜も野獣も恐れのあまりに身を臥《ふ》せた。
兄弟のケンタウルスたちでさえも恐怖を覚えずにはいられない。
ヒュラエウスが大きく跳躍し、ついにペネウスの湖にまで至り、
大河さえも堰《せ》き止めてしまうまで——
　これらの武具の数々、多くの種族、そして力を、死すべき身の人の口で
正しく語ることができようか。古きティリュンスをも、その地で育《はぐく》まれ
　た神が戦いへと駆り立てる。
この地には、強者《つわもの》どもの実りの乏しいことのなく
偉大な養《やしな》い児《ご》ヘルクレスの名声を貶《おとし》めることもない。
だが幸運はその地から滑り落ち、その地の富が戦力を増すこともできない。

空虚な田畑に住む僅《わず》かな住人が、
キュクロプスの汗で築かれたアルゴスの砦《とりで》を指し示す。
とは言うものの、三百もの若き勇者がやって来ている。戦士の数に入らない群《むれ》ではあるが。
彼らの手には、槍投げの紐も不吉に輝く剣もない。
頭と背にある黄金の獅子の毛皮は祖国の誇り。
松の丸太で武装して、
撃ち尽されることのない矢が箙《えびら》に、ぎっしり詰まる。
ヘルクレスの賛歌を彼らは歌う。あらゆる怪物は一掃された、と。
遠く、葉生《お》い茂るオエタ山から、ヘルクレス自らもそれを聞く。
ネメアも仲間を送っている。さらに、クレオナエのモロルクスの神聖な葡萄畑も、
戦いのために集めた力を送り出す。
この地の陋屋《ろうおく》には、世に隠れもなき栄光がある。枝を編み上げた門口に、
客人として訪れた神の武具が描かれている。ささやかな国土ながら、人々に示されている。
どこにヘルクレスが棍棒を置き、どの樫の樹の下に弓を緩《ゆる》めて休ませたか、

またどの土地に肘をついて跡を記したか、などが。
　しかし徒歩《かち》で、頭一つ分高くから戦列を見下ろしつつ、
カパネウスが、野生の牛から剝《は》ぎ取った皮を四重にして
その上から青銅の塊を埋め込んで硬くした重い盾を振り回している。
その表面には、三重《みえ》の冠となって頭を枝分かれさせる水蛇《ヒュドラ》が、
たった今殺されたばかりのように恐ろしい姿で描かれている。
蛇の一群は生々しく銀に刻まれてぎらぎら光る。また別の蛇の頭は、思い
　もよらない手口で沈められ(1)
黄金の輝きの中で息絶えながら黒ずんで行く。
その周囲に緩《ゆる》やかな流れとなって、鉄で青黒いレルナが描かれている。
だがカパネウスの広い脇腹と幅のある胸を守っているのは、
鋼《はがね》の糸を無数に織り上げた胴鎧。
母の手によるものではない、恐るべき作品。兜の煌めく頂《いただき》からは
巨人の姿が突き出している。そして、彼一人にしか投げられない槍として、
枝を落して穂先を先端に付けた糸杉の幹《みき》がそそり立っている。
このカパネウスに随《したが》うべく送り出されたのは、肥沃なアンピゲニアや、
なだらかなメッセネ、山がちのイトメが養った者たち。

(1) 水蛇《ヒュドラ》がヘルクレスに退治された時、数多くの頭のうちの一つは不死であったので、大岩の下で押し潰《つぶ》された。八九頁註(1)参照。

さらにトリュオンや、尾根の頂《いただき》に盛り上げられたアエピュ、
ヘロスにプテレオン、そしてゲタエの歌い手の嘆きとなったドリオン。
この地で、歌に巧みな詩の女神《ムーサエ》たちにさえ勝《まさ》ると思い込んだために、
無言の余生でタミュリスは罰せられた。
喉も琴《キタラ》も同様に――神の怒りを軽んじる者があろうか――
たちどころに沈黙した。彼は、ポエブスとの争いを、
敗れたマルシュアス[2]が吊るされたことで名高いケラエナエを、知らなかっ
たのだ。
　さて今や、運命を告げる予言者アンピアラウスの心は、
烈しく争い、弱められている。彼は、この先起こることも恐ろしい予兆も
　知っていた。
しかし、躊躇《ためら》うその手に、運命の女神自らが武器を投げ入れ、
神託を押し潰《つぶ》したのだった。そこには妻の裏切りもまた働いていた。
今や彼女の家には、禁じられた黄金が輝いている。
この黄金はアンピアラウスに死をもたらすものと、運命が告げていた。
それを自らも知りながら――何と忌まわしい罪！――不実な妻は
夫を宝物と取り換えることを望む。そして権勢あるアルギアに対抗して

（2）五八頁註（1）参照。

戦利品や奪った装身具で勝《まさ》ろうと熱望する。
アルギアの方は進んで（何故なら、諸侯の気持ちと戦いの天秤は、
もしこの予言の才を持つ英雄が参戦すれば、こちらに傾くと知っていたの
で）
愛するポリュニケスの懐《ふところ》に呪わしい飾りを脱ぎ捨てた。
惜しむ顔も見せずに、さらにこう付け加える。
「今の私には、煌《きら》めく装身具などを身につけても嬉しくはありません」と
言う。
「あなたが居なければ、惨めなだけの容色を飾るのも心楽しくはないで
しょう。
不安に怯える心を、供《とも》の者たちの慰めで宥《なだ》め、
ほどいた髪を祭壇に引きずるだけで充分です。
一体——ああ恐ろしい！——あなたが猛々しい兜に包まれて鋼《はがね》の響きを
立てる時に、
この私が、豊かなハルモニアの黄金の持参金を身に帯びるとでもいうので
しょうか？
きっと神が、もっと相応《ふさわ》しいものをいつかお与えくださいます。

アルゴスの妻たちの誰より優《すぐ》れた衣裳を纏《まと》うにちがいありません、
王妃となった暁《あかつき》には。あなたがご無事で、テーバエの神殿に
多くの合唱隊を奉納する時には。今は、あの方がお着けになればよろしい
　でしょう。
あれが欲しくて、夫が戦いに行くのを喜ぶことができる方なのですから」。
かくしてエリピュレの家に、死をもたらす黄金は侵入した。
そして罪の大きな種を蒔いた(1)のだった。
復讐の女神ティシポネは、将来起きる殺戮に歓《よろこ》んで、陰惨に笑った。
　タエナルスの馬の間に高々と、天と地の両方の血筋を引き、
主人カストルに知られることなく神馬キュラルスが産ませた駿馬《しゅんめ》が、
大地を震わせている。身に帯びたパルナソスの幣《ぬさ》が、アンピアラウスの神
　官の地位を示し
兜は、葉の生《お》い茂る橄欖樹《オリーブ》で覆《おお》われている。
兜に立てられた真紅の鬣《たてがみ》に、純白の帯が縒《よ》り合わされている。
武器と共に、軛《くびき》にきつく繋げられた手綱を、彼は御している。
両脇には矢を防ぐための装備があり、鋼鉄の森のように戦車の上で震えて
　いる。

(1) アンピアラウスは、自分に死を招いた妻に復讐するように息子たちに命じ、彼らはそれに従って母親を殺すことになる。

遥か遠くからも、重い槍を手にした恐るべきその姿は際立《きわだ》っている。
盾には、アポロに打ち負かされた大蛇ピュトンの姿がちらちらと煌《きら》く。
彼の戦車に、アポロ縁《ゆかり》のアミュクラエの兵がつき従う。
さらにピュロスや、臆病な船には避けられるマレア、
賛歌を響かせディアナ女神を称《たた》えることに長《た》けたカリュアエ、
パリス、キュテレイア女神に縁《ゆかり》があり鳥たちを育《はぐく》むメッセ、
タユゲトゥスの密集歩兵に、白鳥の住まうエウロタスのいかめしい隊列が。
神メルクリウス自らがこの勇士らを、荒れ果てた砂塵の中で養い育て、
彼らの中に、剥《む》き出しの力を向ける方向と怒りとを植え込んだのだった。
それゆえ彼らの心にあるのは、活力と、名誉ある死への甘美なる献身。
息子らの最期を親たちは喜び、戦死するよう励ます。
そして集まった者たちすべてが若者を悼む時にも
母は、栄誉に包まれた遺骸に満足する。
彼らが持つのは手綱と、結び目で繋がれている一対の投げ槍。
広い肩を肌脱ぎにし、粗野な衣が垂れ下がる。
兜の頂《いただき》には、白鳥《レダ》の羽。これらの者たちだけが、アンピアラウスよ
お前に随《したが》って来たのではない。緩《ゆる》やかに傾斜するエリスがさらに歩兵を

増やし、
低きピサに住む者たちもやって来る。
彼らが水浴びするのは、黄金のアルペオス河、シチリアの大地に異国から到達し、
かくも遠い海路にも損なわれることのない河よ。(1)
数限りない戦車で、遠くまで、もろい耕地を掘り返し、
馬を戦いのために調教する。その馬の血筋の輝かしさは、
おぞましい習慣、砕け散ったオエノマウス王の車軸の頃(2)から続いている。
噛まれて泡立つ馬銜《はみ》が悲鳴を上げ、
白く流れる汗が掘り返された砂地を濡らす。
お前もまた、母に知らせずにアルカディアの隊列を、
――ああ、武器に未熟な若者よ、それほどにまだ知らぬ栄光に惹《ひ》かれている――
パルテノパエウスよ、お前は率いている。その時たまたま、遠く離れた森を
猛《たけ》き母アタランテは――息子を出陣させまいとしたのだが――
その弓で打ち負かしていた。凍てついたリュカエウス山の彼方で。

(1) 二五頁註（2）参照。
(2) 二五頁註（4）参照。ペロプスはオエノマウスの戦車に細工をしてオエノマウスを事故死させる。

この少年ほどに美しい貌《かんばせ》は、酷《むご》い戦いへと赴《おもむ》く他のいかなる者にもあ
　りえなかった。
そしてこれほどに優《すぐ》れた容姿に無頓着である者もいない。
勇気にもまた欠けることはない。より頑健な年齢に達したならばだが。
森を治める女精たちや、河に祀られた女神たちを、
渓谷の精霊たちを、どれほど彼は燃える情熱に惹《ひ》き付けたことか。
かのディアナ女神でさえ、マエナリアの木陰でこの少年を見た時、
少年がそのしなやかな足取りで草に跡《あと》を印《しる》すことを
供《とも》であるアタランテに赦した、と伝えられている。さらに、クレタ産の矢
　を、
そしてスパルタ産の箙《えびら》を、手ずからその肩に負わせてやったのだ、と。
が、豪胆な軍神《マルス》への情熱に貫かれ、パルテノパエウスは躍り出る。
武器を、進軍喇叭《ラッパ》の響きを、少年は熱望し、
戦場の砂塵に輝く髪を汚《けが》すことを、捕《とら》えた敵の馬に乗って戻って来ること
　を望む。
もはや森には厭《あ》き、人の血で汚《けが》された栄誉を
自分の矢がまだ知らぬことを恥と思う。

ひときわ目立ち、黄金と真紅に装い燃え上がるような姿。
流れる衣の襞《ひだ》を、ヒベルニア産の鉄の結び目が留めている。
実戦には向かない盾には、カリュドンでの母の武勲（1）が描かれている。
左脇には、鋭い弓が音を立て、羽毛のような小札《こざね》で鎧《よろ》われた背には、
クレタ産の矢で満たされた箙《えびら》が打ちつける。
淡い琥珀と煌《きら》めく東方の碧玉に彩られた箙《えびら》が。
怯える鹿を追い越すのに慣れていた少年の馬は、
二重《ふたえ》になった山猫の皮の覆《おお》いに包まれて、
武具で重くなった主人に驚いている。その背に高々と、パルテノパエウスは馬を進めていた。
美しく紅潮し、瑞々《みずみず》しいまだ少年の頬が人目を惹き付ける。
彼のために、星々よりも月よりも古いアルカディア人たちよ、お前たちが
忠実な軍隊を送っている。彼らは、森の堅い樹々から生まれたのだ、と言われている。
その時、最初の人間の足跡を、大地は驚きをもって受けとめたのだ。
まだ、耕された地も屋敷も都市もなく、
婚姻の掟すらもなかった。樫や月桂樹が、頑健な子らを産み出していた。

（1）三八頁註（1）参照。

葉蔭を成すトネリコの樹が民を生み出し、
ナナカマドが孕んで、みどり児《ご》を産み落とす。
彼らは、陽《ひ》が巡り夜の闇が来るのに驚いた、と伝えられている。
そして沈んでいく太陽《ティタン》をどこまでも追いかけて
昼が喪《うしな》われたと嘆き悲しんだのだと――援軍を送ったために高いマエナ
ルス山は、住民が僅《わず》かとなり、
パルテニウスの森も人々がいなくなってしまう。戦いのための軍勢を
リペも、ストラティエも、風ふきすさぶエニスペも、送っている。
テゲアも、手をこまねいてはいない。かの、翼ある神《メルクリウス》に嘉《よみ》せられたキュレ
ネも、
また、ミネルウァに捧げられた森の神殿アレアエも、
さらに流れの早いクリトル、そして、大蛇《ピュトン》を退治したアポロよ、あなたに
とっては岳父とも言うべきラドン[1]も、
さらに、雪を戴《いただ》く尾根に輝くランピアも、
また、冥府の闇にステュクスの流れを送り出している、と信じられている、
ペネオスも。
さらにやって来たのは、イダ山の祭祀の狂乱にも負けないアザン、

(1) ラドン河の娘ダプネはアポロに愛された。

パラシアの武将たち、そして――愛の神《アモレス》よ、あなた方の笑いの的《まと》となった
　ことだが――
ディアナ女神に化けてカリストを誘惑した雷神《ユピテル》を喜ばせた、ノナクリアの
野(2)。
家畜に恵まれたオルコメノスに、野獣の豊富なキュノスラ。
同じ情熱が、アエピュトゥスの平野を、険《けわ》しいプソピスを無人にする。
そして、ヘルクレスの棍棒の威力を人々に知らしめた山々、
恐ろしい猪を産み出したエリュマントス、青銅の音を響かせて鳥を退治し
　たステュンパロス(3)。
これらのアルカディア人らは、人種としては同一でも、その出《い》で立ちはさ
　まざまに分かれている。
ある者たちは、根こそぎにしたパポスの天人花を撓《たわ》めて弓とし
牧人《ぼくじん》の杖を使って戦いに立ち向かう。
ある者たちは弓で、またある者たちは杭で武装する。また、別の者たちの
　髪は兜が覆《おお》うかと思うと、
ある者たちは、アルカディア風の帽子を着ける風習を維持している。
ある者たちは、仕来りどおりに、カリストが姿を変えたような雌熊(4)の頭を

（2）後註（4）参照。

（3）ヘルクレスの十二の功業の中には、エリュマントスの野猪を退治したことと、ステュンパロスの森に棲む鳥の群を掃討したことがある。

（4）カリストはディアナ女神に姿を変えたユピテルに愛されたために、ユノの怒りを買い、雌熊に姿を変えさせられる。後に天に上げられて大熊座となる。

　被《かぶ》って恐ろしい姿。
これらの、戦いへと馳せ参じ軍神《マルス》のために心を誓い合った者たちの中に、
隣国のミュケナエからは、何の援軍も送られていなかった。
何故ならその時、屍《しかばね》の饗宴と、道半ばで逆行した太陽と、
ここでも別の兄弟同士の争いが、混乱を引き起こしていたからだった。(1)
　さて、アタランテの耳にも、報せが注ぎ込まれた。
我が子が軍を率いて、全アルカディアを動かしているということが。
彼女の足はわななき、武器が傍《かたわ》らに滑り落ちた。
アタランテは森を飛び出す。翼ある風よりも迅《はや》く、
岩場を抜けて、溢れる水で行く手を阻む河をも越えて。
衣の裾をからげ、頭からは黄金色の髪を風に吹き乱した姿で、
あたかも、仔を奪われて猛《たけ》り狂い
盗人《ぬすびと》の馬の後を尾《つ》けて行く雌虎のよう――
アタランテは足を留《と》め、息子の手綱に胸を押し付けるなり、
(息子は蒼褪《あおざ》めた顔を地に向けたまま)「一体どこからこのような、狂おし
　い望みが、
我が子よ、お前を襲ったのです?　どこからその幼い胸に、良からぬ武勇

(1)二九頁註(1)参照。

が？
お前が、男たちを戦いに向かわせ、お前が、軍神《マルス》の重荷に耐え、
剣を揮《ふる》う軍勢の只中に進むことができようか？
一体どこからそんな力が出てくるというのです？　つい先ごろも、お前の
　ために血の気の引く想いをしたばかりではないか、
突進してくる猪に、槍を間近から突き刺そうとして
お前の膝が崩れ、仰向けに倒され、危うく押し潰《つぶ》されそうになった時。
あの時もし私が、引き絞った弓から矢を放たなかったなら、
今、どうして戦いに出られるというのです？　向こうでは私の矢がお前を
　守ってやることもできない。
滑らかな弓も、黒い斑《まだら》に色分けされた、お前が信頼を寄せているこの馬
　も。
巨大な企てに、お前は向かい合っているのですよ、
まだ、樹の精霊の臥所《ふしど》にも、エリュマントスの森の精との恋の情熱にさえ
　未熟な、
子供にすぎないお前が。それに、過《あやま》つことのない前兆もある。
つい先ごろ夢の中で、ディアナ女神の神殿が揺らぎ、

女神が冥府の貌《かんばせ》に変わるの[1]を私は見て、驚きに打たれたのです。
神聖な天井からは捧げ物が墜《お》ちて来た。このために私の弓は重くなり、
手も動かなくなり、どこを射たのかすら定かでない。
待ちなさい。もっと大きな栄誉が、もっと力強い年齢が来るまで、
薔薇色の頬に髭が蔭《かげ》を落し、その顔立ちから私の面影が消えるまで。
その時になれば、戦いも、今お前が夢中になっている剣も、
手ずから私が与えましょう。そして母の嘆きにお前が呼び戻されることもないでしょう。
今は、武器を家に戻すのです。お前たち、この子を征《い》かせるのを止めないとは、
アルカディア人らは真《まこと》に、岩や樫から生まれた子らだというのですか?」。
さらに彼女は乞い願う。その周囲に、息子も武将らも群がって
慰めの言葉をかけ、恐れを軽くしようとする。と、荒々しく進軍喇叭《ラッパ》が鳴り響く。
アタランテは、母の抱擁から我が子を手放すことができずに
王アドラストゥスに、くれぐれも宜《よろ》しくと託す。
　さて対するテーバエでは、カドムスの血を引くマルスの民[2]らが、

(1) ディアナ女神は冥府ではヘカテ女神として顕現する。

(2) 四頁註(1)(2)参照。

西洋古典叢書

月報 164

2024＊第2回配本

エクセキアス《将棋を指すアキレウスとアイアス》

目次

2024年9月
京都大学学術出版会

ポリュニケスの妻

日向太郎

スタティウス『テーバイ物語』は、エテオクレスとポリュニケスとの王権争いという主題で、テーバイ伝説をかなり詳しく扱っている。この点で、現存するラテン文学の作品のなかでは、他に類例を見ない。そして、ヨーロッパの文学にあっても、古代を近代につなぐ本当に貴重な叙事詩である。じっさい中世の西欧ではよく読まれたし、俗語作家の模倣の対象になった（『テーブ物語 *Le Roman de Thèbes*』）。スタティウスは、『神曲』煉獄篇第二十一歌に登場し、その後しばらくダンテとウェルギリウスの旅の伴侶となった。それだけ尊敬された詩人なのである。ボッカッチョもまた『テーバイ物語』を熱心に読んでいた。それは、この人の著作につぶさに見て取れる。たとえば、ザッカリーアによる『異教の神々の系譜 *Genealogie deorum gentilium*』の校訂版（*A cura di V. Branca, Tutte le opere di Giovanni Boccaccio* VII-VIII, Milano Mondadori 1998, pp.1808–1809）の引用一覧を見ると、この叙事詩からの引用や詩人・作品の名前の言及は五〇箇所以上を数える。

また、『テーバイ物語』は、ソポクレスが『オイディプス王』、『コロノスのオイディプス』、『アンティゴネ』を通じて伝える物語ともだいぶ異なっている。このことも実に興味深い。ここでは、非ソポクレス的登場人物として、ポリュニケスの妻アルギアに着目してみよう。

じじつ、『コロノスのオイディプス』では「舅アドラストゥス」（一三〇一行）の詩句によってポリュニケスの婚姻にかろうじて触れるのみである。エウリピデス作品を見渡すと、『フェニキアの女たち』や『嘆願する女たち』で、ポリュニケスがアドラストゥスの娘と結婚したことには言及があるものの、その名前は明かされていない。アポロドロスは、アドラストゥスの娘、ポリュニケスの妻としてアルギアの名前を挙げる（『ギリシア神話』第三巻第六章一）。しかし、ポリュニケスの葬礼の敢行は、ソポクレス同様もっぱらアンティゴネに帰せられている。

　テーバイ伝説についてのボッカッチョの知識や考証は、セネカの悲劇作品に負っている部分もあるが、その大半はスタティウスに依拠しているはずである。もっとも、そこから少し乖離していると思われる場合もある。たとえば、俗語叙事詩『テゼイダ *Teseida*』は比較的初期に作られたが（一三三九―四一年頃）、ところどころ作者自身の註解が付けられている。エテオクレスとポリュニケスの兄弟が一つの荼毘に付されるものの、死後もお互いに一緒に火葬されることを忌み嫌い、炎が二つに分かれることに触れた箇所（第五巻第五十九歌三行）には、「二人が亡くなった後、二人に埋葬の礼を尽くすために、アルゴスから……アルジーア［アルギア］がやって来る。夜になって死骸の折り重なるなかをさんざん探した後、ポッリニーチェ［ポリュニケス］を見つけ出した野で、その亡骸に突っ伏して泣いていると、ポッリニーチェの姉妹であるイスメナ［イスメネ］がやって来る。二人は互いに認識し合った後に、その方がよかろうと、助け合って大きな火を起こし、二人の死んだ兄弟を一つの同じ火のなかに投げ込んだ」云々と説明がある。まず、『テーバイ物語』第十二歌とは異なり、アルギアが夜陰を忍んでテーバイに来た目的は、夫のためだけではなく両兄弟の弔いだったかのように説明されている。また、火葬に協力したのは姉妹のうちのアンティゴネではなく、イスメネの方だとされている。後者については、ひょっとするとポリュニケスの亡骸を洗った場所がイスメノス川（『テーバイ物語』第十二歌四〇九行）だったので、記憶違いが生じたのかもしれない。

　他方、アルギアについての簡潔な紹介となっている『異教の神々の系譜』第二巻第四十三章では、「アルギアは、スタティウスによれば、アドラストゥス王の娘であり、ポリュニケスの妻である。彼とのあいだにテッサンデルを儲け、夫が兄弟に殺されたと知るや、アルゴスからテーバイに出て、哀悼の涙を注ぎ、亡骸に弔いをなす。しかし、それをクレオンの命令に反して行なったということで、ポリュニケスの姉妹アンティゴネとともに囚われの身となり、クレオンの命によって殺された」と記している。ここでは、「スタティウスによれば」と、典拠が明示されて、『テーバイ物語』の叙述におおむね即した記述をしている。『テゼイダ』の創作のときは記憶に頼って確認しなかった一節を、あらためて読み直したのだろう。「テッサンデル」の名は、もちろん『テーバイ物語』第三歌六八三行（アポロドロスではテルサンドロス）に基づく。

なお、ウェルギリウス『アエネイス』第二歌二六一行では、トロイアの木馬に入った人物の一人としてテッサンドルスの名前が挙がっている。ボッカッチョは『異教の神々の系譜』第二巻第七十五章で、あらためてテッサンデルについて簡単に紹介し、ウェルギリウスの証言として、この人は木馬の計に参加したと述べている。セルウィウスは、『アエネイス』当該箇所の註でテッサンドルスをポリュニケスとアルギアの子だとしているから、明示されてはいないが、おそらくボッカッチョはセルウィウスの指摘に負っているのだろう。

アルゴス軍のテーバイ遠征では、アンピアラウスの参加が必要不可欠だったが、この指揮官の参加を巡って重要な役割を果たす品が、アルギアの頸飾りである。たとえば、アンピアラウスにかんする記述（『異教の神々の系譜』第十三巻第四十五章）では、以下のように言われている。「アルゴスの大将たちが、テーバイへと向かおうと強く望みつつも、この人ひとりを探しあぐねていた。たまたまエウリディケ［正しくはエリピュレ］は、アルギアの頸飾りを——かつてウルカヌスが自分の義理の娘でありカドムスの妻であるヘルミオネ［正しくはハルモニア］に贈ったものだったが——見て、欲しくなった。そこで、アルギアと取引して頸飾りを受け取ると、アンピアラウスの居場所を明かしたが、それはスタティウスが『テーバイ物語』でより詳しく述べている通りである」。これと同様の記述は、同書のエウリディケの項目（第二巻第三十九章）や『著名人伝 *De casibus virorum illustrium*』第一巻第十八章一九にも認められる。

ボッカッチョは、『テーバイ物語』第二歌二八九―三〇五行や第四歌一八七―二一四行の内容を踏まえているのだろう。アルギアが、ポリュニケスから贈られた頸飾りをエリピュレに与えることを交換条件に、アンピアラウスの隠れ処を教えてもらうことは、『テーバイ物語』では、もちろんこれほど明示的には語られていない。とはいえ、アルギアはテーバイの王権を奪われた夫に同情し、夫と苦悩を共にしている。夫がテーバイ王位に即けるように願ってやまず、父であるアドラストゥス王に挙兵を直訴する（『テーバイ物語』第三歌六七八―七二〇行）。美しい頸飾りに魅せられたエリピュレの邪《よこしま》なる欲を知った王女は、手段を択ばない。この一品を利用してアンピアラウスの妻を籠絡するように、賢明にして遠回しな言い方で夫に勧めている（第四歌一九〇―二一〇行）。

しかし、いざ夫が戦死しその亡骸が放置されていると知れば、悲しみに暮れながらもアルギアはひたすら戦場へと歩みを進め、夜になったことにも気づかない。旅のあらゆる困難や危険を顧みず、幽霊も、そして何よりもクレオンの禁令を恐れない一途な愛情は、悲壮であり美しい。ボッカッチョは神話上、歴史上の有名な女性たちのなかから主にキリスト教徒ではない一〇〇人あまりを選び、伝記集『名婦伝 *De mulieribus claris*』（拙訳が「イタリア・ルネサンス古典シリーズ」の一冊として、知泉書館より二〇二四年に刊行）を編み、死の直前まで推敲し続けた。テーバイ神話の登場人物のうち、この伝記集に選ばれたのは、イオカスタとアルギアのみである。そして、前者の伝記が何らの共感も交えないごく短い文章で終わっているのに対し、後者には強い感情移入が認められる（『名婦伝』第二十九章七―八）。「彼女は、祖国で泣くこともできるのに、敵方の野に向かった。他の人々に命令することもできたが、自ら腐敗した屍に手を触れた。夜という時間を顧みれば、こっそり埋葬することもできたのに、炎によって王族にふさわしい儀礼を尽くした。静かに通り過ぎることもできたのに、女らしい嘆きの声を上げた。敵から受ける脅威は迫っていたが、追放の身の夫を殺され何も希望を持っていなかった。本当の愛は、完全なる誠意は、結婚の神聖は、欠けることなき貞節は、このようにすることを説得し得たのである」。

『テーバイ物語』に基づいていても、ここにはもはやアンティゴネの協力や二つに割れる炎への言及はない。ソポクレスの英雄的なアンティゴネは、どこかエキセントリックである。一方、スタティウスのアルギアの行動は、情熱的な愛に基づいており、恋愛エレゲイア詩の理想の延長線上にあるだろう。ボッカッチョはソポクレス作品を知らなかったようだが、たとい『アンティゴネ』を知っていたとしても、やはりアルギアを『名婦伝』に選んだような気がする。

（西洋古典学・東京大学教授）

西洋古典と動物(7)

モノ言う牛

河島思朗

内田百閒の小説にもある件《くだん》は牛の身体と、人間の顔を持ち、人間の言葉を話して確かな予言を与える。この伝説は江戸時代から語られだしたもので、広く知られるようになった。一九〇九年六月二十一日の『名古屋新聞』には、件が現われて日露戦争を予言したという記事まで載った。

牛が人間の言葉を話したという言い伝えは、ローマにも残る。牛が予兆を伝えたという事件を、リウィウスはたびたび記載している。たとえば、他の凶兆とともに、執政官グナエウス・ドミティウスの牛は「気をつけよ、ローマよ」(『ローマ建国以来の歴史』第三五巻二一)と言葉を発して、警告を与えた。その後、この牛は占い師の命《めい》によって大切に世話されたという。

牛が話すことはしばしばあったと、プリニウス『博物誌』(第八巻一八三)も伝えている。しかも、そのような知らせが届いたときには、元老院議会は戸外で開かれる習慣があったというから、一度や二度のことではなかったのだろう。ただし、ローマの牛は人面ではない。普通の牛の姿をしている点は、異形の件とは異なっているが、牛が予言を伝えるという共通性は面白い。

＊＊＊

牛は神聖な言葉を伝える媒介になることもあれば、神聖なものとして神々に捧げられることもある。百頭の牛を犠牲に捧げるというヘカトンベーは、特別な祭儀のときに盛大に行なわれた。たとえばオリュンピア大祭やパンアテナイア祭のときに、実際に百頭であったかはともかくとして、多くの牛が儀式のために用意された。

犠牲獣は神々に捧げられたあと、参列者に供される。祭儀は神々のためだけでなく、人々が肉を分け合って食べる機会となる。共食は共同体の一員であることを確認する宗教的・社会的行為でもあるし、旨い肉を食べ、酒を飲むという楽しみでもあった。

ウェルギリウスの『農耕詩』には、子牛が生まれたら「群れを維持するために育てたいものと、祭壇の生け贄として供えたいもの、あるいは土地を耕すもの」(第三歌一五九―一六〇　小川正廣訳)に選別する必要があると記されている。牝牛からは乳をとり、子を産むために育てられるし、食肉用に飼育される場合もある。さらには農作業のために働く牛もいた。牛は生活のなかで仕事を与えられていたのである。

　二頭の牛を軛にかけて鋤や鍬を引っ張らせたり、荷車を引かせるように並んで歩かせるためには、調教の技術が必要だ。畑を耕す仕事に使うために、子牛のときから訓練を始めた。『農業論』を記したコルメラは、家畜を従わせるために拷問や残酷な方法を用いるのは理性的ではないと非難する。それぞれの牛の性質にあった正しい調教方法を用いなければならない。

　農作業に適した牛は、「興奮せずに穏やかでありながら怠け者ではなく、打撃や大声を恐れるが、自分の力に自信を持ち、聞こえたり見えたりするものに怯えず、川や橋を渡ることに恐怖を抱かず、たくさん食べるが、ゆっくり食べるような性質」（第六巻二・一四）を有するものだという。コルメラは、個々の牛に注意を払い、その特性や感情を観察する力を、調教師に求めている。

　ある研究によると、中世以前の古代ローマの時代、牛と人間の平均寿命には相関関係があった。つまり人間の寿命が延びたら、牛も延びたし、短くなる時期も同じだった。牛の寿命は一五年くらいだったと試算されている。したがって、農夫が自分の畑で鋤を引かせる牛は、生涯に数組に過ぎなかったということになる。古代においても家畜を資産や道具とみなす人もいただろう。しかし、共働する農夫にとっては、牛は家族の一員であり、長く生活をともにし、運命を分かち合う存在であった。

＊＊＊

　家畜にはそれぞれ個性があるし、感情も有している。子牛を失った母牛の嘆きが、ルクレティウスの『事物の本性について』のなかで、詳細に描写される。母は子を探しもとめて森じゅうを歩き、憂いを癒すこともできずに、嘆きの声をあげつづける（第二巻三五二―三六五）。

　テオクリトスの『エイデュリア』第四歌では、主人が遠くに旅立ち、別の牧人に預けられた牛たちが悲しみにふける。主人を想って鳴き、草も食《は》まずにやせ細ってしまった。その牛たちにはそれぞれ名前も付けられている。

　予兆を語るような牛は珍しいにしても、牧人は牛たちの嘆きの声を聞きとっていた。そこにいる動物が感情を持つ存在であると理解している人のもとには、彼らの言葉は確かに届くだろう。

（西洋古典学・京都大学准教授）

西洋古典叢書

［2024］全4冊

★印既刊　☆印次回配本

●ギリシア古典篇

エピクロス　自然について 他　朴 一 功・和田利博 訳

●ラテン古典篇

スタティウス　テーバイ物語 1★　山田哲子 訳

スタティウス　テーバイ物語 2☆　山田哲子 訳

リウィウス　ローマ建国以来の歴史 7★　砂田 徹 訳

●月報表紙写真――前かがみの両雄、鋭い眼光、真っ直ぐな槍、差し伸べた手。空間と線に導かれて、鑑賞者の視線も盤上へと向かう。

この黒絵式陶器の成形と絵付けを施したのは、アテナイで活躍した陶芸家エクセキアスだ。前五三〇年頃の作品で、イタリア半島のエトルリア人都市ヴルチから出土した。現在はヴァチカン美術館に所蔵されている。

《将棋を指すアキレウスとアイアス》と呼ばれるが、アキレウスが四を、アイアスが三を出したと記されているので、おそらく賽子《さいころ》を使ったゲームであろう。この神話についての文献資料は残されていないが、図柄は大人気となり、一五〇例を超す模写がおこなわれた。

左がアキレウスで、右がアイアスだ。二人は槍を携え、左右に盾を置き、武具をつけたまま、駒を睨む。アキレウスがなかば兜をかぶったままでいることからも、戦闘の合間だとわかる。戦の束の間、ボードゲームに興じる両者の緊張と弛緩が、精緻な描写と大胆な構図に現われている。

（写真・文／河島思朗）

王の狂気に打ちひしがれ、穏やかならぬ噂に怯えていた。
アルゴスが、このような武力で襲いかかってくるということが広まると、
人々はますます渋々と、王にも戦いの名分にも恥じ入りながら、
それでも戦いの準備をする。誰にも、剣を鞘走らせようという意気込みは
　ない。
肩を父祖伝来の盾で守ることも、もはや喜びではなく
駿馬《しゅんめ》の鬣《たてがみ》を梳《くしけず》ることも、かつてのように戦いの中の楽しみでない。
打ちのめされて人々は、理性もなく怒りもなく、びくびくと手を伸ばす。
ある者は、不幸な巡り合わせに見舞われた大切な父を嘆き、
またある者は、うら若い妻の稚《いとけな》い年齢を、
そして、その懐《ふところ》で育ちつつある哀れな子供たちを嘆く。
誰の心にも、戦いを司る神が火をつけることはない。城壁さえもが
永《なが》の年月《としつき》打ち捨てられて崩れかけている。アンピオンの偉大な城砦は、
今や、老いに消耗した横腹を曝《さら》している。聖なる竪琴に合わせて
かつて天まで聳《そび》えていた城壁を、無言の卑しい働きが補強する。
とはいえ、近隣のボエオティアの諸都市には、報復を求めて
剣を求める狂気が息づいている。しかし、無道な王エテオクレスのための

援助というよりは、
盟約を結んだ一族のために、動いているのである。
エテオクレスは、あたかも、肥えた羊を略奪しつくした狼のよう。
どす黒い血に胸を重く濡らし、剛毛《あらげ》が茂る口は
おぞましくも血染めの羊毛に塗《まみ》れて開いている。
羊小屋を後にしながら、あちらこちらと落ち着きなく視線を彷徨《さまよ》わせる。
もしや、殺戮が明るみに出て荒々しい羊飼いらが後から追って来はしまいかと。
しでかした事の大きさを充分承知しながら、狼は逃げていく——
人を惑わせる「噂《ファマ》」は、続けざまに恐怖を積み重ねる。
ある者は、もうアソポス河畔にアルゴスの騎兵隊が散らばっていると言い、
またある者は、バックスに憑かれたキタエロンの嶺《みね》よ、汝が既に占拠されたと、
いやテウメソスが占領されたのだと言い、さらに、夜の闇の中に寝ずの番をしていると
プラタエアエに火の手が上がった、と告げる者もいる。
先祖伝来の竈神《ラレス》の像が汗を滴《したた》らせるとか、ディルケの河が血で溢れると

か、
奇怪な出産や、再びスフィンクスが岩場で言葉を発したとか、
そういう事を聞いたとか、いや実際に見たのだとか、
至《いた》る所《ところ》で流言蜚語《りゅうげんひご》には事欠かない。これらに加えて、新たな恐怖が慄《おのの》く心を掻き乱す。
儀式に用いる籠を取り落とし、いきなり神懸《かみがか》りとなって
森に集うバックス信女《バッカエ》ら(1)の長《おさ》が、テーバエの嶺《みね》より野に駆け下ってくる。
不気味な様子で、血走った眼を、あちらこちらに向け
三叉の松枝を振り上げる。そして燃えるように
烈しい叫びで都《みやこ》中を充たして駆り立てる。
「全能なるバックスの神よ、あなたからは、血縁であるテーバエの一族(2)への
愛は既に消え失せてしまった。あなたは今や、凍てつく北の地で
戦いを好むイスマラ族を、鋼《はがね》の杖《ティルスス》で烈しく駆り立てて、
葡萄の茂る森がリュクルグスの国にはびこるよう命じている。
あるいは膨《ふく》れ上がるガンジス河を、あるいは紅海の最果《さいは》ての門を、
曙の住処《すみか》を、燃え上がる勝利によって狂乱させているのか。

(1) 一〇七頁註(6)参照。
(2) 五頁註(4)、六七頁註(2)参照。

あるいは、ヘルムスの流れから、黄金に輝きながら身を起こしてくる所な
　のか。
だが、あなたの子孫は、あなたの祭を祝うための
我々一族に相応《ふさわ》しい武具《ティルスス》を投げ捨て、戦いを、涙を、恐れを、
そして、不正な王への勤めとして、肉親同士の争いを、
我々は被《こうむ》っているのです。どうか私を、バックスよ、永遠の霜の中へと
女戦士族《アマゾン》の武器でどよめくカウカソスを越えて、
お連れください。王たちの恐ろしい所業や忌わしい血筋を予言しないです
　むように。
ああ苦しい――バックスよ、あなたに願ったのは
もっと別の神託であったのに――見える。同じ二頭の牡牛が相争うのが。
どちらにも同じ誉《ほまれ》。生まれにおいても一つの血。
そそり立つ角《つの》を絡ませ、額を突き合わせてぶつかり合い、
互いの怒りの中で、猛々しく殺し合う。
お前、より悪しきものよ、お前は退《しりぞ》け。不当にもただ独りで
父祖の牧場《まきば》と、共有の山を守ろうと求めるお前は。
ああ、無残な性質！　これほどの血を流して戦うとは！

そして野は、別の王が支配するのだ」。このように、バッカエの長《おさ》は語った。
そしてバックスの神懸《かみがか》りから解放され、顔を凍てつかせて鎮まった。
だが、怪異に怯え、さまざまな恐怖に太刀打《たちう》ちできない王は、
老いた予言者、盲《めしい》た叡智のティレシアスに、
(不確かなことに怯える者たちの常のことだが)不安のあまり相談した。
ティレシアスが答えるには、神々の意志を知るには、若牛を数多《あまた》屠《ほふ》ろうとも
鳥の素早い翼や、真実を迸《ほとばし》らせる内臓で占おうとも、
あるいは、謎めいた鼎《かなえ》が語るデルピの神託や、星々の数を追う占星術であろうと、
薫煙《くんえん》の渦が巻き起こる祭壇であろうとも、
充分に深くまで明るみに出されることはない。
冷厳な死の領域より呼び出された死者たちに比べれば。そして冥府の祭儀を彼は準備し、
イスメノスの河が海と交わる地の下に沈む王ライウスを召喚するために
あらかじめ仕度をする。犠牲獣の裂かれた臓物、

漂う硫黄の臭い、新鮮な薬草、
そして長々しいまじないの呟きで、辺《あた》りを清める。
齢《よわい》を重ねた森があった。老いの力に強く撓《たわ》められ、
永遠に刈り込まれることのない葉が茂り、いかなる陽光も差込むことはない。
この森を、冬の風が弱らせることもなければ、
南風や、極北の空から弾き出された北風も、支配することはできない。
樹々の下は静寂で覆《おお》われており、虚《うつ》ろな恐怖が沈黙を守っている。
太陽は遮断され、陽光に似た光が不気味に薄く漂っている。
樹々の影には神も宿っている。ディアナ女神がこの森にしばしば訪れる。
唐檜《とうひ》の樹、柏槇《びゃくしん》、あらゆる樹々の幹に
女神の姿が現われ、森の神聖な闇の中に隠されている。
人の目には見えない女神の矢が、木々の間に唸《うな》りを上げ、
猟犬の夜の遠吠えが響く。伯父である冥王(1)の領域から離れて
再び、より優しい貌《かんばせ》をディアナが取り戻す時(2)に。
あるいは、山々から女神が疲れて戻り、天頂の太陽から甘い眠りを勧められる時、

(1)ディアナ女神の父はユピテルなので、その兄弟である冥王ディスは女神の伯父にあたる。
(2)二〇〇頁註(1)参照。

この森の地に、周囲に槍を突き立てて、
頭を箙《えびら》にもたせかけて、女神は憩う。
その外には広々と、マルスの野が大地に広がっている。
カドムスに種を蒔かれた畑。(3) 不屈な耕し手としてカドムスは初めて、
骨肉相食《こつにくあいは》む争いと、畝《うね》が罪を生み出した後に、
大胆にも地を掘り起こし、血で潤《うるお》う原を掘り返したのだ。
哀れな大地は、夥《おびただ》しい騒乱を
夜の間には闇をついて、いや白昼でさえも、吐き出している。
黒い影となって、実体のない戦いのために
蒔かれた者たち《スパルトエ》が立ち上がるのだ。農夫は震え上がって、やりかけの畑から逃げ出し、
牛も恐怖に駆られて、家へと戻って行くのだった。
　老予言者はこの地に――というのもこの土地が、冥府の河の祭儀に適しており、
生々しい血で肥やされた土も、目的に適《かな》ったので――
闇色の毛皮の羊など、黒色の家畜を引き据えるようにと命じる。
群《むれ》の中でも、最も立派な一頭が連れて来られる。

（3）四頁註（2）参照。

ディルケ河で呻《うめ》きが上がった。そしてキタエロン山も悲しげに呻《うめ》く。
そしてこだまを返す谷間が、突然の沈黙で凍りついた。
それから、羊のごつごつした角《つの》に、青鈍色《あおにび》の花輪を
予言者自ら手で巻きつける。慣れ親しんだ森の境《さかい》で
まず初めに、九箇所に穿《うが》たれた地面の窪みへと、
豊かに葡萄酒を傾ける。さらに春に搾られた乳と蜂蜜を、
さらに死者に勧めるための血を注ぎ入れる。
乾いた大地がそれらをすっかり飲み干すまで。
それから次に、樹を切り倒して積み上げる。暗鬱な予言者は、
冥府の女神ヘカテのために三つ、また地獄のアケロンから生まれた乙女たちのためにも三つ、
祭壇を築くよう命じる。また汝、冥界の支配者のためにも、
松の木の壇が、地に穿《うが》たれてはいても、中空へと聳《そび》えている。
その隣には、高さでは劣るものの、冥界のケレス女神(1)のための祭壇が築き上げられている。
その前面やあらゆる側面には、嘆きの糸杉が巻き付けられている。
そして今や犠牲獣は、高々と上げた頭に剣で印がつけられ、

(1) ケレス女神の娘で、冥王の妻となったペルセポネ。

清めの穀物も振り注がれ、一撃の下に倒れ臥《ふ》した。
その後、嫁ぐことのない娘マントが、盤に受けた血を最初に注ぐ。
それから、すべての祭壇の周りを三度巡り歩く。
神に仕える父の慣わしに従って、
屠《ほふ》ったばかりの獣《けもの》の内臓、まだ動いている臓物を引きずり出す。
そして躊躇《ためら》うことなく、黒々とした葉の下に
燃え盛る松明《たいまつ》を差し入れる。炎に炙《あぶ》られ、小枝が爆《は》ぜ
死者に捧げられた祭壇が鋭い音を立てるのを、
盲目のティレシアスも感じ取った――というのも、烈しい灼熱の息吹が顔の前に迫り、
熱い蒸気が彼の虚《うつ》ろな眼窩《がんか》に充満したので――
ティレシアスは叫び声を放つ。薪が揺らぎ、その声が火を震わせる。
「黄泉の住まいよ、飽くことなき『死』の恐るべき王国よ、
おお、兄弟の中でも最も呵責《かしゃく》なき冥界の王(2)よ、
死者たちが隷属し、罪人らの永劫の罰を司り、
冥府の宮居もこれに仕える御方よ、
扉を叩く我に、沈黙の世界を開きたまえ。恐るべき女神ペルセポネの治め

(2)冥界の王ディスは、天界の王ユピテルと大海の神ネプトゥヌスと兄弟。

る空虚な世界を、
虚《うつ》ろな夜空の下に横たわる死者の群《むれ》を呼び覚ましたまえ。
三途の川を、満載の舟を漕いで渡し守が再び戻って来るように。
その歩みは一時《いちどき》にでなければならない。が、死者たちがこの世に再び戻る方法は
一つであってはならない。楽園《エリュシウム》に住む敬虔《けいけん》な者たちは列を別にして、
ヘカテ女神よ、そして雲を踏むメルクリウスよ威力ある杖を揮《ふる》い、
汝らが導くべし。だが、罪を犯して死んだ者たちのためには、
（その者たちのほとんどが幽冥《エレブス》に堕ちている。テーバエ王家の者がほとんどそうであるように）
先触れ役として、蛇の鞭を三度打ち振り、炎を発する櫟《いちい》を手にした
復讐《ティシポネ》の女神よ、
彼らを導き、陽の光を開くがよい。番犬ケルベルスもまた
光を求める亡霊たちを、三つの頭を突き出して追い返すことのないように」。
ティレシアスは言い終えた。それから老予言者と、ポエブスに仕える乙女マントは共に
魂を高揚させた。彼らに恐れはまったくない。

何故なら、胸には神が宿っていたのだから。だが、大きな恐怖が
オエディプスの息子を押し潰《つぶ》していた。身の毛もよだつ言葉を唱える予言者の、
あるいは肩を、あるいは腕を、はたまた神官の徴《しるし》の幣《ぬさ》を引張り
戦々恐々となって、やりかけた神事を中止してくれないかと願う。
あたかも、アフリカの森の荒地に巣食う獅子を、
遠くから叫び声を上げて追い立てようと、狩人が待ち受けているかのよう。
狩人は勇気を奮い起こし、きつく握りしめた槍は汗ばんで、
顔は恐れに凍りつく。震える足を踏みしめながら
どんな獣《けもの》が出てくるか、どれほどの大きさだろうかと待ち構える。だが、その吠え声で
恐ろしさをはっきりと感じ取り、眼で見えずとも唸《うな》り声だけで計られてしまう——
　しかしここでティレシアスは、亡霊たちがなかなか近づいて来ないため
「照覧《しょうらん》あれ女神たちよ」と呼びかける。「汝らがため、我らはこの火に飽《あ》くほど供物を捧げ、
掘り窪《くぼ》めた地に左手で犠牲の血を注いだのだ。

もはやこれ以上、待たされるのは耐えられぬ。こんな役立たずの神官には耳を貸さぬということか？
それとも、テッサリアの魔女が狂った呪文を唱えれば、降臨されるというのか？
スキュティアの毒薬を操るコルキスの姫メデアが呼び出すならば、
そのつど、冥界は震え上がって色を失うと？
我らには僅《わず》かな関心しか向けてもらえないのか、
我らは、火葬壇から死体を起き上がらせたり、古い骨が満たされた壺を空にしたり、
天上と冥界の神々を一つにして冒瀆するようなことを望んだり、
あるいは、血の気の失せた死者たちの顔を剣で探ったり、
腐った臓物を切り刻んだりしないのだから、
無力な老いや、この眼を覆《おお》う雲を侮《あなど》らぬよう、申し上げる。
過酷に振舞《ふるま》える力も、こちらにはあるのだから。
我が言葉と知識を用いて、汝らを恐れさせる術《すべ》を知っている。
ヘカテ女神を悩ませることも。テュンブラに奉《たてまつ》られる神アポロよ、汝をも憚《はばか》ることはない。

三重《みえ》の世界の頂上に君臨する、その名を知ることすら許されないかの神をも——
いや、口にはすまい。穏やかな老齢がそれを禁じる。
今こそ、汝らへ——」。そこへ、せき込むように、ポエブスに仕えるマントが遮《さえぎ》る。
「聞き届けられました、父上。血の気の失せた死者たちの群《むれ》が近づいてきます。
エリュシウムの混沌が口を開き、大地の底のすべてを呑み込む闇が引き裂かれます。
冥界の森や黒い河も姿を現わし、
アケロン河の青鈍色《あおにび》した岸辺が迫って来ます。
煙を上げるプレゲトン河が流れの中に黒焔《こくえん》を渦巻かせ、
生死を隔てるステュクス河が、死者たちを遮《さえぎ》って遠ざけています。
蒼褪《あおざ》めた王が玉座に坐し、その周囲には、
冥府の勤めを司る復讐の女神《エウメニデス》たちが控えています。
黄泉の女王の厳格な臥所《ふしど》、おそろしい閨《ねや》が見えます。
見張りとして黒い『死』が座を占めており、

主人のためにもの言わぬ死者たちを数え上げていますが、なおも多くの列が待ち受けています。
これらの者たちを、審判者ミノスが、容赦なく判決を下し
真実を語るようにと脅《おど》しながら求め、生涯をすべて曝《さら》け出すよう強いて
ついには、どんな罪を生前に逃れたかを白状させています。
地獄の怪物の有様は、言うまでもありません。スキュラに、虚しく吼えるケンタウルス、
硬い金剛石の鎖で縛《いまし》められた巨人たち、
それから、百の腕を持ちながら今や絡め取られた巨人ブリアレウスの影
……」。
「もうよい」と父は言う。「我が老いの杖であり力でもある娘よ、人によく知られたことを語らずとも。
何故なら、知らぬ者があろうか、決して運び上げることのできないシシュポスの岩(1)と
飲もうとすれば逃げる水で苦しめられるタンタルス(2)を。禿鷹《はげたか》の餌食となったティテュオス(3)を、
また、果てしない車軸の回転に縛り付けられて朦朧《もうろう》となったイクシオン(4)を。

(1) シシュポスは冥界で岩を山上に担ぎ上げる拷問を受けている。岩は山上に達すると下に転げ落ちるので、彼の苦役は永遠に繰り返される。
(2) タンタルス（二一二頁註（1）参照）は冥界で顎まで水に浸かっているが、渇きに苦しめられてその水を飲もうとすると水は引いてしまう。
(3) ティテュオスはラトナ女神に乱暴を働こうとしたために、冥界で禿鷹に内臓を食われる拷問を受けている。
(4) イクシオンはユノ女神に乱暴しようとしたために、永遠に回転する車輪に縛り付けられる拷問を受けている。

儂《わし》自らも、若い血潮が流れていた時に、
ヘカテ女神に導かれて、隠された王国を垣間《かいま》見たことがある。
まだ、神が我が眼差しを撃ち、すべての輝きを我が胸に吹き込んだより以
　前のことだが。
それよりも祈祷を捧げて、アルゴス人らの霊魂とテーバエ人らの霊魂を
こちらに呼び寄せるように。他の死者たちには、
四度乳を振り撒いて、歩みを逸《そ》らさせ、この嘆きの森から出て行くように
　と命じるのだ、娘よ。
それから、亡霊たちはいかなる表情、いかなる出《い》で立ちか、
また注がれた血をいかに貪欲に求めるか、どちらの民がより誇らかに振舞《ふるま》
　うか、
さあ、語っておくれ。そうして一つずつ、我が闇路を導いておくれ」。
命じられたとおり娘は行ない、呪文を地中に囁きかける。その呪《まじな》いで
　死霊を散らし
また呼び集めるために。それはあたかも、罪を犯しているわけではないが、
コルキスの王女メデアか、あるいはアエアの岸辺で人の姿を変身させたキ
　ルケのよう。

そしてマントは、このような言葉で、犠牲を捧げる父に語りかける。
「まず最初に血の池へと、生気のない口をかがめてきたのはカドムス。
その傍《かたわ》らには、ウェヌスの娘ハルモニアが夫に随《したが》って来ています。
二人は一対の蛇となって、(1)その頭から犠牲の血を飲んでいます。
それに随って大地から蒔かれた者《スパルトエ》たちが彼らを取り囲んでいます。マルス
　の一族です。(2)
その寿命は、僅《わず》か一日で尽きてしまいます。皆、武具に身を包み
皆、手を剣にかけています。互いに牽制し合い、いがみ合い、摑《つか》み合い、
　怒りで息づいています。
彼らには、不吉な儀式のために注がれた血の上に屈《かが》み込もうという気持ち
　はなく、
あるのは、お互いの血を飲み干そうという飢えだけです。
その後に続くのは、娘たちの一団と、涙に暮れる子供たち。
ここには、息子を喪《うしな》ったアウトノエ。(3) そして、息を弾ませながら振り
　返って夫の弓を見て、
胸に愛しい我が子を抱きしめているイノ(4)の姿が見えます。
それに、胎を腕で庇おうとしているセメレ(5)も。

(1)八三頁註(7)参照。
(2)四頁註(2)参照。
(3)アウトノエはカドムス(四頁註(1)参照)の娘でアクタエオン(一三四頁註(2)参照)の母。
(4)六頁註(7)参照。
(5)五頁註(5)参照。

ペンテウスを、今や砕けた杖《ティルスス》を手にした母アガウェ(6)は
もはや神懸《かみがか》りから解放され、血染めの胸を露わにして
嘆きの声を上げて追い求めています。が、冥府でも息子は荒野を逃げ続けます。
やがて冥府の河の水辺に至り、そこで、母よりは優しい父親のエキオンが、
引き裂かれた息子の四肢を集めて涙を流すまで。
それから、陰惨なリュクス(7)の姿も見えます。
右手を背の後ろに回し、重い肩で骸《むくろ》を投げ上げているアタマス(8)も。
また、死してなお鹿に変じる罰から逃《のが》れられないアクタエオン(9)。
額《ひたい》には獣《けもの》の角《つの》、手には槍を持ち、
噛みつこうと牙を剝《む》く猟犬たちを追いやろうとしています。
ああ、あそこには、引き連れる子供の多さに神の怒りを招いたニオベ(10)が！
嘆きではちきれんばかりになって、我が子の遺体を数え上げています。
が、これほどの不幸にも打ちのめされてはおらず、むしろ、神々の力を逃れたことを喜び
狂った舌を、それまで以上に動かしています」。
このように、汚《けが》れを知らない巫女マントは父親に語る。

(6) 五頁註(4)参照。
(7) ディルケ(一三五頁註(3)参照)の夫。
(8) 五頁註(6)、六頁註(7)参照。
(9) 一三四頁註(2)参照。
(10) 一三四頁註(1)参照。

そのティレシアスの、髪に結んだ幣《ぬさ》が突っ立ち、震えながら白髪が逆立つ。
やつれた面《おもて》にも、血が充溢する。
今や、堅固な杖にも忠実な娘にも頼ることなく、
地を踏みしめて立つ。「語るのを止《や》めよ、娘よ」
と彼は言う。「儂《わし》にも充分に、外の光が届いている。視力を奪う闇が散ら
　され、
目の前から黒い靄《もや》が消え去った。
冥府から送られたのか、それとも天上のアポロ神から送られた霊感が
儂《わし》の心を満たしている。おお！　耳で聞いたことすべてが見える。だが、
　見よ、
命を失ったアルゴス人らの亡霊が、目を伏せて嘆いている。
獰猛《どうもう》なアバス、(1) 罪深いプロエトゥス、(2) そして柔和なポロネウス。(3)
切り刻まれたペロプスに、(4) 残酷にも砂塵に塗《まみ》れたオエノマウス。(5)
皆、滝のような涙に顔を濡らしている。
このことから戦いは、我がテーバエに有利なことが占える。
いや、あのひしめき合う一団は何か？　武具と傷とを示しながら猛々しい
　様子、

（1）ダナウスの娘たち（七八頁註（1）参照）のうち一人だけ新郎を殺さなかった娘から生まれ、アルゴスの王位に就《つ》いた。
（2）アバス王の双子の息子たちの一人。英雄ベレロポンテスを殺そうとした。
（3）イナクス（三三頁註（1）参照）の息子。
（4）二二頁註（1）参照。
（5）二五頁註（4）、一九三頁註（2）参照。

我々の方へと、血塗《ちまみ》れの顔や胸を向けて、
虚《うつ》ろな叫びと共に腕を脅《おど》しつけるように振り上げているのは？
王よ、儂《わし》が間違っているのか？　それとも、あれは彼らか、
かの五十人の勇者たちか？　貴方には見えないか、クトニウスが、クロミ
スが、
ペゲウスが、そして、我ら神官の徴《しるし》である月桂樹のために際立《きわだ》っている
マエオンの姿が。
怒りたもうな、武将らよ。ここ冥府では、死すべき者が何を図ろうとも詮
なきことゆえ。
信じよ。そなたらの寿命は、鋼《はがね》のごとき運命の女神が既に紡いでいたこ
となのだ。
そなたたちに不慮の出来事が降りかかることはもうない。だが我らには、
これから恐るべき戦いがあり、
再びテュデウスとあいまみえることになろう」と彼は言い、幣《ぬさ》を巻きつけ
た枝を振って、
押し寄せる亡霊たちを追い払い、犠牲の血を指し示す。
仲間も連れずにただ独り、陰鬱な冥府の河の畔《ほとり》に、

ライウスは佇《たたず》んでいた（翼ある神メルクリウスは、既に彼を無慈悲な冥府に戻していたのだった）。そして上目づかいに、粗暴な孫エテオクレスを見やり
――というのも、顔でそれと見分けたので――他の群集のように犠牲の血を飲み干そうとはせず、
他の犠牲の供え物にも近寄ろうともせずに、
死に絶えることのない憎悪に息を弾ませていた。
これに対して、ティレシアスは促《うなが》して、「フェニキアに源を持つテーバエ[1]の名高い王よ。
貴方がお薨《たお》れになって以来、アンピオンの建てしこの城壁[2]に
嬉しい日が注ぐことはありませんでした。もはや充分に、貴方の血《ち》腥《なまぐさ》い死[3]は
報いを受けているではありませんか。貴方の子孫の不幸によって、貴方の霊は宥《なだ》められております。
それなのに何故、哀れな方よ、逃げるのですか？　あの者はもう長いこと埋葬されたようなものです。
貴方が怒りを向けている、あの者、オエディプスは、死を隣り合わせに感

（1）四頁註（1）参照。
（2）四頁註（3）参照。
（3）八頁註（3）参照。

じています。
汚辱と流血に塗《まみ》れた貌《かお》はやつれ果て
日の光さえ喪《うしな》っています。それは、どんな死よりも酷《むご》い運命です。
どうか信じていただきたい。いかなる理由があって、そんな目に合わされ
るいわれのない孫を
避けなければならないのですか？　顔をこちらに向けてください。そして、
捧げられた血を飲み干し
やがて来《きた》るべき運命を、戦いで受ける被害を
憎しみからであれ、あるいは貴方の身内を哀れむためであれ、語ってくだ
さい。
そうすれば私も貴方のために、渡ることを禁じられている三途の河《レテ》を
待ち望んだ船で越えられるようにいたしましょう。清らかな地に安らかに
眠れるようにし、
冥界の神々に貴方を託しましょう」。
するとライウスは、
儀式の捧げものに心を和らげた。その顔に犠牲の血が滴《したた》る。そして次の
ように答える。

「儂《わし》と同じ世代を生きた神官ティレシアスよ、何故お前が死者を呼び起こ
して
かくも多くの亡霊の中から、よりにもよってこの儂《わし》を占いのために選ぶの
か、
やがて来《きた》るべきことを語らせようとして？　過去のことを思い出すだけで
充分ではないか。
世に名高い孫たちが——何と恥ずべきことだ！——この儂《わし》に助言を求める
のか？
奴を、奴を不吉な神事に呼んで来るがいい。
あの、嬉々として剣で父親を刺し貫き(1)、自らをその生まれた所へと逆転さ
せ、
そうすべきでない母親から子供を得た(2)、あの男を。
それとも今ではあいつも、神々や運命の女神たちとの黒い会話に疲れ果て
てしまって、
今度の戦いについては、我々死者たちに尋ねているのか。
だが、この嘆かわしい時に儂《わし》に予言者となってほしいというのなら、
教えてやろう。運命の女神ラケシスと、猛《たけ》き復讐の女神メガエラが儂《わし》に許

（1）八頁註（3）参照。
（2）九頁註（5）参照。

　す所までは。
戦《いくさ》だ。四方から、数えきれないほどの軍勢と共に戦《いくさ》がやって来る。
アルゴスの兵士らを、死をもたらす剣神が鞭を揮《ふる》って追い立てて来る。
彼らを待ち受けているのは、大地の驚異、神々の鉄槌、清らかな死、
そして、葬儀の火が罪深くも法によって阻まれることだ。
勝利はテーバエに疑いない。
怯えることはない。王権を得るのは、獰猛な兄弟では決してなく、
狂気の女神《フリアエ》たちだ。二重の罪と哀れな剣によって、
ああ、何たることぞ！　勝つのは無慈悲な父親だ」。このように告げて、
　ライウスの亡霊は消え失せる。
ねじくれた謎の言葉で、人々を当惑させたままで。
　その間にも、アルゴス人らは、冷たいネメアの地を進んでいた。
ヘルクレスの名声が鳴り響く荒野[3]に、夥《おびただ》しい軍勢を展開しながら。
もはや既に、テーバエから戦利品を奪い取り、
その家々を打ち倒して略奪せんと、熱望のあまり逸《はや》り立つ。
その憤怒を逸《そ》らさせたのは何者か、何がそれらを遅らせたのか、道の半ば
　で何が彼らを迷わせたのか、

（3）九〇頁註（1）参照。

ポエブスよ、告げたまえ。我らには、勲《いさおし》の始まりは、僅《わず》かしか伝えられ
ていないのだから。
酩酊せる神バックスは、ハエムスの地を平定した後、軍勢を連れて戻る
所だった。
かの地にて神は、既に二度の冬が星々を巡らせる間、
武器を揮《ふる》うゲタエ族に、バックスの秘儀を行なうことと、
オトリュスの灰色の山肌やロドペの山を葡萄の葉蔭《はかげ》で緑に茂らせることを
教え込んでいた。　六五九
そして今、母なる都市テーバエへと、葡萄の蔓《つる》のからむ戦車を走らせてい
る。
その左右には、野生の山猫がつき従い、
虎が、酒の雫《しずく》が滴《したた》る手綱を舐《な》めている。
その背後から、勝ち誇ったように信女たち[1]が、獣《けもの》の戦利品を運んで来る。
息絶《た》え絶《だ》えの狼や、引き裂かれた雌熊を。　六六〇
供《とも》をする者の中に無気力な者はいない。そこにいるのは、「怒り」に「狂
気」、
「恐怖」に「勇気」、そして、決して醒《さ》めることのない「熱情」。

（1）一〇七頁註（6）参照。

千鳥足で、その主《あるじ》にそっくりの陣営。
そして、アルゴス軍はネメアの地で土埃《つちぼこり》の雲を沸き立たせ
剣の輝きで日を燃え上がらせているというのに、
テーバエ軍はまだ戦《いくさ》の準備もできていないのをバックスは眼にすると
その情景に身震いした。言葉も心も酔いつぶれていたにもかかわらず、
銅の鉦《シンバル》、太鼓、二重になった笛の騒ぎを止めるようにとバックスは命ずる。
耳を聾《ろう》さんばかりに周りで轟《とどろ》いていた騒ぎを。
そして言う。「あの一団は、私を、我が一族を、引き裂こうとしている。
遥か以前からの怒りが、また燃え上がっているのか。
猛々しいアルゴスが、激情の継母(2)の怒りが、私に向かって戦《いくさ》を叫んでいる。
まだ充分ではなかったのか、我が母セメレが、理不尽な死に焼き尽くされても、(3)
生誕の火葬(4)、私自身が感じた、あの光り輝く稲妻だけでは。
遺《のこ》されたものさえも、焼き殺された愛人の墓標も、
成す術《すべ》もないテーバエをも、憚《はばか》ることなくユノは剣で打ちのめすのか。

(2) バックスの父ユピテルの正妻ユノ女神。
(3) 五頁註（5）参照。
(4) 六七頁註（2）参照。

ならば私は、それを遅らせる企みを織り出そう。あの野に向かえ、
お供《とも》の者たちよ、あの野に向かうのだ」。その号令を聞くや、轅《くびき》に繋が
　れたヒュルカニアの虎たちは
鬣《たてがみ》を震わせた。言葉が終わるより先に、バックスは既にアルゴスに降り
　立っていた。
　時は、中天の頂《いただき》へと太陽を
灼熱の昼が押し上げている所であった。大地の裂け目からは
ゆっくりと蒸気が立ち上《のぼ》り、森の奥深くまでもが真昼の光に曝《さら》されている。
バックスは、水の女神たちを呼び集め、静まる彼女らの中心に立って
こう語り始めた。「野に棲《すま》う、水流の神なる精霊《ニンフ》らよ、
我が随行の大きなる部分を占める者たちよ。私の与える仕事をやり遂げて
　ほしい。
しばしの間、その源流から、アルゴスの川も
池も、彷徨《さまよ》い流れる小川も、堰《せ》き止めてしまうのだ。
とりわけネメアから——その地を今、我がテーバエの城壁へと向かう軍が
　進んでいる——
水をすっかり干上がらせてしまうのだ。中天にかかる太陽神《ポエブス》も自ら助けて

くださる。
お前たちの奉仕が止められることのないように。
この企てに、星々も力を与えてくれる。我が信徒なるエリゴネ(1)の星である
熱暑をもたらす大犬座も燃え盛っている。行け、自ら進んで
行け、大地の奥深くへと。このことが終わればまたお前たちを、豊かな流れに解き放とう。
そして充分な褒美が、我が祭祀の折には
お前たちの栄誉にもたらされるだろう。それに、蹄《ひづめ》の脚もつ猥《みだ》らなサテュルスの夜這《よば》いや、
ファウヌスらの欲望に拐《かどわ》かされることからも、私が守ろう」。
そう言い終えるや、ニンフらの面《おもて》には幽《かす》かな翳《かげ》りが走り抜け
髪からは瑞々《みずみず》しい潤《うるお》いが干上がった。
直ちにアルゴスの野を、燃え上がる渇きが飲み尽くす。
川の水は散り散りになり、泉も池も涸《か》れ果てて、
乾いた河は熱い泥で固まる。
田畑《たはた》にも怖ろしい枯渇が襲い、実りかけた柔らかな麦の穂も垂れ下がる。
水辺だったはずの川岸では羊が立ちすくみ、

(1) エリゴネの父イカリウスはバックスから葡萄酒の造り方を伝授されるが、その酒を呑んだ農夫たちに殺される。エリゴネは父の死を悲しんで縊死する。

泳いでいたはずの川を、家畜が探し求める。
あたかもそれは、溢れるナイル河が巨大な洞窟の中に姿を隠し、
東方の冬の雪で豊かに膨《ふく》れ上がる水を
河口に抑え込んでいるかのよう。水に見捨てられた谷は煙を上げ
父なるナイルの流れの水音を、エジプトは口を開けて待ちわびる。
その大地に、乞い求められた恵みが与えられ
大いなる実りの時がもたらされるまで——
　レルナの毒の泉(1)は涸《か》れ、リュルケウスの泉も涸《か》れる。
大河イナクス(2)も、岩を転がし押し流すカラドロスも、
また決して河岸に留まることなく荒れ狂うエラシヌスも。
さらに、海の波とも紛《まご》うアステリオン、その水音は道なき高地にまで聞こえ
遥か遠くの羊飼いらの眠りをも覚ますほどであったが。
けれどもただ一つ——しかしこれも神の命令であったが——音を消して
密やかな影の下、ランギア川だけが水を抱いていた。
その時にはまだ、命奪われたアルケモルスが哀《かな》しい名声を与えておらず、
この川の女神には名声もまだなく、ただ人知れず森と川とを守っている。

（1）八九頁註（1）参照。
（2）三三頁註（1）参照。

大いなる栄光がこの女神を待ち受けている。
その時が来《きた》れば、悲しみに暮れるヒュプシピュレと聖別されたオペルテスのために、
ギリシアの武将らが汗を流すネメア競技祭が、その死を悼んで三年ごとに行なわれて、崇敬を新たにすることになろう。
かくてアルゴス軍は、焼けつく盾やきつい鎧の結び目を運ぶことすら耐えがたく
（それほどに怖ろしい渇きに苦しめられているのだ）
顔やひりつく喉が焼き焦がされるばかりでなく
体の内側の力さえも揺さぶられている。心臓は鼓動が荒くなり
血管は冷たくなり、乾ききった内臓に澱《よど》んだ血がへばりつく。
日差し、そして砂埃《すなぼこり》で痛めつけられた大地から
熱い蒸気が吐き出される。馬の体にも、汗の泡が滴《したた》り落ちることもない。
乾いた轡《くつわ》を口が噛みしめ
馬銜《はみ》をかけられた舌がだらりと伸びている。
もはや主人の命令も聞くこともできずに、炎熱に焼かれた馬は野を暴れ回る。

アドラストゥス王はあちらこちらへと斥候を命じて派遣する。
もしやリキュムナの淵は残っていないか、
アミュモネの泉の水がいくばくかでもありはしないかと。
すべては目に見えぬ炎暑の中に飲み尽くされていた。天からの滴《したた》りの望みもなく
まるで黄色いリビュアの平原か、砂埃《すなぼこり》立つアフリカの荒野か、
あるいは雲ひとつないシュエネを探し回っているかのよう。
　ついに彼らは森の中で――そのようにバックス自らが準備されたのだ――彷徨《さまよ》っている所に、
突如として、美しく悲しみに暮れた姿のヒュプシピュレを眼にする。
その胸元にはオペルテスが抱かれている。
彼女自身の子ではなく、アルゴス人のリュクルグスの、不運な子供。
髪は手入れされておらず、衣裳も立派なものではなかったが、
それでも彼女の顔立ちには、王家の徴《しるし》が見て取られ、苦境の中にあっても
品位は失われることなく表われている。これに驚かされて、アドラストゥス王は

「大いなる森の女神よ――というのもその貌《かんばせ》、その慎みは
人の血筋とは到底思えぬゆえ――この燃える天《そら》の下、涼しげに
水を求めてもおられない。近隣より来た民である我らに救いを給《たま》え。
貴女が、弓持つディアナ女神に従う純潔な供《とも》の群《むれ》から婚姻へと移された方であれ、
あるいは天界より降られた卑しからぬ愛で身二つにされたのであれ
――神々の王ユピテルもアルゴスの女たちの臥所《ふしど》を知らぬわけでもなかったのだから――
どうかご覧あれ哀れなこの軍を。
我らは罪深いテーバエを剣で滅ぼそうと参った。
が、今や、過酷な渇きが我らの勇気を無力な運命の中に挫《くじ》けさせ、
気力も無為に苛《さいな》まれておる。
疲れ果てた者どもに助けを給《たま》え。濁った小川か澱《よど》んだ沼がありはしませぬか。
このような境遇の下では、愧《は》じねばならぬことなどなく卑しきことなど何もない。
今、風の神々や雨をもたらすユピテルの代わりに貴女に嘆願しております。

逃げ去った我らの力と、戦意を喪《うしな》った心を再び満たしてくだされ。
さすれば、その懐《ふところ》に抱かれた御子《おこ》も幸運の星の下に育ちましょう。
ユピテルが我らに再びテーバエより戻ることを許されたなら
おおどれほどの戦利品を貴女に贈りましょうぞ。
ディルケの畔《ほとり》の家畜の群《むれ》も、女神よ、夥《おびただ》しい犠牲の血も捧げましょう。
この杜《もり》には大いなる祭壇を築きましょう」。
そう語る間にも、焼けつくような喘《あえ》ぎが言葉を奪う。
呼吸の合間にも、干上がった舌が縺《もつ》れる。
他の者たちも同じように、顔は蒼白、緩《ゆる》んだ口からは喘《あえ》ぎが洩れる。
　レムノスの女王ヒュプシピュレは、顔を伏せて答える。
「どうして私が女神などと言われますか。祖先は神の血筋を引いているに
せよ。
ああ、私の嘆きも、人の身を越えるものでなければよかったのに！
我が子を喪《うしな》い、人の子を養うよう命じられているこの身です。
私自身の子たちは、誰の懐《ふところ》に、誰の乳房に抱かれているか
ご存知なのは神だけなのです。私は王家に属する者で、父も偉大な方でし
た。

が、私は何故こんなことを言って、疲れたあなたがたを、待ち望んだ水から引き離しているのでしょう？
さあ、おいでなさいませ。もしやランギアの淵には
絶えることのない水が保たれているかもしれません。いつもなら、荒れ狂う蟹座の星のもとでも
大犬座の輝きが照り渡る時であろうとも、
常に水は流れているのですから」と言ってヒュプシピュレは懐《ふところ》にしがみつく幼児《おさなご》を、
アルゴス人らを導くために重荷になってはいけないと、哀れなその養《やしな》い児《ご》を、近くの芝土の上に
――これも運命の女神が紡いだこと――置く。そして置いていかれるのを嫌がる幼児《おさなご》に
花を集めてやり、小声でそっと優しく宥《なだ》め、いたいけな涙を慰める。
あたかも、母なるキュベレ女神が
幼いユピテルの周りで、恐れ戦《おのの》くクレテスに飛び跳ねるのを命じるよう。(1)
その時には競い合う祭祀の喧騒が鳴り響き
イデの山が大きな叫び声でこだまを返す――

(1) ユピテルの父サトゥルヌスは生まれてきた子供を皆殺しにしようとしていたので、ユピテルが生まれた時にはその泣き声で居場所が知られないように、クレタ島の精霊たちが周りで武器を打ち叩いて踊り、騒音を立てた。

しかし幼児は、春の大地の懐《ふところ》に抱かれて、丈高い草の中、
俯《うつぶ》せに這いながら、たおやかな草を押しのけているかと思うと、
すぐに、乳を求めて乳母《うば》を呼び
泣き声を張り上げていたかと思うと、またすぐに笑って
まだ柔らかい唇で、何とか言葉を紡ぎ出そうと頑張りながら
森のさざめきに目を瞠《みは》る。目の前のものを摑《つか》んでみたり
口を開けて太陽の光を飲んでみたり、害になるものを何も知らずに
命の危険をまったくわからずに、森の中を彷徨《さまよ》っている。
まるで、オドリュシアの雪の中の幼いマルスか、マエナルスの山の頂《いただき》の
　翼ある幼児メルクリウスか、
あるいはデロス島の浜辺を這いながら山腹をよじ登る、
いたずらっ子な幼いアポロのように。
　さてアルゴスの者たちは、茂みや濃い影に覆《おお》われた道なき暗がりを通り
　抜け、
ある者は、導き手のヒュプシピュレを取り囲み、またある者たちは一団と
　なって後に続き、
またある者たちは先に立って進んで行く。その隊列の只中を、彼女は進む。

急いでいながらも卑しくない姿で。既に川は近く
谷にせせらぎの音が響き、岩場にさらさら流れる水音が耳に届く。
そこで歓喜のあまり、軍の中でも最初にアルグスが、叫び声を上げる。
ちょうど軍旗を掲げて俊敏な歩兵に合図するように。
「水だ！」。男たちの口からも、叫び声が長く迸《ほとばし》り出る。
「水だ！」。まるで、アクティウム湾の海岸線で
櫂《かい》についた若者たちが、舵取りの合図で一斉に声を上げると、
それに対して大地がこだまを返し
挨拶を受けたアポロがその神殿の姿を明らかにする時のよう。
彼らはばらばらに上下の区別もなく水に屈《かが》み込んだ。
位の高い者も卑しい者も同じように。平等な渇きは、混じり合った者たちを隔てることはできない。
獣《けもの》たちも、車に繋がれたままで川に入って行き
馬は、主人も武具ももろともに、飛び込んでいく。
ある者たちは水流に攫《さら》われそうになり、またある者たちは滑りやすい石に足を取られる。
水中に転げる王を足蹴《あしげ》にすることも憚《はばか》られず、

叫び声を上げる友の顔を、水中に押し込むことも躊躇《ためら》わない。
水は泡立ち、水源からどこまでも荒らされる。
つい今しがたまで、穏やかな緑色をして澄んだ渦を巻き透き通っていたの
に、
今では、水底から汲み尽くされたために川床まで濁っている。
さらに岸辺の土手や、踏み倒された草などが水を乱している。
もはや川の流れは、泥や埃《ほこり》で詰まり
既に人々の渇きは満たされてはいるが、それでもまだ飲み続けている。
まるで、戦いが行なわれて、水の中に烈しく戦神《マルス》が荒れ狂っているかのよ
う。
あるいは、征服された都市が勝利者たちに略奪されているかのよう。
　そこで、王たちのある者が、流れの只中で
「ネメアよ、緑なす森の気高き女王よ、
ユピテルのために選ばれた座よ、何ともはや、ヘルクレスの苦行の折にも
これほどは過酷ではなかった。怒れる獅子の鬣《たてがみ》豊かな首を
かの英雄が絞めつけて、膨《ふく》れ上がる四肢から息を搾《しぼ》り取った時でさえ。（1）
汝の民の企てに対して荒ぶるのは、もうここまでで満足していただきたい。

（1）九〇頁註（1）参照。

汝、おお、どんな太陽にも屈服させられることのない川よ、
絶えることのない水を豊かに与える、角《つの》を戴《いただ》く河神よ、
機嫌よく流れよ。どのような故郷に、冷たい水源を開き
尽きることなく溢れ出すのであれ。汝には、灰色の冬が溜め込まれた雪解け水を迸《ほとばし》らせることもなく、
他の水源から虹が水を汲み出すこともなく、
雨を孕《はら》んだ北風の雲が惜しみなく与えることもない。
汝自身の水だけで流れ、いかなる星にも打ち負かされることはない。
汝には、アポロゆかりのラドン河もクサントゥス河も
険《けわ》しいスペルケオス河も、ケンタウルスの渡せるリュコルマス河(2)も、
敵《かな》うことはない。汝を我らは、平時においても、武器の雲の只中であろうとも、
祝いの席を設けて寿《ことほ》ぐであろう。
ユピテルに次ぐ最高の栄誉で。どうか我らが戦いに勝利して戻る時、
機嫌よく迎えてくれるように。疲れ切った我らに再び喜んで親切な流れを解放し、
かつて汝が守った軍勢を再び認めてくれるように」。

(2) ケンタウルスのネッススはヘルクレスの妻デイアニラを背負って河を渡ったが、彼女に乱暴しようとしたためにヘルクレスに殺される。

第五歌

渇きは川のおかげで追いやられ、川床まですっかり汲み尽くしたアルゴス軍は
岸辺から離れ、細くなってしまった河を後にし始めた。
意気軒昂《いきけんこう》となった騎兵たちの蹄《ひづめ》が平野を踏み、歩兵たちも雄叫びを上げて地を満たす。
兵士らに、勇気と戦意が戻って来た。
そして望みも。あたかも、血潮滴《したた》る泉から
戦いへの情熱や闘うための大いなる気概を飲み干したかのように。
再び彼らは隊列を整え、厳しい序列の規律に立ち戻る。
各人が、以前どおりの持ち場と指揮下に戻り、
行軍を立て直すようにと命じられる。大地は既に、戦塵を巻き起こし始め
武器の輝きが、森の木々を透かして見えるようになる。
その有様はあたかも、海を越えたエジプトの穏やかな空の下に守られていた鶴が

騒がしく群《むれ》を成して、ナイルの畔《ほとり》から飛び去るよう。
厳しい冬が去ったのでトラキアに戻るために。その鳴き声は遠く尾を引き
海にも野にも影を落として飛んで行き、道なき空を響かせる。
今や、北国の雨を身に浴びることや、氷の解けた河で泳ぐことや、
雪を脱ぎ捨てたハエムス山で夏をすごすことを心待ちにしながら――
　さて再び、以前と同じ意気盛んな諸侯らの輪に囲まれて、
タラウスの子なるアドラストゥス王は、古いトネリコの樹の下にたまたま立ち
傍《かたわ》らにいたポリュニケスの槍に寄りかかっていた。
「さても、そなたが何者であれ」と王はヒュプシピュレに言う。「そなたには何と大きな栄誉があることか、
我ら夥《おびただ》しい兵を、死の運命から救い出すとは。
そなたには、神々の父ユピテルご自身でさえ誉《ほまれ》を与えることを拒むまい。
どうか話していただきたい。我らが力を取り戻し、この水辺から引き下がる間、
いずれの家柄、いずれの土地に、いかなる星の下にそなたは生を享《う》けられたのか。

どうか語りたまえ、そなたの父は何者なるかを。その血筋は神々から遠く
　はあるまい。
たとい幸運に見放されているとしても、なおその貌《かんばせ》には
偉大な血筋が現われており、不遇に満ちた面《おもて》には犯しがたい気品が息づ
　いているがゆえに」。
　呻《うめ》き声を上げ、しばしの間、慎ましやかな嘆きに阻まれつつも、
レムノスの女王ヒュプシピュレは言葉を返す。「おそろしい傷を、王よ
貴方は再び開かせるよう命じられますか。狂気の女神《フリアエ》たちとレムノスの島、
狭い臥所《ふしど》に導き入れられた武器、恥ずべき剣で打ち負かされた
夫たちの物語を。おお、あの罪が蘇り、心に冷たく
復讐の女神《エウメニス》が戻って来る。ああ哀れな、あの狂気に取り憑かれた女たち！
　あの夜！
ああお父様！　私こそは――この私のもてなしが、あなたがたの恥になら
　ないために申し上げますが――
諸侯らよ、この私こそは、ただ一人、父を救い出して匿《かくま》った者なのです。
けれど何故、不幸の始まりを長々と私は紡いでいるのでしょう？
あなた方のことは、戦いと、心に抱いた偉大な企てが待ち受けておいでで

すのに。
ただこう申し上げるだけで充分でしょう。私は、名高きトアス王を父とす
る
ヒュプシピュレです。今は捕《とら》われてリュクルグス王の婢女《はしため》の身ではござい
ますが」。
人々は彼女に目を向けた。なお一層の気品が認められ
これほどの働きをするのも宜《むべ》なるかなと思われた。すべての者たちの心に
彼女の悲運を知りたいという熱情が湧き起こった。他の誰よりも、アドラ
ストゥス王が促《うなが》す。
「いざ語りたまえ、我らの主だった者たちが長い列を成して居並ぶ間に
（このネメアの地は、兵らを広く展開させるのに適してはおらぬ。
樹々に阻まれ、木陰に深く覆《おお》われているゆえに）。
語りたまえ、その罪を、そなたの誉《ほまれ》を、そなたの身内の嘆きを、
またいかにしてそなたは王国を追われ、このような労苦を荷《にな》うに至ったの
かを」。
不遇な者にとっては、その不幸を語り古い嘆きを新たにすることは、こ
よなき慰めである。

彼女は語り始める。「エーゲ海の波に周囲を囲まれたレムノス島。
そこは、火を噴くアエトナ火山の仕事場から疲れ切って戻ったウルカヌス
　神が息をつく所。
島のすぐ近くに聳《そび》えるアトス山が、巨大な蔭を大地に覆《おお》い被《かぶ》せ
樹々の落とす影で海原を翳《かげ》らせる所です。
向こう岸ではトラキア人らが地を耕しており、そのトラキアの岸辺こそが
私たちにとって宿命の地であり、罪をもたらすものでありました。その頃
　にはまだ、私たちの島も
子孫に恵まれ、サモス島や轟《とどろ》くデロス島にも何ら劣ることのない名声を
　保ち、
泡立つエーゲ海の波に洗われる数限りない島々にも劣ることはありません
　でした。
私たちの家々を破滅させることは、神々のご計画でした。けれども私ども
　の心にも
咎《とが》がなかったわけではありません。私たちはウェヌス女神のために聖なる
　火を焚くことをせず
女神に神殿も捧げませんでした。時には天上の神々の心といえども怒りに

　動かされ
ゆっくりとではあっても、罰は忍び込んで来ます。
ウェヌス女神は、古きパポスの百の祭壇を後にし、
貌《かお》も髪かたちもすっかり変えて、女神の威力を秘めた帯も外し、
イダリウムの鳩も遠ざけてしまった、と言われております。
またこのように言う者もおりました。夜の闇の中、
常《つね》とは異なる炎、もっと怖ろしい武器を揮《ふる》いながら
冥府の女神たちと共にウェヌス女神が、寝室を飛び交っていたと。
そして屋敷の奥深くを絡み合う蛇で満たし、
夫婦の寝室をおぞましい恐怖で溢れさせたのです。
女神の忠実な夫ウルカヌスが統べる民を哀れむことなく。
それからレムノスからは、優しい愛も逃げ出してしまいました。
婚礼歌《ヒュメーン》も沈黙し、松明《たいまつ》が灯されることもなく、
正しい婚姻の床には冷たい無関心しかなく、夜が喜びの中に戻ることもなく、
抱擁の中にまどろむこともありません。酷《むご》い嫌悪と狂気が至《いた》る所《ところ》にあり、
不和が、臥所《ふしど》の只中に横たわっているのです。

男たちの関心は、対岸で驕《おご》りたかぶるトラキア人らに向けられました。
野蛮な民を戦いで打ち負かそうと。
家々は反対し、岸辺で子供たちが立ちはだかりましたが、
それよりもトラキアで冬を過ごし、頭上に大熊座を戴《いただ》くことや、
いつか戦いの後、夜の静寂《しじま》に荒れ狂う急流が突然に轟《とどろ》くのを耳にすることの方が、
男たちには心楽しいものと思われたのです。
けれども女たちは悲しんで――その時にはまだ私は、
何の心痛もない乙女の時代《とき》に守られていたのですが――夜となく昼となく
絶え間ない涙の内に打ちひしがれて、慰め合う言葉を交わし、
海の彼方の未開のトラキアの地を眺めています。
それは太陽が一日の行程の半ばに達し、オリュンプス山の頂《いただき》でまるで静止したかのように、
輝く馬車の釣り合いを取っていた時のことでした。四度《よたび》、晴れた空に雷鳴が轟《とどろ》き、
四度《よたび》、ウルカヌスの鍛冶場の洞窟が
熱気を噴き出す頂上を露わにし、風もないのにエーゲ海は揺れ動き

大きな波に岸辺は打ち据えられました。
その時突然、怖ろしい狂気へと、齢《よわい》を重ねた女ポリュクソが突き動かされ、
日頃はそんなことは決してしないのに、部屋から外に出て走り回ります。
まるで、バックスの巫女が狂乱の神に取り憑かれたかのよう[1]。
祭祀に呼ばれ、イダの山の黄楊《つげ》の笛の音に駆り立てられ
山々の頂《いただき》からバックスに呼びかける声を聞いた時のように――
そのように、ポリュクソは眼《まなこ》を上げ、その瞳はぴくぴくと血走り、
おそろしい叫び声を上げて、男たちのいなくなった都《みやこ》を掻き乱し、
閉じられた家の門を叩き、
皆に集まるようにと呼びかけます。その背後から、哀れな供《とも》として
息子たちがしがみついていました。他の女たちも皆、すぐさま
家から飛び出して来ます。そして高台にあるパラス女神の神殿へと急ぎます。
ここに私たちは急いで群集《むれつど》い、秩序もなしに寄り集まりました。
すぐに剣を抜いて、悪事を勧める者となったポリュクソは
沈黙を命じました。そして女たちの真ん中で、こう語り始めます。

（1）第一歌二三〇行参照。

『神々の指図と、報いられるべき悲嘆のゆえに、この上なく重要な事を
　成就すべく
おお夫に捨てられたレムノスの女たちよ――心を強く持て。女性であるこ
　とを捨て去るのだ！――
私は備えている。お前たちも、長きにわたり
虚《うつ》ろな家を守り続けることに倦《う》み、あたら若さの花を無惨に萎《しぼ》ませ、
いつ果てるともない嘆きの中に不毛な年月《としつき》を送ることに倦《う》んでいるのだか
　ら。
どうすればいいかを私は見出した。約束しよう（神々の意志もそこにはあ
　る）。
愛《ウェヌス》を蘇らせる手立てを。その嘆きと同じだけの力を振り絞るだけでよい
　のだ。
だがその前に、このことだけは私に教えてほしい。
三度目の冬が白く訪れているが、お前たちのうちの誰か、
婚姻の絆や寝所の秘めやかな恩恵に与《あずか》った者がいるだろうか？　その胸
　が夫に温められた者がいただろうか？
お産の労苦を女神ルキナに見守っていただいた者がいただろうか？

言っておくれ、あるいは月が満ちて胎を揺さぶる賜物が
次第に大きくなっていく者は？　獣《けもの》も鳥も、このようにして番《つがい》となるのが
掟として許されているではないか。それなのに、何をびくびくしているのか！　かつてダナウスは
復讐の刃《やいば》を、まだ乙女の娘たちに与え、己が企みに喜びつつ
何も知らずに眠る若者たちの血を流させたではないか。(1)
それなのに私たちは、無力な群《むれ》でしかないのか？　もし、もっと近い場所に範を仰ぎたいなら
トラキア王テレウスの妻プロクネが、勇気を教えてくれているではないか。
その手で臥所《ふしど》に復讐を遂げ、夫に我が子の肉をご馳走として振舞《ふるま》ったのだ。(2)
この私も、自身の手を汚《けが》さずに、お前たちだけにやらせるつもりはない。
私の家は子宝に恵まれ、見るがいい、産みの苦しみも大きかった。
全部で四人、父親にとって誉《ほまれ》であり慰めでもある、この子らを、
今、懐《ふところ》に抱いているが、たとえこの子らが縋《すが》りつき泣いて止めようとしても
剣で刺し殺してみせよう。そして兄弟同士の血と傷を混ぜ合わせ

(1) 七八頁註（1）参照。
(2) 一八〇頁註（1）参照。

まだ息のある骸《むくろ》の上に父親を積み重ねてみせよう。
さあ誰か、これほどの殺戮に勇気を約束する者はいないか？』。
さらに言
い募ろうとしている時に
正面の海に、船の帆が輝きました。
レムノスの艦隊でした。ポリュクソは歓《よろこ》びに打ち震えながら
この好機を掴《つか》みました。そして再び言葉を続けます。『神々が招いている
のに、
私たちはそれを蔑《ないがしろ》にするのか？　見よ、船だ！　神がこれを、神が復
讐のために
我らの怒りへと差し向けてくださっている。我らの企てを嘉《よみ》したもうて。
私が見た夢は偽りではなかったのだ。ウェヌスが抜き身の剣を携えて立っ
ておられる姿を、
夢とは思えないほどはっきりと私は見たのだ。「何故、人生を無駄にする
のか」
と女神は言われた。「さあ、お前たちに背を向けた夫たちの臥所《ふしど》を清める
のだ。

この私自らが、もっと別の婚礼の松明《たいまつ》と、よりよい絆を結んでつかわそう」。

そう女神は言われて、この剣を――お前たちも信じるのだ――この剣を、臥所《ふしど》の上に置かれたのだ。

おお哀れな女たちよ、今こそやるべき時だということをどうして考えないのだ。

見よ、逞《たくま》しい腕に掻き立てられて、海が泡立っている。

もしかするとトラキア女たちが妻としてやって来ているかもしれない』。

ここに至って興奮は最高潮に駆り立てられ、大きな叫び声が星々にまで巻き起こりました。

まるで、女戦士《アマゾン》の群《むれ》が攻め寄せてきたために、スキュティアの地が沸き立ち、
三日月の盾で武装した軍が雪崩《なだれ》を打つように集まると、父なる戦神《マルス》が戦いを許し、
怖ろしい戦いの門を開く時のように――

レムノスの女たちの叫び声はばらばらにはならず、民衆によくあるように
意見の不一致で激しい対立に攫《さら》われていくこともなく、皆が同じ狂気に駆られています。

思いは一つ、家を根絶やしにし、老いも若きも問わずその生命の糸を断ち
　切り、
豊かな乳房に縋《すが》りつく幼子を叩き潰《つぶ》し、
剣ですべての年代の男を滅ぼし尽くすことです。
それから緑の杜《もり》へ行き——そこは広く、ミネルウァに捧げられた高い丘の
　傍《かたわ》らにあり、
杜《もり》そのものが黒く蔭《かげ》を地に落としているだけでなく、大きな山の上からも
　影が差し込んでくるために、
二重の影で日の光はかき消されてしまうのです——
ここで、女たちは誓いを立てました。その証人として、戦《いくさ》を司る女神エ
　ニユオに、
地下の女王プロセルピナ、そして黄泉の河アケロンが口を開いて
冥府の女神たちが祈りの前に現われました。けれども、至《いた》る所《ところ》に身を紛
　らわせつつ
隠れていたのは、ウェヌス女神です。ウェヌスが武器を握り、ウェヌスが
　怒りを駆り立てているのです。
そして捧げる犠牲の血も、常のものではありませんでした。カロプスの妻

が
息子を差し出しました。皆は剣を帯びると、慄《おのの》く子供の胸に向かって
四方から一斉に狂おしく右手を伸ばし、
刃を突き立てます。そして流れる血潮の中で、
甘美な凶事を誓い合います。母親のまわりを、息絶えたばかりの子供の霊
　が漂っています。
このような有様を目にして私は、骨の髄まで、何という恐怖を覚えたこ
　とでしょう！
顔からは血の気が引いていきます。まるで雌鹿が、
血に飢えた狼に取り囲まれ、そのか弱い胸にはひとかけらの勇気もなく、
飛ぶような脚の速さに、一縷の望みを託し
怯えながらまっしぐらに逃げて行くように。今が今にも、
捕《とら》えられたかと観念し、かろうじて逃れた牙が噛み合わされる音を聞いて
　しまうように——
　夫たちが到着しました。岸辺に向かって船の竜骨が打ち上げられました。
先を争って、男たちは上陸しようとまっしぐらに飛び降ります。
哀れな者たちよ、その身を滅ぼすのは

トラキアでの恐ろしい戦いでもなく、海の只中に無慈悲にも
飲み込まれたわけでもなかったとは！　それでも彼らは神々の高い祭壇に
　香《こう》を焚き
約束した犠牲の獣《けもの》を引いてきます。けれどどの祭壇の炎も黒く
犠牲獣の内臓の中に、良き神意を示す徴《しるし》も息づいていません。
いつもよりゆっくりと、露に満ちたオリュンプスの嶺《みね》からユピテルが
夜を送り出しました。そして、きっと優しい配慮からだったのでしょう、
また運命もこれを阻んだのでしょう、天《そら》が夜に転じるのを引き止めたので
す。かつてこれほどに長く、
日が暮れたのに新たな夜の帳《とばり》が落ちるのが遅れたこともありませんでし
た。
それでもついに、星が天《そら》に現われました。けれどもその星々の光は
パロス島や森深きタソス島など、海にちりばめられたキュクラデスの島々
に
照り映えてはいましたが、ただレムノス島だけは、重苦しい空に深く包み
　込まれて姿を隠しています。
陰鬱な靄《もや》が紡ぎ出され、すっぽりと闇の中に包み込まれ、

ただレムノス島だけが、行き交う水夫の目に映ることのない有様です。
今や男たちは、家の中で手足を伸ばしたり、聖なる杜《もり》の蔭《かげ》で豪華な宴席に耽溺したり、
なみなみと酒を注がれた黄金の大盃を空にしています。
そして、ストリュモン河での戦いはどうだったかとか、
ロドペ山や極寒のハエムスの山での労苦にいかに汗を流したか、などと
数え上げることに時を費やしています。そして妻たちもまた、邪心を隠した一団となって
花飾りや祝宴の中、最も美しい装束を身に纏《まと》い
それぞれが宴席に横たわっています。ウェヌス女神もこの最期の夜に
夫たちを優しくさせて、長い不在の後の短い和解を
その場かぎりではあるけれど、お許しになりました。そして哀れな夫たちに、やがて消える定めの炎を掻き立てられました。
やがて踊りは静まりました。御馳走も、奔放な楽しみにも
終わりがやって来ます。宵の口のさざめきも、次第に低くなって行きます。
その時『眠り』は、血を分けた兄弟の『死』の闇に紛れて
冥府の河の雫《しずく》に濡れつつ、やがて死すべき都《みやこ》を抱きしめて、

容赦を知らぬ角《つの》から重い無為を注ぎ出します。
『眠り』が選び出すのは男たちだけです。妻たちや嫁たちは、眼を覚まして
悪事に備えています。楽しげな地獄の女神たちが恐ろしい武器を研ぎ澄ませています。
女たちは罪にとりかかりました。誰の胸も、それぞれの復讐《エリニュス》の女神が支配します。
あたかも、スキュティアの原の中を
ヒュルカニアの雌獅子が羊を追い込んだかのよう。雌獅子は、夜明けから飢えに苛《さいな》まれ
仔獅子らも懸命に乳房を探っているかのように――
数多《あまた》の罪の姿のうち、どれを語ればいいのか、
私にはわかりません。気性の激しいゴルゲは夫のヘリュムスが、
葉冠を頭に戴《いただ》き、高く積み上げた褥《しとね》の上で
眠りながら酔った吐息を立ち上《のぼ》らせている所を、上から覆《おお》い被《かぶ》さり
傷を与えるべき場所を乱れた衣服の中に探り始めます。けれどもその夫から

不幸な眠りは、死が迫って来た途端に、逃げ去ってしまいます。
混乱しつつも彼は、眼を開こうとしながら、
敵を抱きすくめて押さえつけます。すかさず妻は、抱きついてくる夫の
背後から脇腹に剣を突き立て、そのまま切っ先が自分の胸に触れるまで刺
　し貫きます。
それがこの罪の結末でした。夫は顔をのけぞらせ、
眼を震わせながら、それでもなお甘いささやきで妻ゴルゲを求めながら、
不実な妻の首から腕を解き放そうとはしませんでした。
酷《むご》い殺戮ばかりですが、もう、他の人々の所業は語りますまい。
それよりも、私に縁の連なる者たちの死が思い出されます。
金髪のキュドンよ、それに、鋏を入れたことのない髪を
首筋に乱れさせたクレナエウスよ——二人とも、私と共に同じ乳房で育て
　られ
父親からは傍系に当たります。それから、勇猛で
許婚《いいなずけ》の私にとっては恐ろしくも思われていたギュアスが
血みどろのミュルミドネの与えた傷によろめくのを見ました。
そして花冠や宴席の只中で楽しんでいるエポペウスを、夷狄《いてき》の血を引く母

が刺し貫いていました。
武装を解いてリュカステが、同い年の弟キュティモスの上に泣き縋《すが》ってい
ます。
哀れにも、死に行くその体に、自分と同じ顔立ちを、
若さに花やぐ頬を、自らの手で黄金を編み込んだ髪を目にしながら。
その時、非情な母親は、既に夫を片付けた後でしたが
娘の傍《かたわ》らに立ち、脅《おど》しながら強要し、剣を握らせます。
まるで野獣が、穏やかな主人に飼われたために兇暴さを忘れ
突き棒や鞭で盛んに急《せ》かされても、のろのろとしか闘おうとせず
本来の性質に戻ることを拒んでいるように。そのようにリュカステは、
横たわる弟の上に身を投げ出します。足を滑らせ、溢れる血潮を懐《ふところ》に受
け止めます。
そして、掻き乱された髪を新しい傷口に押し付けます。
けれども、アルキメデが、切り落とされてもなおまだ呟き声を洩らして
いる父親の首と、
なおも血に飢えた剣を担《かつ》いでいるのを眼にした時、
私の髪は逆立ち、激しい恐怖が体の中を駆け抜けました。

それがまるで私の父トアスのように、その残虐な右手が私のものであるかのように思えたのです。
すぐさま、父の寝室へと私は取り乱しながら駆け込みます。
父は、既にその前から——というのも、国事に眼を配らなければならぬ立場の者にとっては
どんな眠りがあるでしょうか——不審に思いつつ独《ひと》りごちている所でした。確かに私どもの館《やかた》は
都《みやこ》の奥まった所にあったのですが、あの喧騒は何なのか、夜陰《やいん》をついて聞こえるさざめきは何なのか、
この静けさを掻き乱す轟《とどろ》きは何なのか、と。身を震わせる父に私は順を追って、女たちの悪事を語ります。
どんな悲惨なことが起きているのか、どこからこんな大胆さが生まれたかを。『狂った女たちを留められる力はありません。
こちらについていらしてください、ああ気の毒なお父様。皆が迫って来ています。躊躇《ためら》っているうちにここに来てしまいます。
そしてきっと、私と一緒にお父様も殺されてしまいます』。この言葉に動かされ、

父は寝台から体を起こしました。私たちは、人気《ひとけ》のない都《みやこ》の裏道を辿《たど》っ
ていきます。
至《いた》る所《ところ》に、夜の殺戮のために死体の山が堆《うずたか》く積み上がり、
それを聖なる杜《もり》の中で、残虐な宵闇が覆《おお》い隠しているのを、
私たちは、暗がりに身を潜めながら、窺《うかが》い見ているのです。
こちらには、寝台に顔を押し付けて、はだけた胸には剣の柄《つか》と
大槍の砕けた破片を突き立て、
全身の衣を刃でずたずたにされた姿が。
混酒器《クラーテール》は傾き、御馳走は血潮の中に溺れているのが見えます。
喉が切り裂かれ、まるで急流のように、
血と混じり合って葡萄酒《バックス》が盃の中に逆流する様が。
またこちらには、若者の一団が、そして、いかなる武器にも犯されるべき
ではない
老いた者たちの群《むれ》が。そして、呻《うめ》き声を上げる父親たちの顔の上で
半死半生の息子たちが、まさに生死の縁《ふち》で喘ぎながら
虫の息を震わせています。これほどに酷《むご》い有様は、凍てつくオッサの山の
ラピタエ族の饗宴ですら及びません。その時には、溢れる生《き》の葡萄酒に

雲から生まれたケンタウルスたちが熱くなり、怒りのあまり血の気が引く
　や否や
卓を覆《くつがえ》し、戦いを巻き起こしたものですが。
そしてその時初めて、テュオネの御子なるバックスが夜闇の中に
震える私たちの前に姿を現わされたのです。息子であるトアスに
すんでの所で救いをもたらしに。夥《おびただ》しい光が突如として照り渡りました。
その御姿を私たちは認めました。けれども御神は、その額に木蔦《きづた》をたわわ
　に巻き付けてはおらず
黄金《こがね》なす葡萄を髪に飾ってもいませんでした。
雲がかかったように、その泣き濡れた瞳からは、神に似つかわしくない涙
　の雨を溢れさせ、
そして語りかけます。『運命がそなたに対し、我が息子よ、レムノスを力
　あるものとし
他所《よそ》の部族から恐れられるものであり続けることを許していた間は、
決して、なすべき働きから我が心が離れることはなかった。
酷《むご》い運命《パルカエ》の女神は、非情にも糸を断ち切ったのだ。
私は跪《ひざまず》いてユピテルに嘆願の言葉をありったけ注ぎ出したが

それも虚しかった。言葉でも涙でも、この災厄を逸《そ》らせることは叶わなん
　だ。
ユピテルは、娘であるウェヌス女神のおぞましい勝利を容認されたのだ。
急げ、逃げるのだ。そしてそなたも、我が心に適《かな》う若枝である乙女よ、
こちらを通って父親を導いて行け。二重の城壁が腕を伸ばして海岸へと至
　る道を。
そなたが安全だと思っているあの城門には、
恐るべきウェヌスが立っている。そして剣を帯びて、狂える女たちを力づ
　けている。
——何故あの女神が武器を、何故、かの女神の胸に
戦《マルス》いの心が？——そなたは、広い海に父を委ねるのだ。
あとの心配はこの私が荷《にな》おう』。そのように言ってバックスは、再び空気
　の中に
溶け込んでしまいます。そして、闇に視界を遮《さえぎ》られている私たちに
優しい御神は、長い炎の一筋で、行く手を輝かせてくださいました。
神の徴《しるし》が与えられた方へと、私は従います。それから、父を空《うつ》ろな木材
　の中に身を潜めさせ

海の神々、風の神々、そしてキュクラデスの島々を 懐《ふところ》に抱くエーゲ海に
父の身を委ねます。父と私、それぞれが流す別離の涙には
果てがなかったでしょう。もし、暁《あけ》の明星が
東の空から星々を追いやり始めなければ。そしてとうとう、騒ぐ磯辺から
不安のあまりあれやこれやと思い 煩《わずら》い、懸命にバックスを信頼しようと
　努めながら
私は立ち去ろうとします。足は進みながらも、悩む心は背後に向いていま
す。
安らぎなどはありません。空に立ち上《のぼ》る風と、海の波を
どの丘からも臨み見ずにはいられません。
　朝日が、恥じ入りながら昇ってきます。日輪《ティタン》は天《そら》を露《あら》わにしつつも
レムノスからは陽光を逸《そ》らし、雲の後に
太陽の馬車を転じて逸《そ》らせてしまいます。前夜の狂気の有様が
明るみに出ました。新たな朝日に照らし出されたおぞましさに、皆、
――誰もが同じような有様でしたが――突然の羞恥に襲われます。
忌まわしい罪を大地に埋め、 慌《あわただ》しい炎で焼き尽くそうとします。
　今や、復讐《エウメニデス》の女神の群《むれ》も、ウェヌス女神も満足なさって

征服された都《みやこ》から去ってしまわれました。皆は、自分がどんなことを仕
　出かしたのか理解できるようになり、
髪を掻《か》き毟《むし》り、眼を涙に濡れさせることができるようになりました。
このレムノス、畑も富も武器も男たちも豊かであった島、
ここにありと人々に知られ、つい先頃にはゲタエ族に勝利して富める島が、
海の遭難によってでも、敵襲によってでも、不運な天候によってでもなく
一時《いっとき》に滅ぼされ、住んでいる男たちすべてが喪《うしな》われ、地から根こそぎ滅
　ぼされてしまったのです。
畑を男たちが耕すこともなく、海を櫂《かい》で漕ぐこともありません。
家々は静まり返っています。血潮が溢れ、こびりついた血糊で
すべてが紅《あか》く染まっています。広大な都《みやこ》の城壁の中、
ただ私たち女だけが残り、恐ろしい亡霊が屋根の上で息づいています。
私自身も、館《やかた》の奥まった密やかな場所で
火葬の壇を高く築き、父の王杓と物具《もののぐ》を投げ込みました。
それから、良く知られた王者の衣裳を。
そして壇の傍《かたわ》らに、哀《かな》しげに髪を振り乱し、
血染めの剣を持って私は立ち、欺《あざむ》きでしかない虚《うつ》ろな葬儀のために

怯えながら嘆いてみせます。この贋《にせ》の葬儀が父の本当の死の前兆になりま
　せんように、
今はまだ不確かな死が、本当のことになってしまいませんように、と祈り
　ながら。
これらのことが報われたのか、偽りの罪の熱意が
女たちの信頼を得てしまいました。そして、王権を継ぎ、父の玉座に登る
　ことが許されます。
それは私への罰です。ですが、女たちに取り囲まれた私に、どうして拒む
　ことができましょう？
私は王位を継ぎました。幾度となく神々の前で、
私の真意と罪のない手を証《あかし》して。私は——ああ何という恐ろしい権
　力！——
無血の王権と、頭《かしら》を喪《うしな》い悲しむレムノスを受け継ぎます。
　今やだんだんと、醒《さ》めてしまった心を悲嘆が苛《さいな》むようになり、
嘆きの声は次第に高くなります。そして少しずつ、ポリュクソは疎《うと》まれる
　ようになりました。
今や、女たちは己の罪を想い、死者たちのために祭壇を築き

埋葬された遺灰に多くの祈りを捧げることができるようになりました。
それはまるで、怯えきった牝牛たちにとって、群《むれ》の長《おさ》であり夫でもあった牡牛が
それまでは牧場《まきば》を支配して群《むれ》の誉《ほまれ》として君臨していたのに
マッシュリアの獅子に引き裂かれたのを目にして立ちすくむかのよう。
面目を失いずたずたになって牝牛の群《むれ》は進み、喪《うしな》われた王者を
大地も、河も、もの言わぬ木々も、悼むように——
おお、その時でした。青銅の舳先《へさき》で海原を分けつつ
ペリオンの松で造られた始原の船なるアルゴ号[1]が、未踏の海を堂々と進んで来ます。
ミニュアスの子らがこれを操り、一対の水泡《みなわ》が、聳《そび》え立つ船腹を白く染めています。
まるで、デロスの島が根を失って再び浮島となったかと見紛《みまご》うほど。
さもなければ、引き抜かれた山が海を漂っているかと思うほど。
けれども、櫂《かい》が止められ、海面が静まると、
今際《いまわ》のきわの白鳥の歌よりも、太陽神《ポエブス》の撥《ばち》が奏でる音《ね》よりも優しく
歌声が、船の真中から流れてきます。波は自《おの》ずから船に寄り添います。

(1) 金毛羊皮を求めて旅立ったアルゴ船は、人類最初の船(大型船)だという伝承がある。

後になってから私たちにもわかったのですが、そこではオエアグルスの息
　子オルペウスが
漕ぎ手の真中に、帆柱《マスト》にもたれて、歌声を響かせており、
そして漕ぎ手の労苦を感じないようにさせているのです。
彼らの目指すのは、極北のスキュティア、そして黒海《ポントゥス》の
シュンプレガデスの岩に挟まれた水路(2)でした。けれども私たちの目には
トラキア人が攻め寄せてきたように思えたのです。私たちは、てんでに慌《あわ》
　てふためきながら家に駆け込みます。
まるで、ひしめき合う家畜の群《むれ》か、逃げ惑《まど》う鳥たちのように。
そして、ああ、私たちの狂気は何という方向に向かったのでしょう。
港や海岸を囲む石壁などの、遠くまで広く海を見下ろせるような場所に、
あるいは高い塔に、私たちは登って行きます。ここに、石や杭や
哀れな夫たちの武器や、殺戮の血に染められた剣を、
私たちは震えながら運び込みます。それのみならず、金属を綴《つづ》り合せた鎧
　を纏《まと》い
力のない顔に兜を着けることさえ、厭《いと》いません。
この不遜な女たちの軍勢をご覧になって、パラス女神は呆れて顔を赤らめ

(2) 黒海《ポントゥス》の入り口には互いにぶつかり合う大岩シュンプレガデスがあり、アルゴ船はこの岩の間を通り抜けなければならなかった。

られました。
そして遠方のトラキアでは、軍神マルスが失笑されました。
その時初めて、女たちの心から、向こう見ずな錯乱が消え去りました。
ただ海に船があるのではなく、それは遅まきながら神々から遣《つか》わされた正義であり、
私たちの罪に対する罰が、塩辛い波を渡って近づいてくるのだと思われるのです。
今やもう船は、岸辺から、クレタ産の矢が届くほどの距離に近づいています。
その時、ユピテル神が、黒い雨を重く孕《はら》んだ雲を
ギリシア人らの船の装備の、まさにすぐ上に押し出されます。
たちまち海面は荒れ狂い、太陽からは光がすっかり消え失せ
闇の中に溶け込んでしまいます。すぐに海も同じ色に染まります。
激しい風が、虚《うつ》ろな雲を打ち据え、
海原を切り裂きます。黒い潮の中から、濡れた岸辺が再び姿を現わします。
海水はすべて、吹き荒ぶ嵐に宙に巻き上げられ、
弧を描く波頭《なみがしら》は、もうすぐにも星々に届きそうな高みで砕け散ります。

もはや、ふらふらになった船には前に進むための力はなく、よろめいています。
舳先《へさき》に飾られた海神像《トリトン》は、波の底に深く引きずり込まれたかと思うと
次の瞬間には、虚空に突き出されています。神々の血を引く英雄たちの腕力といえども何にもなりません。
帆柱は、狂ったように船体を打ち叩き、
重みに耐えかねて前のめりになり、逆巻く海水を攫《さら》い上げます。
櫂《かい》は何の役にも立たず、漕ぎ手の胸に落ちてしまいます。
私たちの方からも、岩の間や城壁の狭間《はざま》の上から
アルゴ号の英雄たちが懸命に海や暴風と戦っている所に向かって、
弱い細腕で、ふらふらの武器を上から投げつけ、
何という大胆なことでしょう、テラモンやペレウスに向かって攻撃しているのです。
ヘルクレスにも私たちの弓が向けられます。
アルゴ号の乗組員は、戦いと海との両方に力を尽くさなければならないので、
ある者たちは盾をかざして船を守り、またある者たちは、船底から海水を

汲み出します。
そしてまたある者たちは闘っているのですが、その体の動きは鈍く
萎《な》えかけた力から精気は涸《か》れてしまっています。
私たちは武器を投げつけて立ち向かいます。降り注ぐ矢の雨が
雨雲と競い合います。焼けた杭や、大岩の破片《かけら》、
槍、そして長く尾を引く炎に包まれた火矢が、
海にも船にも落ちて行きます。船の見えない部分から亀裂の走る音が響き
船倉が張り裂けそうになり、甲板が呻《うめ》きを返します。
その有様はまるで、極北の雪でユピテルが緑なす田畑《たはた》を鞭打つかのよう。
野に棲《す》むすべての獣《けもの》たちは、雪に埋《うず》もれ
鳥たちも叩き落され、畑の実りは厳しい雹《ひょう》に打たれて地に這《は》い、
山々には雷鳴が轟《とどろ》き、河は荒れ狂うかのように——
けれども私たちは、天の高みからユピテルの放った雷《いかずち》に雲が追い払われ
アルゴの偉大な乗り手たちの姿が、稲光の中に浮かび上がるや否や、
心が凍りつくのを感じました。恐怖のために力の抜けた腕からは、
持ち慣れない武器が滑り落ちます。胸の裡《うち》には再び女らしさが戻って来ます。

私たちは、テラモンとペレウスを目にします。そして恐ろしげな姿で城壁を威嚇するアンカエウスを。
さらに、長い槍で岩礁を押しのけているイピトスを。
けれどもすべての男たちの間で抜きん出ていたのは
アンピトリュオンの息子ヘルクレスでした。船の上を行きつ戻りつして
その重みで船体を傾けています。そして海の只中に降りて行こうと逸《はや》っているのです。
ですがイアソンは軽やかに——その時にはまだ、哀れな私はそれが誰とは知りませんでしたが——
櫂《かい》や漕ぎ座や、男たちの屈《かが》めた背中の間を駆け巡って、
人々に励ましの言葉を繰り返します。オエネウスの偉大な息子メレアゲルや、イダスや、
タラウスや、海の白い泡沫《あわ》に濡れた双生神のお一人や
父親である北風の神が送り出す冷たい雲の中で
帆柱に帆を結び付けようと格闘しているカライスらを、
言葉と身振りで、イアソンは奮い立たせます。男たちは力を揮《ふる》い
海と城壁の両方に襲いかかります。けれども、泡立つ海は退《しりぞ》かず、

城壁の上からは、投げつけた槍が撥《は》ね返ってきます。
舵取りのティピュス自らも、重い波や、言うことを聞こうとしない舵に悩
　まされています。
その顔は血の気が引き、たえず指令を変えながら
左に右にと波間を切り抜けて行き、
今にも暗礁に打ち当たりそうになる船を操っています。
ついに、船の細く尖《とが》った舳《みよし》の先に、アエソンの子なるイアソンは立ち、
モプススが携えていた、パラス女神の橄欖樹《オリーブ》の枝を高く掲げました。
そして群集《むれつど》う仲間たちが止めるのも聞かずに
和平を申し入れたのです。その声も荒れ狂う嵐に飲み込まれてしまいます。
やがて、戦いが果てると同時に、暴風も尽きて静寂が訪れ、
掻き乱された天から再び陽の光が覗きました。
アルゴ号の乗り手は、五十名。船をきちんと繋ぎとめると、
高い船べりから勢いよく飛び降りて、見知らぬ岸辺を揺るがします。
彼らは皆、父祖の誉《ほまれ》に満ちて丈高く、今やその額《ひたい》や面差しも晴れやかな
　のがわかります。
膨《ふく》れ上がった怒りはその顔から既に消え失せていました。

その様はあたかも、伝説の中の神々が
神秘の門を出《い》でて、赫《あか》きアエティオペス人らの住まう岸辺へ向かい
そのささやかな食卓へと訪れるのを喜ぶかのよう。
河も山々も神々に道を開け、その足に踏まれた大地は誇りに思い、
天を担ぐアトラスも僅《わず》かに息をつく――
　こちらには、先頃マラトンを牡牛の災い(1)から救い出して誇らしげな
テセウスの姿が見えます。それからトラキア生まれの、北風の神から生まれた兄弟たちが
そのこめかみの両側に、紅《くれない》の翼を羽ばたかせています。
あちらには、ポエブス神でさえ仕えるのを厭《いと》わなかったアドメトゥス王(2)が、
そして、厳しいトラキアに似つかわしくないオルペウスが。
そしてカリュドンに生まれたメレアゲル(3)が、海の神ネレウスの娘を娶《めと》ったペレウスが。
見分けのつかないほどそっくりの姿で、見る者を惑わしているのは
オエバルスの子孫である双子、カストルとポルクスです。どちらも輝く衣を纏《まと》い
どちらも槍を携《たずさ》え、どちらも肩を露《あら》わにし

(1) テセウスが実の父アエゲウスのもとに初めて訪れた時、アエゲウスの妻メデアは彼を亡き者にしようと企み、マラトンを荒らしている牡牛を退治するように命じる。テセウスはこれに成功し、父と親子の対面を果たす。
(2) ポエブスは大蛇ピュトンを殺した償いとして、人間であるアドメトゥス王の下僕として仕えた。
(3) 一八三頁註(1)参照。

どちらも滑《なめ》らかな頬をして、どちらの髪も星の輝きを帯びています。
偉大なヘルクレスの後に従って、大胆にもこの航海に加わっているのは
小姓のヒュラスです。その主人がゆったりと体躯《たいく》を進めていても
その歩みに追いつくのは至難の業《わざ》ですが、レルナの水蛇を退治した武器を
　運びながら
巨大な箙《えびら》の下で汗を流すことを彼は喜んでいます。
　かくして再び愛の女神《ウェヌス》が戻られました。レムノスの女たちの荒《すさ》んだ心に
愛《アモル》は物言わぬ炎を搔き立てます。そして天の皇后ユノ女神が
勇士たちの武具や立《た》ち居振舞《いふるま》い、それに優《すぐ》れた血筋の確かな徴《しるし》を
女たちの胸の裡《うち》に注ぎ込まれます。争うように次々と、すべての家の門は
客人たちのために開かれました。それからまず最初に、祭壇に火が焚かれ
　ると
おぞましい思い煩《わずら》いにも忘却が訪れました。
それから、宴《うたげ》、幸福な眠り、夜の静寂《しじま》が訪れます。
神々の思し召しでもあったのでしょう、女たちが罪を告白すると、それも
　受け入れられました。
おそらくは私の、致し方ない運命だったとはいえ、犯した罪を

諸侯らよ、あなたがたはお知りになりたいとお思いかもしれません。
私の親族の遺灰と怒れる霊にかけて、私は誓います。決して自ら望んでではなく、また邪《よこしま》な行為でもなしに、
異国の男との華燭《かしょく》の儀《ぎ》に私は踏み切ったのだということを——それが
神々のお考えでした——確かにイアソンという男は
若い乙女を篭絡《ろうらく》する術《すべ》に長《た》けてはおりますが——彼の婚姻は、血に染まる
パシスの河の畔《ほとり》でも結ばれ
そのコルキスの地で、メデアの子供たちの父親ともなっているのですから。(1)
今や星々から凍てつく寒さは消え失せ、長くなった日差しに暖かくなってきました。
そして早くも一年《ひととせ》がぐるりと巡ります。
今や新たな子らが、母の祈りに応えてこの世に生まれ出《い》でました。
レムノスの島は、望まれざる息子らの泣き声に満たされます。
私自身もまた、強いられた床《とこ》の結実としてではありますが、
双子を産み落とします。冷たい客人によって母となった私は
息子の名付けに祖父の名を蘇らせます。(2) 私と別れてからあの子たちはどんな境涯にいることか

(1) 金毛羊皮を手に入れるためにイアソンはコルキスの王女メデアと結婚する。しかしそのメデアも後にイアソンに捨てられる。

(2) 祖父となったトアスの名を息子の一人につけた。

私には知る術《すべ》はありません。もう既に二十《はたち》の齢《よわい》に育っていることでしょう、
運命がそれを許し、リュカステが頼まれたとおりに育ててくれているならば。
　荒れていた海の機嫌が直り、穏やかになった南風が
出帆を促《うなが》します。今や船そのものが、穏やかな港に憩うことを厭《いと》い
岩に結び付けられた繋留索を引っ張ります。
そしてアルゴの乗り手たちは逃亡を求め、イアソンは仲間たちを呼び集めます。
無情な男《ひと》です。ああ、あの男《ひと》の船が私たちの岸辺に立ち寄らずに
通り過ぎてしまったならばよかったのに。その心には、自分の子供のこともなく
夫婦の契《ちぎ》りもありません。彼の求める名声は、遠く離れた地にあるのです。
海の彼方の金毛羊皮が再び彼の心に戻って来ました。
　海に出る日が決まり、翌日の天候を舵取りのティピュスが読み取りました。
沈み行く太陽神《ポエブス》の臥所《ふしど》が茜色に染まりました。

ああ、またしても女たちの嘆きが、またしても訣別の夜です。
まだ日も昇りきらないうちに、既に船の上たかくイアソンは
出航を命じます。最初の櫂《かい》の一漕ぎが、海面を撃ちます。
私たちは、崖の上や、高い山の頂《いただき》から、
遥かに広がる大海原の泡立つ波を切り裂いて進む姿を、
ずっと目で追って行きます。ついにそのきらめきが、追い縋《すが》る私たちの目
　を疲れさせ、
遠い水平線と空を織り交ぜるかのように、
天穹の縁《へり》と海とをぴったりと合わせてしまうまで。
　噂が港にやって来ました。私の父トアスが海を越えて、
兄弟の島キオスで治めているという噂が。私の罪は実は無であり
空《から》の火葬壇を燃やしたということが明るみに出ました。罪を犯した群衆は
　不満の声を上げ
燃え上がる罪の意識に苛《さいな》まれ、再び罪を求めます。
人々の間に、密やかな声が次第に強くなってきます。
『それではあの女だけが自分の身内に忠実なままでいて、私たちは殺戮を
　楽しんだということになるの？

あれは、神と運命が定めたことではなかったの？　それなのに何故、この
罪深い都《みやこ》で、あの女が女王様になっているのよ？』。
これらの言葉にすっかり怯えた私は――恐ろしい報復が身に迫っておりま
　したし、
王権も何の助けになりませんでしたから――入り組んだ浜辺をこっそりと
供《とも》も連れずに私は逃れ、罪深い城壁を後にします。
父を逃した時に覚えた道を通って。けれども再びバックスの神が顕《あら》われる
　ことはありませんでした。
私は、この岸辺にたまたまやって来た海賊の一団に捕《とら》えられ、
助けを求める声も上げずに、この、あなた方の地に奴隷として送られて来
　ているのです」。
　このようにアルゴスの諸侯らに、故国を追われたレムノスの女王は
長い嘆きを語って、苦しみを和らげる。
置いてきた養《やしな》い児《ご》のことを――そのように神々よ、あなたがたが図《はか》られ
　たのだ――忘れたままで。
幼児《おさなご》は、すっかり重くなった瞳《め》と、こっくりする頭を、
草深い大地に委《ゆだ》ね、稚《いとけな》い遊びにすっかり疲れてしまい

眠りに落ちている。その手はしっかりと草を握りしめて。
　その間、野原には、アカエアの森に棲《す》む神聖で恐るべき
大地から生まれた大蛇《おろち》が姿を現わす。とぐろを解いて
巨体を前に進ませ、背後にも長く尾を引いて行く。
その眼には鉛色に光る炎があり、口の中には、膨《ふく》れ上がった毒の泡が緑色
　に沸き立っている。
三叉《みつまた》に分かれた舌がちろちろと震え、曲がった牙は三列に並び、
黄金《こがね》色に輝く頭部には、猛々しい誉《ほまれ》の徴《しるし》が突き出している。
この大蛇《おろち》は、アルゴスを守る雷神《ユピテル》に捧げられたものだと
農夫らは語っている。その地の守り神であり、森の中の祭壇には
つつましい供物がそなえられる。今や大蛇《おろち》は、社《やしろ》の周りをぐるりと
巨大な円となって取り巻いていたかと思うと、今度は哀れな森の樫の木々
　を薙《な》ぎ倒し、
梣《とねりこ》の大樹に巻きついて粉々に砕いてしまう。
しばしばこの蛇は川の上に、その両側の岸から岸へと一つながりになって
　蛇体を渡し、
流れる水を鱗《うろこ》で切り裂いて沸き上がらせていたものだった。

しかしこの時は、テーバエを守ろうとするバックス神の命令のため、全地は干上がり、
水の精《ニンフ》らは冷たさを失って土埃《つちぼこり》の中に潜んでいる。
大蛇《おろち》はいよいよ兇暴になって、蛇体を幾重にもくねらせて
地面の上をのた打ち回り、水気を無くしてねばつく毒牙も恐ろしく荒れ狂う。
干上がった沼地や池や、涸《か》れ果てた泉の間を
蛇は転げ回り、河の涸《か》れた谷の間を蛇行する。
盲滅法に、せめて湿り気を帯びた空気を舐めようと
口を上に伸ばすかと思うと、また地面にへばりついて
蛇体を呻《うめ》く大地に擦《す》り付ける。もしや緑の草の上に
露が結ばれていないかと捜し求めながら。その口が向けられると
熱い息吹に撃たれて、草が倒れて行く。舌が近づくだけで野が死に絶える。
その巨大さはまるで、天を北斗七星から横切りつつ
南半球にまで達する長さの竜座のよう。
あるいは、聖なるパルナソスの山にとぐろを巻きつけて嶺《みね》を揺るがし
ついには、デロスの神なるアポロよ、御身《おんみ》の手で

百もの矢を森のように射掛けられて刺し貫かれたピュトンのよう。
だが幼児《おさなご》よ、いかなる神がかくも重き死の宿命《さだめ》を
お前に与えたのだろうか？　まだ人生の門口にさしかかったばかりなのに
これほどの敵にお前は打ち倒されるのか？　それともこれは、これより後
　の世々限りなく
ギリシアの民族に讃えられるべく、墳墓に相応《ふさわ》しい死を迎えるためであっ
　たのか？
幼児《おさなご》よ、お前は命を落とす。蛇の尾の先の一撃ちに弾《はじ》き飛ばされて。
それと蛇が気づかぬうちに。直ちにその四肢からは
眠りがすり抜けて行く。その瞳は、ただ死を見つめて開かれていた。
その刹那《せつな》に上げられた叫び声は、命の消えると同時に空中にかき消え
断ち切られた泣き声は、唇の上でぷつりと消えた。
まるで、夢の中で上げた声が、最後まで言い終えられることのなかったか
　のように。
ヒュプシピュレはそれを聞いた。よろめき、なかなか進もうとしない膝で
生きた心地もせずに走り出す。今や、災いの起きたことをはっきりと悟り、
不吉な予感を心に抱き、四方八方へと視線を投げかけながら、

地面の上を探し回る。幼児《おさなご》に、呼び慣れた声で幾度も幾度も
返事のないままに呼びかけながら。どこにも幼児は見つからない。
野原からは、たった今起きた惨劇の痕は消え失せている。下手人の大蛇《おろち》は、
　のんびりと寝そべり
緑色に光るとぐろを巻き上げて、広い空間を占め、
うねる蛇体の上に頭を覗《のぞ》かせている。
哀れなヒュプシピュレはそれを見て震え上がった。悲鳴が尾を引いて
深い森を騒がせる。大蛇《おろち》は、驚きもせず
寝そべったままでいる。悲嘆の叫びは、アルゴス人らの耳を撃った。
直ちに王の指図に従って、アルカディアのパルテノパエウスが
俊敏に馬を走らせ、ことの次第を皆に報告する。ここに至って蛇は、
武器の輝きや兵士らの騒ぐ声に、苛立たされて
鱗《うろこ》に覆《おお》われた鎌首をもたげる。そこへ大力を振り絞って
畑の境《さかい》に置かれていた岩を、宙を切って投げつけたのは
丈高いヒッポメドンだった。その投擲《とうてき》の威力はかつて戦場で
石臼を投げつけて城門の閂を粉砕させたほど。
勇者の行為は功を奏さなかった。蛇は、しなやかな首を後ろに逸《そ》らして

投げつけられた衝撃を無に帰さしめた。
岩が地面に叩きつけられる音が響く。深く生《お》い茂る森の木々がばらばらになる。
「だがこの俺の一撃は」と叫ぶのは
梣《とねりこ》の槍を振りかざして襲いかかるカパネウス。
「断じてお前は逃《のが》れまいぞ。たとえ貴様が、森を怯えさせる野獣であろうと、
はたまた神々の――神々のであってもらいたいものだ――お気に入りであろうとも。
いや、たとえその蛇体を足にしている巨人が、この俺に向かってくるのであろうとも(1)」。
槍は震えながら飛び、大蛇《おろち》のかっと開けた口に当たると
三又《みつまた》に分かれた舌の根本を切り裂く。
そして、突き出された頭部の頂《いただき》に逆立つ鶏冠《とさか》を貫いて穂先をきらめかせ、
黒い脳漿《のうしょう》に浸《ひた》された槍は、そのまま外に突き抜けて
深々と地面に突き刺さる。あまりに長すぎる蛇体のために
苦痛は全身に行き渡らない。素早くとぐろを槍にぎゅっと巻きつけると

(1)巨人族《ギガンテス》の足は蛇だと言われている。

蛇はそれを引き抜き、そのまま、ほの暗い神殿の蔭《かげ》の中へと逃げ込んで
行った。
そして巨体を地面に引きずりながら、
主人の祭壇に嘆願するように、最期の息を吐き出した。
その死を悼んで、身内であるレルナの怒れる沼も、
春の花をいつも撒《ま》いていたニンフらも、
這《は》われていたネメアの大地も嘆き、森の住人ファウヌスらは
ひび割れた葦笛で森一面に哀悼の音を響かせる。
ユピテル御自身もまた、天上の彼方から鉄槌を下す所であった。
既に黒雲と嵐が神の周りに集まって来つつあった。
もし、ここでは神の怒りはまだ足りず、もっと過酷な罰を
カパネウスのためには用意してやろうとお思いにならなければ。それでも、
撃ち下ろされた雷《いかずち》から
巻き起こされた微風が頭を掠《かす》め、兜の先の羽飾りをそよがせる。
さて今や哀れなレムノスの女王は、蛇の脅威から解放された野を駆け巡
る。
ささやかな土手の上から遠くへと、

血の雫滴《しずくしたた》る草《くさ》の原一面《はらいちめん》に、蒼白な面持ちで視線を投げかける。
と、こちらの方向へと、激しい嘆きに半狂乱になって駆け出し、
殺戮の現場を見出す。まるで稲妻のように、ヒュプシピュレは
惨劇の野に飛び出すと、その死の有様を見て初めは言葉もなく
涙すら出てこない。ただ、幾度も繰り返し、哀れにも骸《むくろ》にかがみ込んで
唇を押し当て、まだ温かい四肢からすり抜けて行く魂を
呼び戻そうと懸命になる。骸《むくろ》に顔は残っておらず、胸も残っていない。
肌は剝《は》がれ、か細い骨が露《あら》わになり、
関節は流されたばかりの血にしとどに濡れ、体全体が傷となっている。
ヒュプシピュレの姿はまるで、母鳥の巣の雛たちが
鬱蒼《うっそう》とした樫の樹の蔭《かげ》にゆっくりと忍び込んできた蛇に襲われた時のよう。
母鳥は戻って来て、騒がしいはずの巣が静まり返っているのに驚き
そのまま巣の上で身を硬くし、震え上がって、
運んで来た餌を嘴《くちばし》から取り落とす。枝の上には、ただ血だけが残され
荒らされた塒《ねぐら》一面に、羽毛が散乱している――
　哀れにもヒュプシピュレは、引き裂かれた四肢を懐《ふところ》に抱きしめ
自分の髪で包み込む。ついにその悲嘆のための言葉が

出口を見出して、苦しみが声となって溶け出して行く。
「おお、我が子と引き離された私にとっては、息子たちを思い出させてく
　れる愛しい姿であった
アルケモルスよ。おお、この境遇や喪《うしな》われた故国の慰めであり
奴隷の身にとっては誇りでもあった子よ。一体どんな非道な神々が、私の
　喜びよ、お前を
死なせなければならなかったのでしょう。ただ少しの間だけ、私はお前を
　置いて離れただけなのに。
楽しげに、這《は》いながら草をかき分けていたお前を。
ああ、星のようだったあの顔はどこに？
まだ回らぬ舌で一生懸命に出そうとしていたあの片言は？　あの笑い声は、
私にしか意味がわからなかった、まだ言葉にならないお喋りは？　幾度と
　なく私は、
レムノスやアルゴ号の話を語って聞かせ、長い苦しみの物語を子守唄にし
　たものでした。
そうすることで私自身の嘆きを慰めていたのです。そうして幼いお前に
母代わりの乳を与えたものでした。その乳も今は子供を失って虚しく、

哀《かな》しみの雨となってお前の傷口に流れ落ちています。
わかっています。これも神々の御意志なのです。おお、私が見た夢は、
夜ごとの不安は、この前兆だったのです。ウェヌス女神が夜闇の中に現われて
私を脅《おびや》かす時には必ず不幸が訪れるのです。けれど私は、どの神々を責めるのでしょう?
この私が自分の手で——もはや長く生き永らえることのない身で、何を言おうと恐れることがありましょうか——
お前を死の運命に委ねたのです。どんな狂気が私の心を惑《まど》わせたのでしょう?
こんなに大事な子守を、こんな風に忘れ果ててしまうとは?
祖国の災いや、世間に知られた私の物語を
自慢げに語りおこしている間に——これが私の家族の絆や信義だというのでしょうか!——
レムノスよ、お前のために私は罪を償ったのです。死をもたらした大蛇《おろち》はどこにいますか、
私をそこへ連れて行ってください、アルゴスの皆様、もし僅《わず》かでも私があ

なた方の苦難にお役に立ち
私の物語に少しでも誉《ほ》むべき所があるならば。さもなければあなた方が剣
　で私を殺してください。
悲嘆に暮れるご主人様たちや、我が子を喪《うしな》ったエウリュディケ様に
仇《あだ》を成した私が顔を合わせなくてもすむように。あの子を亡くした私の苦
　しみは決して
母御《ははご》に劣るものではありませんが。この痛ましい荷を、私は母のもとに運
　んで行って
その懐《ふところ》に注ぎ込むことなどできましょうか。それより前に、どんな土地
　が
私を深く埋め隠してくれましょうか」。そう言いながらヒュプシピュレは、
　土や血で顔を汚《けが》して、
居並ぶ諸侯らの足元に身をまろばせつつ、
言葉には出さねども水の恩義を、悲しむ諸侯らに訴える。
　そして今や、神々に犠牲を捧げていたリュクルグス王の館《やかた》に
報せが到着し、家人も主人をも涙に暮れさせる。
リュクルグスはと言えば、聖なるペルセウスの山の峰よりやって来ており、

凶兆を示す雷神《ユピテル》へと切り分けた犠牲獣の肉を捧げてから
不吉な様子の内臓を見て戻り、頭を振っている所であった。
この王は、アルゴスの軍勢には与《くみ》することのない立場を守っていた。
さりとて勇気がないわけではなく、神殿や祭壇の託宣に引き止められた故
　であった。
そして、未《いま》だ神々の返答や古くからの警告が、
また神殿の奥深くから聞こえた一つの声が、王の心から消えていなかった。
「最初の死者を、リュクルグスよ、お前はアルゴスの戦《いくさ》に出すであろう」。
王はそれを警告と受け止める。そして隣国の戦《マルス》の戦塵に心を翳《かげ》らせ、
進軍喇叭《ラッパ》を耳にして心痛を覚え、死に行く軍勢に禍《わざわい》あれと思う。
見よ、そこへ——神々は決して欺《あざむ》くことはない——トアスの娘ヒュプ
　シピュレが
引き裂かれた幼児《おさなご》の骸《むくろ》を運んで来る。それに向かって、幼児の母エウ
　リュディケが
嘆き悲しむ女たちの一団を引き連れて、駆け寄って行く。
父リュクルグスの勇敢な胸の内にも、我が子への愛は眠ってはいない。
それは不幸のためにいよいよ強くなり、我を忘れた怒りとなって

こみ上げる涙を飲み込ませる。大股で、もどかしげに地を蹴って突進し
声を上げる。「あの女は一体どこにいる。私の息子の血が流されたことを
たいした事とも思わずむしろ喜んでいるあの女は？　まだ生きているのか？　ここに連れて来い。
すぐにだ、供《とも》の者たちよ。あの思い上がった女から、レムノスの物語であろうと
父親だの聖なる血筋の生まれだのといった戯言《ざれごと》を、
皆忘れさせてくれるわ」。そう言って進みながら、すぐにも殺そうと身構えて
剣を摑《つか》んで荒れ狂う。そこへ、オエネウスの子なるテュデウスは向き直り、
素早く盾を突き出して、王の胸を押し止《とど》める。
そして歯噛みしながら彼は言う。「やめろ。このうつけ者め。その馬鹿げた振舞《ふるま》いをよせ。
貴様が何者であろうとも！」。続いてカパネウスも、さらに苛烈なヒッポメドンも剣を引き抜き、
アルカディアの少年パルテノパエウスも刃を構えて詰め寄って来た。
この若い主君を囲んで、多くの剣が光を放つ。だがリュクルグス王の方に

　も
農夫らの一団が付き従う。両者の間をアドラストゥス王は何とか穏便にと
　りなそうとし、
さらに同じ祭祀の徴《しるし》をつけている者同士の誼《よしみ》を憚《はばか》って
予言者アンピアラウスが言う。「やめるのだ、後生《ごしょう》だから、剣を引け！
我らの祖先の血筋は一つではないか。狂乱に身を委《ゆだ》ねてはならぬ。
まずお前から剣を引くのだ」。しかしテュデウスは心を鎮めるどころでは
　なく、くってかかる。
「それでは貴様は、このアルゴス勢の導き手とも救い手ともなった女性《にょしょう》が
恩知らずにも我ら兵士が座視《ざし》している前で、
屠《ほふ》られていても平然としていられるのか――たかが赤子一人のために、何
　という大層な報復！――
その女性《にょしょう》こそは王族の出であって、トアス王を父とし、光り輝くバック
　スの神を
祖父とする血筋であるというのに？　臆病者め。貴様にはまだ充分ではな
　いのか、
我ら一族がすべて武器を取り、戦列へと逸《はや》るその只中で、貴様ただ一人だ

けが
平和を唱えていただけでは？　そうやっているがいい。いずれ我らが勝利
　をおさめた暁《あかつき》には
貴様だけがこの墓の横で運命を嘆いていることだろうよ」。
テュデウスは言った。しかしリュクルグス王は次第に怒りを留《とど》め
やや控えめになって言葉を返す。「お前たちがこの城壁へとやって来てい
　たとは思わなかった。
テーバエ軍とその敵の軍勢が両方とも攻めて来たのかと思っていた。
我らを滅ぼし尽くすがいい。それほどに同族の血を流すことが
お前たちにとって歓《よろこ》びであるならば。故国で剣を血で染めるがいい。そ
　して、何の役にも立たなかった
――もはや私が何を言おうと、赦されぬはずがあろうか――ユピテルの神
　殿が不敬な火で焼かれるがいい、
もしこの卑しい女奴隷に対し、悲嘆で胸を押し潰《つぶ》されているこの私が、
主君としての権利を持つと考えてよいならば。
だがこのことをご覧になっている。ご覧になっているとも、かの神々を統
　べる御方は。

そしてどんなに遅くとも、その怒りはお前たちの悪行に降りかかるだろう」そう言って山の高みを振り返る。

しかし城壁内では、さらに別の者たちが、争って武器を取り家々を揺るがせる。

「噂《ファマ》」は、天翔《あまが》ける速さの馬よりも素早く飛んで行く。

その翼の蔭《かげ》に、城壁内外の騒ぎはどちらも飲み込まれる。

ヒュプシピュレが、あの素晴らしいヒュプシピュレが捕《とら》えられた、とある人々は言い、
またある者たちは、いや既に殺されたのだと言い、その言葉を人々は信じ込み、
もはや怒りは留《とど》まることを知らない。今や人々は、松明《たいまつ》や武器をかざして王宮に殺到する。

王権を覆《くつがえ》し、リュクルグス王を、ユピテル像も祭壇ももろともに奪い去ろうと
人々は喚《わめ》く。女たちの鬨《とき》の声が家々にこだまする。

怯える心に背を向けて、悲嘆の思いが前面に躍り出る。

しかしその時アドラストゥス王は、戦車にすっくと立ち上がり

荒ぶる男たちの面前に、トアスの娘ヒュプシピュレを傍《かたわ》らに伴って
戦列の只中を進んで行く。「控えよ、控えよ！」と王は叫ぶ。
「何も残虐な事は行なわれてはおらぬ。リュクルグス王には、かように殲滅されるいわれはない。
我らを救ってくれた河を見出してくれた女《ひと》は、見よ、ここにおられる」。
その姿はあたかも、四方から吹き荒《すさ》ぶ風に海が逆巻き、
こちらからは北風《ボレアス》と南東風《エウルス》、あちらからは雨雲を真っ黒に孕《はら》んだ南風《アウステル》が吹き、
陽《ひ》の光も追いやられ、嵐が我が物顔に荒れ狂う、その時に、大海の王ネプトゥヌスが
馬を御して丈《たけ》高らかに姿を現わす時のよう。泡立つ手綱に寄り添って、魚の尾を持つ海神《トリトン》も
泳ぎながら、広がる大海原に静まれと合図を送る。
そして今や海の女神《テテュス》は平らになり、陸地や岸辺が姿を現わし始める――
神々のうちでも一体どの御方が、ヒュプシピュレの不幸を慰め、
深い祈りと涙の釣り合いを取らせ、悲嘆に暮れる彼女に思いがけない喜びを

もたらされたのだろうか？　それは、レムノス王家の祖先神たるバックスよ、御身《おんみ》に他《ほか》ならない。
御身はレムノスの地より、ヒュプシピュレの産んだ双子の若者たちを導き出し、
このネメアの地へと連れて来られた。驚くべき運命を準備しておられたのだ。
彼ら双子がこの地へ来たのは、産みの母を捜すためであった。そして客人を拒むことのないリュクルグスの館《やかた》が
彼らを迎え入れていた。ちょうどそこへ、王のもとには
痛ましい傷で殺された子の報せが届く。
すぐさま双子は王と行動を共にし――ああ何という巡り合わせ、将来《さき》のことを知る由もない人の心よ！――
王の味方となる。しかし、レムノスという言葉や
トアスという名が語られるのを耳にするや、双子は、武器や人々の間を通り抜けて駆け寄ってきた。
そして母を二人して激しく抱きしめ
泣きながら、他の人々から引き離し、互いの胸に代《か》わる代《が》わる抱き寄せる。

ヒュプシピュレは、まるで石になったように、視線を動かすこともできずに呆然としている。
これまでのことを思うと神々のことを俄《にわ》かには信じられない。
けれどもようやく、息子たちの顔や、イアソンの残した剣に刻まれたアルゴの徴《しるし》や
双子の肩の所に織り込まれた父親の名前などを眼にして、
それまでの嘆きは引いていった。これほどの神の恵みに心を乱されて地に崩れ落ちる。
そして、それまでとは違う涙で両眼を濡らす。
天にも徴《しるし》が現われた。歓《よろこ》びに満ちた叫び声がこだまし、
バックス神の太鼓と鉦《シンバル》が空《くう》を震わせて鳴り響いた。
まさにその時、オエクレスの子なるアンピアラウスは、民衆の怒りが和らぎ
沈黙が訪れるや否や、静まり返った彼らの耳に語りかける。
「聞きたまえ、おおネメアの王よ、また優《すぐ》れた力あるアルゴスの者たちよ。
過《あやま》つことのないアポロ神は、我らが何を為すべきかを示しておられる。
かの幼児《おさなご》の死は、遥か以前より我らアルゴス軍に課せられており、

運命《パルカエ》の女神は真っ直ぐにその路《みち》を下ったのだ。
河が涸渇したために我らを襲った渇きも、死をもたらす大蛇《おろち》も、
そして、ああ我らの命運をその名に刻まれた幼児《おさなご》アルケモルス(1)よ、
そなたのことも、すべてが神々の崇高な御心から発せられ、
流れ落ちて来たものなのだ。怒りをおさめよ。逸《はや》る武器を置くのだ。
幼児《おさなご》には、この後《のち》途絶《とだ》えることのない栄誉が贈られねばならぬ。
それが相応《ふさわ》しい。『武勇《ウィルトゥス》』よ、汝に責のある死者のために、立派な神酒《みき》
を注ぎたまえ。
そしてどうか、ポエブス神よ、さらなる遅延を
汝が紡ぎ出してくださるように。常に新たな出来事のために戦いが回避さ
れ
死をもたらすテーバエが遠ざかって行きますよう。
だが、そなたたち、常の両親よりも偉大な運命を歩むこととなった
幸福な親たちよ。そなたの幼児《おさなご》の名は、今より後の世まで残るのだから。
レルナの沼地が在《あ》るかぎり、父なるイナクス河が流れるかぎり、
ネメアの野に震える木蔭が投げかけられるかぎりは。
涙で神事を汚《けが》してはならぬ。神々に嘆きの声を上げてはならぬ。

(1)アルケモルスは「運命の始まり」の意味を持つ。

何となれば、かの幼児《おさなご》は今や神、神なのだから。ネストルの老齢の運命
や
トロイアの老プリアムスよりも長い年月を送ることなど、彼は望まなかっ
たのだから」。
アンピアラウスは言い終えた。そして天を夜が虚《うつ》ろな蔭《かげ》で覆《おお》い隠した。

第六歌

駆け巡る足取りの「噂《ファマ》」が、ギリシア中の諸都市の間に
報せを告げて広く行き渡る。新たに築かれたばかりの墳墓のために、
アルゴスの者たちが荘厳な祭祀を執《と》り行ない、さらに競技を催して、戦《いくさ》
の先触れとして
闘い《マルス》の武勇を競い合い、一層燃え立たせようということを。
それはギリシア人の伝統に則った祭典である。そもそもの始まりは、ピサ
の地にて　五
敬虔《けいけん》なるヘルクレスがペロプスの墓に栄誉を捧げた闘いであり、
その時、戦塵に塗《まみ》れた髪を野生の橄欖樹《オリーブ》で拭《ぬぐ》ったものであった。(1)
その次に催されたのは、デルピが大蛇《ピュトン》の縛《いまし》めから解き放たれた祝いとし
て
アポロ神に捧げられた、少年たちによる弓の競技。(2)
それからほどなく三番目の競技祭として、パラエモンの痛ましい死(3)の祭壇
のために　一〇

(1) オリュンピア競技祭のこと。
(2) デルピで行なわれたピュティア競技祭。
(3) 六頁註（7）参照。

黒い祭祀が催された。心豊かなレウコテア女神は嘆きを新たにし
慣れ親しんだ岸辺へと、祭儀が催されるごとに訪れる。
悲嘆の響きは、イストモス地峡の両岸に鳴り渡り、
蒔かれた者たち《スパルトエ》(4)の末裔なるテーバエも嘆きのこだまを返して応える。(5)
そして今、ひときわ優《すぐ》れた王たち、
アルゴスを天の神々に結びつける子ら、
その名前に、アオニアの広大な地もテーバエの母たちもため息をつく、
その王たちが集い、闘いの中で剝《む》き出しの力を試そうとしている。
その有様はあたかも、二段櫂船が初めて未知の海へと乗り出して
ティレニアの嵐の海であれエーゲ海の静かな海であれ、漕ぎ出して行く時
に、
まず手始めに穏やかな水域で、索具や舵や軽い櫂《かい》を試してみて、
海の危険を充分に学び、
そうして乗員らが熟達してから、自信を持って沖合いの海へと飛び出して
行き
陸地が視界から消え去ってももはやそれを捜し求めることのないかのよ
う——

(4) 四頁註（2）参照。
(5) イストミア競技祭のこと。

さて天では暁の女神が、昼の業《わざ》をもたらす戦車を既に駆っていた。
白み始めた女神の操る、目覚めを促《うなが》す手綱の前から、
「夜」も、そして休息を注ぎ出して空となった角《つの》を手にした「眠り」も、退散しつつあった。
今や大路には哀悼の響きが満ち、涙に暮れる王宮では
嘆きの声が巻き起こる。遠く人も通わぬ森にまでその声は響き渡り
こだまとなって幾層にも重なり響き合う。父リュクルグスは、神聖な髪の帯も解いて座し
その面《おもて》も土埃《つちぼこり》で汚《けが》し
手入れせぬ髭《ひげ》も喪の徴《しるし》の塵に塗《まみ》れている。
それ以上に狂おしく、男たちにも勝《まさ》る大きな声で嘆きながら
女召使たちに範を示しつつ、強いられるまでもなく涙を流す女たちをさらに鼓舞しているのは、
我が子を喪《うしな》った母親エウリュディケ。引き裂かれた息子の骸《むくろ》の上に
身を投げ出そうとしては、そのたびごとに、取り押さえられて引き止められる。
父親でさえも妻を止める。やがて、哀《かな》しみに沈む館《やかた》の門口《かどぐち》へと

その場に相応《ふさわ》しい面持ちのアルゴスの諸侯らが入って来た。
まるで、つい今しがた惨劇が起こり、最初の一撃が赤子に加えられたばかりで、
死をもたらした蛇はこの広間に闖入《ちんにゅう》したかのように、
諸侯らは、代《か》わる代《が》わるに、既に以前から哀悼を表わしていた胸を
さらに打ち叩く。新たに上げられた悲嘆の叫びは
扉に打ち当たって反響する。アルゴスの諸侯らは、自分たちへの非難を感じ取っており、
涙を湧き上がらせて、罪滅ぼしをしようとする。
　アドラストゥス王は、号泣が時折途切れて
館《やかた》に沈黙が降りるたびごとに、慰めようとして
死者の父リュクルグスに、進んで言葉を語りかける。人の世の定めや
辛い運命や、変えることのできない寿命のことを数え上げてみたり、
あるいは、他に残された子供たち、良い運勢を送るであろう子らのことに言い及ぶ。
だがそれらの言葉を言い終える間もなく、父の嘆きは再び戻って来るのだった。

王の親身の語りかけも、リュクルグスの耳にとっては、
イオニアの海が荒れ狂い、閃《ひらめ》く稲妻が淡い雲を引き裂く中では
助けを求める人間の声などかき消されてしまうかのよう。
　その間、喪の徴《しるし》であるたおやかな糸杉の枝を組み合わせて、
火葬に付されるための寝台、子供のための棺がつくられる。
その一番底には、野の装いも鮮やかな緑の草が敷き詰められ
そのすぐ上には、より巧《たくみ》を凝《こ》らして葉冠で飾られた空間があり
そこには、儚《はかな》い花々で彩られた壇が置かれている。
三段目には、アラビアの香料が堆《うずたか》く積み上げられ
東方の富、白く塊を成す薫香《くんこう》、
古《いにしえ》のベルス王の時代から伝えられた肉桂《シナモン》を包み込んでいる。
天辺では黄金が硬い音を立て、テュロス産の紫で染められた
柔らかな緞子《どんす》が盛り上げられている。その四隅には磨き上げられた宝玉が
　　輝きを放ち、
中央には、葉薊《アカンサス》文様に囲まれて、幼いリヌスが
野犬に噛み殺される図柄が織り込まれている。目にも絢《あや》な細工ではあるが
母はいつもそれを見るのを厭《いと》い、不吉な前兆よと目を逸《そ》らしていたもの

だった。
さらに武具や、遠い祖先らの戦利品なども周囲に積み上げられる。
不幸と綯《な》い交《ま》ぜになった栄光、悲嘆に打ちのめされた館《やかた》にとっての誇り。
まるで、葬列に運ばれる棺がひどく重く、巨大な体躯《たいく》が火葬壇に
運ばれてでもいるかのよう。それでも、この虚しく不毛な栄誉でさえも
嘆く者たちにとっては慰めとなる。小さな死者が、葬儀の中では大きくなる。
それから、涙を催す莫大な奉納物、哀《かな》しむべき宝物として
死者のために、その年齢よりも遥かに大きな捧げものが運んで来られる。
というのも父親は幼児《おさなご》のために、その成長の願いを急ぐあまりに、
箙《えびら》や軽い槍や、無害な矢などを用意しており、
その厩《うまや》からは優《すぐ》れた血筋を引く駿馬《しゅんめ》を
幼児《おさなご》の名の下に育てていたのだった。さらに鳴り響く剣帯や
やがて逞《たくま》しく育つであろう腕に握られるはずだった盾なども。
[七九から八三行まで削除]
さらに別の場所では、智慧《ちえ》ある予言者の言葉に従って、アルゴスの軍勢は

森から樹々の幹をことごとく刈り尽くして、火葬の薪を
空高く、山のごとくに積み上げようとしている。それは、大蛇《おろち》を殺した罪
　を償い
戦《いくさ》から不吉を払うために、闇の供物として、荼毘《だび》に付すためだった。
［八八から八九行まで削除］
直ちに、それまでは年経《としへ》た枝葉に斧を入れられたことなどなかった森が切
　り開かれる。
これほどまでに深い蔭《かげ》を持つ森は他にない。
アルゴスの森と、星々にまで頭をもたげるリュカエウスの峰の間にあって。
その古さのゆえに神聖な森であり、
言い伝えでは、人間たちの父祖の齢《よわい》を凌ぐのみならず、
精霊《ニンフ》や森の神《ファウヌス》らの行き交う古《いにしえ》にまで遡るという。
その森に、悲惨な最期がやって来た。
獣らは逃げ、鳥たちも、温めていた巣から
恐れに駆り立てられたために飛び立って行く。すらりとした橅《ぶな》の樹が、
カオニアの森に生《お》いる柏が、冬の風にも傷つけられることのない糸杉が、
火葬の壇にくべられその炎を燃え上がらせる役目の唐檜《とうひ》の樹が、倒れてい

く。
さらに 榁《とねりこ》が、常磐樫《ときわがし》の太い幹が、毒の樹液の滴《したた》る水松《いちい》が、
また、闘いの折には負傷者の血に浸る槍となるはずの大 榁《おおとねりこ》が、
決して朽ちることのない樫の樹が。
ここでは、海をも恐れぬ船材となる樅《もみ》や、樹液も芳《かんば》しい松の木が切り倒される。
刈り込まれたことのない梢を地べたに這《は》わせて
海水にも馴染《なじ》む榛《はん》の木が、葡萄の蔓《つる》に抱かれるのを拒まない楡《にれ》の木が、倒れる。
大地が呻《うめ》きの声を上げる。その有様は、イスマラの山が覆《くつがえ》されて
北風《ボレアス》が洞窟から噴き出して行く様にも劣らない。
あるいは、南風が吹き荒れる時、夜の火事が森を舐《な》め尽くして行く、
その様にも劣らず素早い。この古くから愛着のある憩いの場を、
泣きながら去って行くのは、パレス神(1)と、
木蔭《こかげ》を統《す》べ、半《なか》ばは神、半《なか》ばは獣《けもの》のシルウァヌス。この神々が移って行くのを
森も共に呻《うめ》き悲しむ。精霊《ニンフ》も樫の樹を抱きしめて、離れようとしない。

(1)古いイタリアの神。

その様子はあたかも、占拠された城砦を、貪欲な勝利者たちに
略奪することを将軍が許した時のよう。合図が発せられたかと思うと、もう
都市は消滅してしまう。引きずり出し、打ち壊し、奪い去り、持ち去り、
まったく容赦はない。闘いそのものの騒ぎにもそれは劣らない――
さて今や、等しい高さに積み上げられた双《ふた》つの祭壇が、片方は死者の霊のため、
もう片方は神のために、等しい労力をかけて築き上げられていた。
その時、喪の合図が重々しく、曲がった角笛の音と共に
葦笛が低く鳴り響く。それは、稚《いとけな》い死者たちの野辺送りのため
プリュギアの哀《かな》しい慣わしとして奏されるもので、言い伝えによれば、ペロプスが
幼い死者たちのための服喪の儀式に歌うようにと、教えたのだという。
ニオベが、レトの双子の御神の矢のために、子らの命をすべて奪われ
痛ましい姿でシピュロスの山へと二四の骨壺を運んだ時にも、これが奏された。(1)
アルゴスの諸侯らが、供物と葬儀の炎に投げ入れるための捧げ物を運ん

(1) 一三四頁註（1）参照。

で来る。
それぞれが、己が血筋の敬虔《けいけん》な誉《ほまれ》を証《あかし》する徴《しるし》を帯びている。
それから長い時間を経た後、王が皆の間から選び出した
若者たちの肩の上に高く担がれて、
荒々しい悲嘆の中を、棺が運ばれて来る。父リュクルグス王の周囲を
レルナの武将らが取り囲んでいた。母エウリュディケにも、それよりは穏やかな一団が付き添っている。
ヒュプシピュレもまた、少なからぬ人々に伴われてやって来る。
アルゴスの者たちは彼女のことを見捨ててはおらず、彼女の息子たちは
痣になった両腕を支えて、ようやく会えた母親が哀悼するのを助けている。
　そこへ、不幸に突き落とされた館《やかた》からエウリュディケは走り出すなり
露わな胸から声を絞り出し
胸を叩き、長く激しい悲嘆の呻《うめ》きを前奏として、語り始める。
「こんな風にして、アルゴスの母たちに取り囲まれたお前を
野辺送りにするなどとは、我が子よ、私は思ってもみなかった。こんな風に、
まだ始まったばかりのお前の人生を、愚かにも私は思い描いてみようとも

しなかった。
残虐なことなど何一つ、思い描いてみなかった。一体、このような幼さに
ありながら、お前のために
私は何も知らないのに、テーバエへの戦《いくさ》を恐れなければならなかったろ
う?
一体どの神が、私の子の血で戦《いくさ》を始めることをよしと為されたのだろう
か?
誰が、この子の酷《むご》い死を戦《いくさ》のための犠牲に捧げたというのか? それな
のに、
カドムスの末裔なるテーバエよ、お前の家ではまだ誰も、赤子が犠牲と
なって人々に悼まれてはいないではないか。
この私が、最初に涙を流される犠牲者、酷《むご》い殺戮の最初の者を
まだ戦闘喇叭《ラッパ》が鳴るよりも前に、生み出したのだ。それも、よく考えもせ
ず
乳母の懐《ふところ》を信じて委ねて、乳を与えるようにと私が命じたために。
ああ何故私はそんなことをしたのだろう? あの女は、悪巧みで父親を救
い出したなどと言っていたではないか。

己《おのれ》の手は汚《けが》さずに。おお、あの女は殺戮の誓いを裏切ったのだと私たちは思わされたのだ。
そうしてレムノス島のすべての女たちの凶行に、ただ独りあの女だけは
手を染めなかったのだと。こんなことをやってのけた——とお前たちも信じた——あの女は、
道義《ピエタス》に篤《あつ》いというあの女は、寂しい野原に幼児《おさなご》を置き去りにしたのだ、
王をでもなく主君をでもなく、没義道《もぎどう》にも、他人の産んだ子供を。
その赤子を、危険に満ちた森の小道に置いて行ったのだ。
恐ろしい大蛇《おろち》が出なくても——ああ何ということ、あの子を死なせるためには
あれほどの巨体など必要ではない——激しい嵐が吹いただけでも、
木々の枝が風に吹き飛ばされただけでも、いや、何も起こらなくてもただ怖がるだけでも
あの子の命を奪うには充分ではないか。それでもこの私は、子を喪《うしな》ったこの悲しみのゆえに
あなたがたを責めるわけにはいかない。その女を乳母にした私にこそ
そもそもの罪が深く食い込んでいたのだから。それなのに、我が子よ、お

前は
あの女の方に懐《なつ》いていた。あの女の言うことだけを聞き分けて、
私のことなど知らぬふりだった。母親らしい喜びは私にはまるでなかった。
あの女がお前のむずかる声を聞き、非道な女のくせに、お前が泣きながら
笑うのも聞き、
最初に話したカタコトの言葉さえも聞き取ったのだ。
あの女はいつでもお前の母親だった。お前の命があった間はずっと。
今ようやく私が母となった。けれど、惨めなこの私には、あれほどのこと
をした女を
罰することもできないのか！　アルゴスの諸侯らよ、何故そんな捧げ物を、
何故、虚しい供物を
葬儀の壇に運んで来るのか？　あの女を――それ以上に死者の霊が求める
ものが他にあろうか――
あの女こそを、どうか、死者の霊と、そして打ちのめされたこの母のため
に返しておくれ。
どうか、アルゴスの武将らよ。この私こそが、あなた方の戦《いくさ》のための
最初の戦死者を産み出したのだから。そうすればテーバエの母たちも私と

　同じように
我が子の葬儀を嘆くことになろうから」とエウリュディケは髪を振り乱し、
　嘆願を繰り返す。
「返しておくれ。これを残酷だとか血に飢えているなどとは言わないでほ
しい。
すぐに私も後を追おう。正義の一撃が与えられるのを見ることが叶えられ
たなら、
同じ一つの火葬の炎の中に、私たち二人ともに投げ込まれよう」。
そのように言いながら、別の場所で嘆いているヒュプシピュレを
――彼女もまた、髪や胸を哀悼に惜しむことはない――遠くから見つける
と、
同じ嘆きを共有していることにエウリュディケは憤り、
「これだけはせめてやめさせておくれ、おお諸侯らよ、そして、そなた、
　私たちの婚姻の結実が
もぎ取られた原因となったポリュニケスよ。あの忌まわしい女を
最期の葬列から追い出しておくれ。何故あの人殺しを母と一緒にさせて
私たちの破滅の場であの女の姿を見せつけるのだ?

自分自身の息子を抱きしめながら嘆いてみせるあの女の姿を？」。そう
　言ってエウリュディケは突然
頽《くずお》れてしまい、嘆きの声も途中で切れて、言葉は消えてしまった。
その姿はあたかも、最初の乳で騙《だま》された仔牛が、
弱々しい力しかなく、まだ母牛の乳房からしか栄養を得ていないのに、
野獣に襲われたか、あるいは牛飼いが祭壇の犠牲にと引いて行ったかして、
　喪《うしな》われてしまったのを
母牛が、時には谷を、また時には河の中を、また時には潅木の茂みを
探しながら揺さぶり動かし、広い野原中を追い求めるかのよう。
そしてこの母牛が小屋に戻るのを厭《いと》い、悲しみの原を離れるのも一番最後
　で、
草を目の前に置かれても、食べようともせず背を向けてしまうように——
だが父親は、王杓の飾りと雷神《ユピテル》の徴《しるし》を
手ずから火葬壇に投げ入れる。背にも胸にも垂れ落ちる蓬髪を
鉄の刃で刈り取った。そして切り取られた髪で、
横たわる我が子の小さな顔を覆《おお》い、愛情深い涙にこのような言葉を混ぜ合
　わせる。

「もっと別の誓願を、不実なユピテルよ、私は立てていたというのに。
この髪を御身《おんみ》に奉げよう、
我が子の両頬から青春の徴《しるし》の髭《ひげ》を初めて刈り取る時に、
一緒に御身の神殿に奉献しようと。けれど神官でありながら私の言葉は
　肯《うべな》われることはなく
祈りも拒まれてしまった。それならば、この子の魂が持って行くことこそ
　が相応《ふさわ》しい」。
今や火葬壇に松明《たいまつ》が差し込まれ、最下壇の枝から炎が、叫び声を上げる。
気も狂わんばかりの両親は、人々に懸命に引き止められる。
　アルゴス人らは命じられて、盾を掲げると
おぞましい眺めを遮《さえぎ》るために周りを囲んだ。
炎が豊かに燃え盛る。その灰も、これほどに豪奢であったことはかつてな
　い。
宝玉が爆《は》ぜ、夥《おびただ》しい銀器が溶けて流れ落ちる。
絢爛《けんらん》たる装束から黄金が滲《にじ》み出し玉の汗となる。
東方の樹の液が、薪の油として注がれ、
色淡いサフランの香料を振り掛けられて、蜜が音を立てて燃え上がる。

生《き》の葡萄酒で泡立つ盃が傾けられ、
黒い血と、奪われた命にはこれ以上相応《ふさわ》しいものはない絞りたての乳が、
　杯から注ぎ出される。
それから七つの隊列を――それぞれに百名の兵士が騎乗している――
徽章を逆様《さかさま》にして、アルゴスの王たちが自ら率いて行く。
仕来りに従って左回りに火葬壇の周囲を巡り、
塵を立てることで、燃え立つ炎を萎ませて行く。
三度《みたび》、緩《ゆる》やかな巡回を彼らは行なった。武器に武器が打ちつけられて音を
　立てる。
四度《よたび》、激しい武具の轟《とどろ》きが叩き出された。
四度《よたび》、それよりは穏やかに女たちの腕が打ち鳴らされた。
またもう一つの炎には、まだ息のある犠牲獣や、虫の息の獣たちが捧げら
　れる。
ここで神官が、哀悼の声を上げるのを終わりにし
新たな不幸の予兆となることを、それが真《まこと》の凶兆であることを知りつつ
　も命じる。
右回りに、槍を震わせながら騎士たちは再び巡り始める。

それぞれの物具《もののぐ》から、供物をもぎ取って
めいめいに投げ入れる。馬具であれ剣帯であれ、
何であれ火中に沈めようと思うものを。投槍であれ、兜の頂《いただき》から翳《かげ》を落とす飾りであれ。
　葬儀は終わった。今や炎は疲れ果て、もろい灰に消えつつあった。
［二二七から二三三行まで削除］
人々は火を叩き消し、夥《おびただ》しい水を降り注がせて
火葬壇を眠りにつかせる。陽《ひ》が落ちるまで、人々は労力を傾け尽くした。
宵闇が忍び寄ってきても、気にかけることなく。
　今や既に九度、暁の明星が天から、夜露に濡れた星々を追いやり、
そして同じ数だけ、月夜の先触れの役を果たしていた。
暁と宵の乗り物を替えて――けれども他の星々は騙《だま》されない。
暁と宵とに交互に登る明星が、同じ星だとわかっているので――
驚くべき手の技《わざ》の速さよ！　既に巨大な石造物が建っている。
死者の霊に捧げる大きな神殿が。そこには、さまざまな出来事が描き出され、
どのような悲劇が起こったかを人々に教えている。ここには、疲れ果てた

アルゴス人らに
ヒュプシピュレが河の流れを示しており、またこちらには、稚《いとけな》い赤子が這《は》っている。
またこちらでは既に幼児《おさなご》は死んで横たわり、大蛇《おろち》がとぐろを塚の頂上に擦《こす》りつけている。
その瀕死の蛇の血塗られた口からは
しゅうしゅうと舌鳴りが聞こえてくるかと思うほど。大理石に刻まれた槍を絞めつけながら。
今や、摸擬戦を見たいという願いに駆り立てられて、大群集が
――噂が彼らすべてを呼び集めているのだ――田舎からも町からもやって来る。
戦《いくさ》の恐ろしさをまだ知らない者たちも、
既に老いた齢《よわい》のために、あるいは未熟な齢《よわい》のゆえに家に留まっていた者たちも、
集まって来る。これほどの人数は、コリントスの岸辺で催されるイストミア競技祭や
オエノマウスの競技場で催されるオリュンピア祭でもひしめき合うことは

なかったほど。
　丘陵が緩《ゆる》やかな曲線を描き、緑の環《わ》となった地形に囲まれて
谷が森の懐《ふところ》に抱かれている場所がある。周囲には鬱蒼《うっそう》とした山々が聳《そび》え、
その正面には、両側に張り出した丘があり、
平原に抜けるのを妨げている。その丘の上は、幅の狭い平らな野となり
草の生い茂る堤と、瑞々《みずみず》しい芝土の柔らかな斜面が
なだらかに広がっている。
ここに集まって、既に朝日で茜色に染まる野の上に
武士《もののふ》らの一団が座していた。さまざまな人の群《むれ》の中に
自らの身内の数や顔やその出《い》で立ちなどを数え上げることを
人々は楽しむ。これほど大きな軍勢に自信を得て。
そこへ百頭の黒い、家畜の中から選《え》りすぐられた牡牛が
のっそりと集団で連れて来られる。それと同じ数で色も同じの母牛に、
まだ額《ひたい》に月型の角《つの》も生えていない若牛も伴って。
その後から、過去の偉大な父祖たちの行列が運ばれて来る。
驚くほどよく似せられて、まるで生きているかのような姿で。
先頭は、ヘルクレスが、その胸の中にきつく紋めつけながら

喘《あえ》ぐ獅子を骨まで砕いている姿。
そのあまりの恐ろしさに、実際には青銅で出来ており、しかも己が祖先の
　誉《ほまれ》であるにもかかわらず
イナクスの末裔なるアルゴスの者たちも正視できない。
そのすぐ左側には、葦《あし》の生《お》い茂る岸辺に横たわって、父祖なるイナクス神
　が
水源の壺から河の流れを注ぎ出している姿を見ることができる。
その背後にはイオが、既に四足の姿に変えられて父親の嘆きのもととなり、
決して沈まぬ星々のように油断ない眼を持つアルグスを見つめている。(1)
けれどもこのイオを、心動かされたユピテル神が、エジプトの地に引き上
　げられ、
既に東方の女神《アウロラ》が彼女を賓客としてもてなしていた。(2)
それから父なるタンタルスが、飲もうとすると引いてしまう水の上に屈《かが》み
　込んだり
素早く逃げてしまう果樹の枝に手を伸ばしては空を摑《つか》む劫罰を受ける姿で
　はなくて、
敬虔《けいけん》な姿で、大いなるユピテルの饗宴に招かれている様子が描かれている。(3)

(1)二一三頁註(3)参照。
(2)二四頁註(1)参照。
(3)タンタルス(二一二頁註(1)参照)は神々の寵愛を受けていたが、我が子の肉を神々に食べさせようとしたために、永遠の飢えと渇きに苦しめられる罰を受けた。顎の下まで浸った水は飲もうとすると引いてしまい、頭上には果実が実っているがこれも手を伸ばすと届かない所に逃げてしまう。
(4)ペロプスはヒッポダミアに求婚するために、その父オエノマウス王(第一歌二一七行参照)と戦車競技をする。オイノマオス王の御者ミュルティロスはペロプスに買収され、王の戦車の車軸を密かに破壊しておく。そのため競技中に戦車から振り落とされて命を落としたオエノマウス王は、不実なミュルティ

別の場所には、戦車競技の勝利者としてペロプスが、
海神《ネプトゥヌス》から与えられた手綱を操《あやつ》っている。御者のミュルティロスが、空回りをする車輪にしがみつき
またたく間に、飛ぶように走る戦車から取り残されて行く。(4)
さらに陰鬱《いんうつ》なアクリシウスが、(5)さらにコロエブスの恐ろしい姿が、(6)
そしてダナエがその懐《ふところ》に罪を孕《はら》んだ姿が、
さらに泉を見出した不幸なアミュモネの姿が。(7)さらにアルクメネが、
幼いヘルクレスを誇らしげに抱き上げている。その髪の周りに三重《みえ》の月を戴《いただ》きながら。(8)
憎しみを秘めた右手を、敵意ある仲直りのために結び合わせているのは、
ベルスの双子の息子たち。一方のアエギュプトゥスは、やや穏やかな顔つきをしているが、
もう一人のダナウスの顔にはありありと、
偽りの和平と来《きた》るべき夜の惨劇の前兆が、描き出されている。(9)
これ以外にも千もの似姿が続く。やがて「楽しみ」は充分に満足し、
「武勇」が優《すぐ》れた男たちを競技へと招く。
最初に催されるのは、駿馬が汗のかぎりに牽《ひ》く戦車の競技。いざ語りた

ロスに、自分と同じように命を落とすようにと呪いをかける。

(5)ダナエの父。娘の産む子が自分を殺すと予言されたため、ダナエを青銅の塔に閉じ込めた。

(6)第一歌二五五行参照。

(7)アミュモネは旱魃の中、水を探しに行くが、ポセイドンが泉を湧き出させる。そのポセイドンによって彼女は子供を産んだ。

(8)アルクメネがユピテルによってヘルクレスを身篭った晩、ユピテルの計らいでその夜の長さは三倍に伸ばされた。四〇頁註(3)参照。

(9)七八頁註(1)参照。二人は和解のしるしとしてそれぞれの子供たちを結婚させることに同意するが、ダナウスは自分の娘たちに、新床で夫を殺すよう

まえポエブスよ、
戦車を操る者たちだけでなく、その馬の名前を。何故なら、これほど血筋
　優《すぐ》れた駿馬の群《むれ》が
一堂に会したことはかつてないのだから。あたかも、鋭い動きで
鳥たちが群集《むれつど》い相争うかのように。あるいは、一つの岸辺で
風《アエオルス》の神が、荒れ狂うさまざまな風を互いに競わせるかのように——
　どの馬にも先んじて連れて来られたのは、赤々と燃えるがごとき鬣《たてがみ》も
　見事な
神馬アリオン。海神ネプトゥヌスが、古人《いにしえびと》の言い伝えが確かならば、
この馬の父親であるという。この神が初めて、若駒の時にその口に馬銜《はみ》を
　噛ませ
海辺の砂塵の中で飼い慣らしたのだという。
鞭を入れて駆り立てることは神はなさらなかった。というのも、この馬に
　は、
進みたいという飽くなき情熱があり、冬の海にも劣らぬほどに、じっとし
　ていることが耐えがたかったのだから。
しばしばこの馬は、イオニア海やリビュアの海を泳ぐ海馬らと共に

にと命令する。

海神の轅《くびき》に繋がれて、あらゆる岸辺へと
蒼海の父なるネプトゥヌスを運んで行ったものだった。追い越された
　「雲」は驚き、
競おうとする「東風《エウルス》」や「南風《ノトゥス》」も追い縋《すが》る。
また地上でも劣らぬ働きを為し、エウリュステウスの命じた苦行を闘うへ
　ルクレスをも(1)、
草地の中に深い轍《わだち》の痕《あと》を刻みつつ運んで行ったものだった。
この英雄の手にかかってもなおこの馬は気性が荒く御しがたかったが。
やがて、神々の恵みによりアドラストゥス王の命令に従うようになり、
成長するに従って気性も矯《た》められてきていた。
そして今、飼い主であるアドラストゥス王は、婿のポリュニケスにこの馬
　を駆ることを許し、
さまざまな注意を与えている。どんな時にこの馬が荒れ狂うか、どのよう
　な手段でそれを鎮めるか、
普段自分が取っている手段を教えている。決して手荒に扱ってはならない、
　さりとて自由に
手綱を緩《ゆる》めて煽《あお》ってもならない。「他の馬たちを急き立てるのだ」と王は

(1) ヘルクレスはエウリュステウス王の命令を受けて「十二の功業」を行なった。

言う。「突き棒や掛け声などで。
お前が望むよりも遥かに速く、この馬は進んで行く」。その有様はあたか
も、
太陽神が、燃え上がる手綱を息子に貸し与え、迅《はや》い戦車に乗せてやった時
のよう。
喜び勇む息子に、涙ながらに神は、近づいてはならない星々を教え
横切ってはならない天帯や、両極の間の穏やかな場所を諭《さと》している。
息子も父に従い、忠告に神妙になってはいる。
それでも、残酷な運命の女神たちは、若者が学ぶことを許してはくれな
かった[1]——
アンピアラウスもまた、勝利への確実な期待を込めて、
スパルタ産の馬を誇らしげに進めてくる。その馬は、キュラルスよ[2]
汝から密かに種を得た仔であるという。スキュティア人らの住む黒海の
辺《ほとり》を目指して
飼い主カストルが、故郷スパルタの手綱をアルゴ号の櫂《かい》に持ち替えている
隙に。
アンピアラウス自身も白く装い、馬たちも白い首を軛《くびき》に繋いでいる。

（1）二〇頁註（2）参照。
（2）直後に言及されるように、双生神カストルの馬。

純白の羽飾りをつけた兜も、神官の徴《しるし》の髪帯も、色を同じくしている。
さらにテッサリアの岸辺からやって来た、幸運なアドメトゥス(3)もまた
仔を産まない雌馬が逸《はや》るのを抑えかねている。この雌馬は、半人半馬《ケンタウルス》の種から生まれたのだという。
それも宜《むべ》なるかな、己の性を軽んじて、すべての情熱を矯《た》めて
体力に注ぎ込んでいるのだから。その毛並みは、夜と昼とを模している。
純白の斑《ぶち》が黒毛の間に混じり合って。
この両方の色が、その神馬の出自を裏切らないことをはっきりと示している。
カスタリアの葦笛の静かな音色に魅せられて
喜んでアポロの音楽に耳を傾け、餌を食むのも忘れてしまう、神馬に相応しく。
さらに見よ、イアソンの子なる二人の若者、今や母ヒュプシピュレの
新たな誉《ほまれ》である双子が、それぞれに戦車に乗り込んだ。
一方の名前は、一族ゆかりの名で祖父から取ったトアス。もう一人は、アルゴ号の吉兆として
与えられたエウネオス(4)。この双子は、何もかもが一緒だった。

(3) 二七三頁註(2)参照。

(4)「良き船出」の意味。

顔も、戦車も、馬も、装束も。そして願いも一致している。
優勝か、さもなくば兄弟にだけ負かされることを望んでいる。
さらにクロミスとヒッポダムスが行く。前者は偉大なるヘルクレスの胤《たね》で
　あり、
後者はオエノマウス(1)の息子である。二人のうちのどちらが、より恐ろしい
　馬を御しているのか
判じることは難しい。クロミスの馬は、トラキアのディオメデスのもので
　あり(2)
ヒッポダムスは、ピサの父王オエノマウスの馬を持っている。
どちらの戦車も血腥《ちなまぐさ》い戦利品を引っ提げ、犠牲者の血に浸されている。
　競技の折り返し点《メータ》となるものが二つあり、一つは裸の幹をした樫の樹で
すべての枝葉を削ぎ落とされていたものだった。もう一つは石の小塚で
農夫らの境界石の役割を果たしているもの。これら二つの間には、
槍を四回投げる距離、矢を三回射るだけの距離が取られていた。
　さてその頃、詩神《ムーサエ》らの高貴な集いを歌で和ませつつ
アポロ神は、琴《キタラ》にその手を置いて
パルナソスの崇高な峰より地上を見下ろしておられた。

(1) 二五頁註(4)参照。
(2) 二五頁註(3)参照。

［一行欠落］
常のように、父ユピテル神やプレグラの野での巨人との戦いや、
自らの大蛇《ピュトン》退治などの勲《いさおし》や他の兄弟方の誉《ほまれ》を、敬虔《けいけん》に歌い上げておら
れた。
その次にアポロは詳《つまび》らかにする。何が雷を起こさせるのか、星々が導か
れるのは
いかなる力によるものなのか、河の流れを動かすのは何か、風は何を糧《かて》と
しているのか、
いかなる源泉から大海原は生まれ出ずるのか、また日輪はいかなる道に
よって
夜を短くさせたり長く延ばさせているのか、この大地は最も底に位置して
いるのか、
はたまた中ほどにあって、我々の目には見えぬ空間が取り巻いているので
あろうか。
やがて神は歌を終えられた。なおも聞きたいと望む女神らを遠ざけ、
月桂樹の茂みに、楽器と見事に織り合わされた花冠をアポロ神は置かれ、
胸元からは、色鮮やかな帯を寛《くつろ》がせられる。

遠からぬ所、ヘルクレスに縁《ゆかり》のネメアの地へと、叫び声に気づいて
神は眼を向けられる。するとそこには、大きな戦いのようなもの、戦車競技が。
神はすべてを悟られる。するとたまたま隣り合わせに
アドメトゥスとアンピアラウスが競技の場に立っていた。
そこで胸の内でこう思われる。「一体どの神がこの二人を、ポエブスの最も忠実なる王たちを、
この争いに送り出したというのだろうか。
二人とも私に誠実で、二人とも私にとって大切な者たちだ。どちらを先にすべきかなどと
決めることは私にはできない。アドメトゥスは、かつてペリオンの地で私が僕《しもべ》として仕えた折に
――そうするようにとユピテルが命じ、黒き運命の女神らもそのように望んだのだ――
僕《しもべ》の身の私のために薫香《くんこう》を焚いてくれたのだ。そして私を決して見下そうなどとはしなかった。
だがアンピアラウスは、私の鼎《かなえ》の供《とも》であり、神聖な予言の術を敬虔《けいけん》に学

んだ愛弟子なのだ。
確かにアドメトゥスの方が私に尽くしてくれてはいる。しかしアンピアラ
ウスにはもう
運命の糸が最期まで巻き取られてしまっている。アドメトゥスには、順当
に老いる運命が許されており
その死はまだ先のことだ。アンピアラウスよ、そなたにはもはや何の喜び
も残されていない。
テーバエはすぐ近くにあり、そなたを呑み込む暗い深淵が迫っている。
そのことを哀れにもそなたも知っている。既に鳥占いの予言がそれを告げ
ているのだから」
と神は言われた。そして、決してそのような悲しみに犯されるはずはない
貌《かんばせ》を涙で汚《けが》された。
そして直ちにネメアへと、虚空に輝く軌跡を描いて
ユピテルの稲妻よりも速く、ご自身の矢よりも素早く進んで行く。
神ご自身が既に地上に降りられても、その道筋は天には残されており、
まだなお、西風の中に輝く小径《こみち》として光を放っている。
さて今やプロトウスなる者が、青銅の兜を振って籤《くじ》を引いていた。

今や各自に走路と出発地点が割り振られた。

乗り手は、故国の誉《ほまれ》に溢れた者たち。馬もそれに劣らず誉《ほまれ》高い。

どちらも神々の血筋を引いている。出発地点の柵に一列に並ぶ。

期待と大胆さと、同時に不安もあり、自信に満ちていながらも蒼褪《あおざ》めている。

胸の中は揺れ動いている。皆、飛び出して行こうと逸《はや》りながらも、恐れている。

氷のような興奮が、四肢の隅々まで駆け巡る。

乗り手たちと同じ熱狂が馬にもあり、眼は炎のように燃え上がり、
口を噛み鳴らす音が響き、血の混じった泡に馬銜《はみ》が熱せられる。

馬たちを押し留めておく柵は、持ちこたえることができそうもない。

抑えつけられた怒りの息吹が、煙のように立ち上《のぼ》る。

まだここで待っていなければならないのが辛くてたまらない。スタートの前に既に
千もの歩数をその場で費やしてしまい、まだ出ていない走路を踏むかのように重い蹄《ひづめ》で地面を打つ。

応援する者たちが周囲に集まり、逆立って絡まり合う鬣《たてがみ》を撫でつけてや

り、
勇気付け、さまざまな助言を与えている。
向こうから、ティレニアの戦闘喇叭《ラッパ》の音が響いた。と、馬たちは一斉に
飛び出した。これほどの速さで、どんな帆が海に
どんな武器が闘いの場で、どんな雲が空に飛び出して行くだろう？
冬の渓流もこれには劣り、稲妻でさえもこれに劣り、
流星の落ちるのさえもこれより鈍《のろ》く、湧き起こる豪雨でさえも鈍《のろ》く、
山の頂《いただき》から迸《ほとばし》り落ちる流れでさえもこれには遅れる。
　スタートした時は、乗り手たちはそれぞれを見分けることができた。
しかしすぐに視界は遮《さえぎ》られ、覆《おお》い隠す砂塵に馬は混じってしまい
一塊の雲の中に隠れてしまう。湧き上がった影の中で
お互いの顔も見えず、名前を叫ぶ声で判断するしかない。
この塊が、ほぐれた。それぞれの力に応じた距離をあけて
お互いが離れた。前の車の轍《わだち》を、後続の車輪が消して行く。
今、乗り手たちは胸を前に傾けて軛《くびき》に触れようとしたかと思うと、
今度は、膝に力をいれ手綱を絞りながら、走路を折り返す。
鬣《たてがみ》の中で首の筋肉が盛り上がり、風が毛を逆立てる。

乾いた大地が、白い汗の雨を飲み込んでいく。
音が響く。蹄《ひづめ》の音は轟《とどろ》くように、それより鋭く車輪の音が。
手も休んではいない。ひっきりなしに打ち下ろされる鞭のために、空気も鳴り響く。
これほど凄まじく、冷たい北天から雹《ひょう》が降り注ぐこともなく、
雨をもたらす山羊座の角《つの》が溢れかえることもない。
　予知の力を持つ神馬アリオンは、主人ではない者が手綱を執《と》っていることに気づいていた。
無垢なる神馬は、忌まわしいオエディプスの息子に対し
ひどく恐怖心を抱いていた。既にスタートした時から、怯え切って
乗り手を嫌がり、常よりも激しく逸《はや》り立っている。
観衆たちはそれを、歓声に駆り立てられているためだと思っていたが、
アリオンは御者から逃げ、御者を激しく脅《おびや》かして荒れ狂っているのだ。
そして本物の主人を求めて野原中を見回している。
その後に、他の馬に先んじているとはいえ、かなり遅れて二番手について
アンピアラウスが追って来る。さらにすぐ後から、テッサリアのアドメトゥスが

追いつこうとしている。その次には、双子たちが、今はエウネオスが先に
　立ち
また今度はトアスが先になる。二人は互いに後になり、先になり、
決して勝利への野心が誠実な兄弟たちを衝突させることはない。
最後尾では、過酷なクロミスと過酷なヒッポダムスの間で争いが行なわれ
　ていた。
技量が未熟なのではない。馬体が巨大なために速度が落ちているのだ。
先に立つヒッポダムスは、追いかけてくる馬の口を感じ、
その喘《あえ》ぎ声さえ感じ、その激しい息で自分の肩が焼け付くように感じる。
ポエブスの予言者アンピアラウスは、折り返し点《メータ》の周りを回るのに
なるべく距離を縮めようとして、内側へと手綱を引いて
最短距離を取った。テッサリアの英雄アドメトゥスも
追い抜こうという情熱に燃えている。その間、御者の制御を振り切って
アリオンが円を描いて右側に大きく逸《そ》れて行く。
今やアンピアラウスが先頭に立ち、アドメトゥスももはや三位ではない。
が、その時、ようやく円を描くのをやめてアリオンは走路に戻り
海神の血を引くこの馬は突進し、たった今まで優位に立っていた二人を抜

き去った。
喚声《かんせい》が天にまで達する。空もどよめく。
群集が飛び跳ねて、座席がすべて露《あら》わになった。
しかしラブダクスの末裔ポリュニケスは、手綱を支配してはおらず、
鞭を入れる勇気もなく蒼褪《あおざ》めている。その様はあたかも、知恵を使い果たした舵取りが
波に岩礁にと突き進み、もはや満足に星を見ることもせず
自分の技量を放棄して運任せにしているかのよう——
　再び激しい勢いで、ある馬はまっしぐらに、またある馬は道をよろめきながら、
弧を描き、走路を突き進む。幾度となく、車軸と車軸とがぶつかり合い、
車輪が輻《や》に衝突する。和約も信義もない。
これはもはや戦《いくさ》、剣こそ交えぬものの、恐るべき戦いが行なわれていると思われるほど。
それほどに、栄誉を求める狂気は凄まじい。自らも恐れながら、死の恐怖を突きつける。
何度も馬の蹄《ひづめ》が、縦横無尽の轍《わだち》の痕《あと》に擦《こす》られる。

既に突き棒や鞭だけでは足りずに、乗り手たちは声を上げて
馬の名前を叫んでいる。ポロエ、イリス、とアドメトゥスは叫ぶ。
さらに同じ軛《くびき》に繋がれたトエにも。アルゴスの神官アンピアラウスは声
　を何度も張り上げて
俊足のアスケトスと、その名に相応《ふさわ》しい「白鳥《キュクヌス》」に呼びかける。
ヘルクレスの子クロミスの声を、ストリュモンが聞き、エウネオスの声を
火のようなアエティオンが聞く。ヒッポダムスはキュドンを遅いと罵《ののし》り、
トアスは斑《まだら》の毛並みのポダルケスに、進ませようと語りかける。
独りポリュニケスだけは、暴走する戦車の中で
悲痛な沈黙を守り、震える声で自分の心が露呈するのを恐れている。
　だが馬たちの苦闘はまだ始まってもいなかった。今や砂塵の中、四周目
　を
馬たちは走っている。既に熱い汗が流れ、体は疲れ切り、
焼けつくような渇きのために、湯気の塊のような息を
ようやく飲み込むかと思えばすぐに吐き出す。もはや進む気力も尽きかけ
　て
激しい喘《あえ》ぎが脇腹を引き攣《つ》らせている。

この時、それまでは曖昧でいた幸運《フォルトゥナ》の女神が、ついに決着をつけに
やって来た。トアスが、テッサリアのアドメトゥスを追い抜こうと
必死に迫っているまさにその時、転落する。兄弟の援助の手も届かなかっ
　た。
エウネオスは助けたかったのだが、マルスの末裔ヒッポダムスが行く手を
　遮《さえぎ》り、
二人の間に戦車を進めたのだった。
続いてクロミスがヒッポダムスを、折り返し点《メータ》に近接して回って行く所を、
父ヘルクレス譲りの怪力を振り絞って、
車軸を押し付けて抑え込む。ヒッポダムスの馬たちは、逃れようともがく
　が
その甲斐もなく、手綱も筋肉の盛り上がる首も引っ張られる。
あたかもシチリアの海で潮に捕《と》えられた船に
大きな南風が吹き付けられて、その場に留まったままで帆が大きく膨《ふく》らむ
　かのよう――
ついに戦車は壊れてヒッポダムスは放り出される。そしてクロミスが先に
　立って

進むはずであったが、その時、トラキア産の馬たちは、地に倒れているヒッポダムスを見るや
かつての飢えを思い出す(1)。今やまさに震えるヒッポダムスを、
狂気に駆られて嚙み裂く所であった。危うい所で、ヘルクレスの血を引く英雄クロミスが
手綱を引き、栄光を顧《かえり》みず、荒ぶる馬を引き止めなかったならば。そして
勝負には敗れたが皆の賞賛を浴びて、クロミスは競技から脱落した。
だがポエブス神は既に以前から、アンピアラウスよ、汝に栄光を与えたいと望んでおられる。
ついに神は、その好意を示すべき時が満ちたとお思いになり
砂塵に荒れた競技の場へとおいでになる。
既に試合は終わりに近づき、勝利は最後に誰につこうかと決めかねている。
そこへ、蛇の髪を持つ怪物の姿を、見るも恐ろしい貌《かお》をポエブスは、
地獄から本当に呼び出したのか、あるいはその時かぎりに創り出したものなのか、
いずれにせよ、凄まじい恐怖を身に纏《まと》ったその化け物を

（1）クロミスの馬は人肉を餌にしていた。二五頁註（3）参照。

地上へと神は出現させられた。この姿を見ては、黒い冥府の門番といえども
恐れ戦《おのの》かずにはいられまい。復讐の女神《エウメニデス》たちですらも深い恐怖を抱き、
太陽神の馬たちや戦神《マルス》の戦車でさえも
これに行き会ったら怯《おび》えずにはいられまい。黄金《こがね》色の神馬アリオンも
これを見るなり、鬣《たてがみ》を逆立たせ、後脚《あとあし》で棹立《さおだ》ちになり、
軛《くびき》の労苦を共にする両側の馬もろともに、高々と宙吊りにさせる。
たちまち、テーバエからの亡命者ポリュニケスは転落する。
しばらくの間は背中に馬具が絡みついていたが、それもようやくほどけて解放された。
御者から自由になって戦車は、あっという間に遠くまで行ってしまう。
地べたに転がるポリュニケスの体の上を
予言者アンピアラウスの戦車が、テッサリアのアドメトゥスの車が、
双子の弟エウネオスが、避けられる程度に僅《わず》かに道を逸《そ》れて
駆け抜けて行った。仲間たちが駆け寄って、ようやくポリュニケスは
眩暈《めまい》に打ちのめされた頭と痛む体とを、地面から起き上がらせる。
そして岳父アドラストゥスのもとに戻って行く。決して望ましいことでは

なかったが。
ここで死んでしまった方がどれほど良かったことか、ポリュニケスよ。
酷《むご》い女神ティシポネがそれを妨げなかったなら、何という戦《いくさ》をお前は無
くせたことか！
テーバエもお前の兄弟も、公にお前の死を悼むことができただろう。
アルゴスもネメアもお前のために嘆き、レルナとラリサは供物として髪を
切り落とし、
このアルケモルスにも劣らぬ盛大な葬儀を捧げたことだろうに。
さてその時アンピアラウスは、ポリュニケスの脱落によって勝利は確実
となっていたが、
乗り手を失って空《から》の車を牽《ひ》くアリオンをも追い抜こうと
さらに一層意欲に燃え、御者のいない戦車を負かそうとする。
神も馬に力を与えて蘇らせる。東風《エウルス》よりも速く飛び、
まるでたった今、柵が開いて走路に飛び出して行ったかのよう。
アンピアラウスは、馬の鬣《たてがみ》や背中に鞭を当て手綱を煽《あお》り、
俊足のアスケトスと純白のキュクヌスに、声を嗄《か》らして叱咤する。
行く手に競争者がいない今だからこそ、車輪は炎のように激しく回転し、

巻き上げられた砂が遥か遠くまで撒き散らされる。
大地は呻《うめ》き声を上げ、この時ですら（1）獰猛にアンピアラウスを脅《おびや》かす。
あるいはアリオンも追い抜かれ、キュクヌスが先頭に立ったかもしれない。
が、蒼海の父なるネプトゥヌスが、アリオンの敗北をお許しにはならない。
かくて順当に、栄誉は馬に留まり、勝利者の地位は予言者アンピアラウス
　に与えられた。

優勝者への褒賞が、双《ふた》りの若者の手によって運ばれて来る。
ヘルクレスの大盃《クラーテール》で、これを英雄はかつて
片手だけで持ち上げて、顔を仰向けて泡立つ酒を傾けるのが常であった。
怪物を退治したり、戦《マルス》に勝利した時に。
その盃には巧みに、荒ぶる半人半馬《ケンタウルス》の模様が、黄金《こがね》造りで
恐ろしい姿に描き出されている。ラピタエ族との死闘の中で、
岩や松明《たいまつ》が乱れ飛ぶ。さらに盃の中に描かれた盃も飛び交っている。
至《いた》る所《ところ》に死に瀕した怒りの形相が描かれている。ヘルクレス自身も
荒れ狂うケンタウルスの一頭を抑えつけ、その髭《ひげ》を摑《つか》んで棍棒を揮《ふる》ってい
　る。
そしてアドメトゥスよ、汝への褒美としては、縁《ふち》をぐるりとマエオニアの

（1）第七歌七七二行以下で言及されるように、アンピアラウスは大地の裂け目に飲み込まれて生きながらにして冥府に下る運命にある。

　染料で彩られ、
紫に深く染められた装束が手渡される。
その衣の模様には、プリクススが越えた海(2)を恐れ気もなく若者レアンドロ
　スが
泳ぐ姿が、波紋様の中に碧《あお》く輝いている。
その脇腹から水を掻く手が、まるで今にも動き出しそうに思えてしまう。
その髪も、織糸の中にありながら、濡れているかのように見える。
対岸のセストスでは、乙女ヘロが不安そうに、高い塔に座り
虚《むな》しい見張りを続けている。その傍《かたわ》らでは、恋人のために灯《とも》した火が燃
　え尽きようとしている。
この見事な品を、アドラストゥス王は勝利者に贈るようにと命じる。
そして自分の婿ポリュニケスには、アカエアの女奴隷一人を与えて慰める。
　次に王は、脚の速い若者たちを豊かな褒賞で
競技へと駆り立てる。俊敏さを競うもので、武勇には重きを置いていない。
競技祭で催されるので平和な時の技《わざ》ではあるが、戦いの時においても役に
　立たないということはない。
武器を持つ手が仕損じた時の救いとなるのだから。誰よりも先にイダスが、

(2) ヘレスポントゥス海峡。レアンドロスはこの海峡を渡って恋人ヘロに逢いに行った。

つい先頃オリュンピア競技祭の栄冠で額《ひたい》を飾った勝利者が、さっと進み出る。
ピサの若者たちやエリスの者たちが、拍手喝采でこれを迎える。
その次に続くのは、シキュオン生まれのアルコン。
そして、二度イストミアの競技場で勝利者として歓呼を浴びたパエディムス。
さらに、かつては翔《と》ぶがごとくに疾走する馬でさえも凌ぐ速さを持ち、
今は年齢を重ねたことでいくらか遅くなっている、デュマス。
さらに多くの者たちが、次から次へと飛び出して来たが、
群集はその名を知らず何も言うことはない。それよりも、アルカディアの少年パルテノパエウスを
人々は呼び出そうとする。ぎっしり詰め掛けた観客席のそこここから囁き声が響き渡る。
少年の母親は俊足で知られている。誰知らぬ者があろうか、かのアタランテの
比類なき美しさと、どの求婚者も敵《かな》わなかった脚の速さを？
この類い稀なる母親から、少年は多くのものを受け継いでいる。

自らも既に噂に高く、リュカエウスの野で
たおやかな雌鹿を徒歩《かち》で捕《とら》えたとも
放たれた矢を走りながら摑《つか》んだとも言われている。
とうとう人々の期待に応えて少年は、軽やかな跳躍で人波を越えて姿を現わす。
そして黄金の留め金を外して外衣を脱ぎ捨てる。
輝く四肢が現われた。全身の隅々にまで若さが溢れている。
美しい両肩。胸も頬に劣らぬ滑《なめ》らかさ。
全身のあまりの美しさに、顔立ちの秀麗さが目立たなくなるほど。
けれども少年は、容姿を誉めそやされることを軽蔑しており、賛美者たちを寄せ付けない。
今やパラス女神の賜物《たまもの》であるオリーブ油を、慣れた様子で熱心に塗り込めて、
豊かな油で肌を染めて行く。
同じようにしてイダスも、デュマスも、また他の者たちも体を光らせる。
その有様はあたかも、静かな海に星々が光を投げかけて
きらめく星空の影が海面に瞬《まばた》いているかのよう。

どの星もさやかにきらめいているが、どの星よりも輝かしく
夕星《ゆうづつ》が光を放っている。天の高みと同じように
紺碧の波の間でも輝いている——
イダスは、この少年に次ぐ美しさを持ち、
脚の速さもひどく劣るわけではない。年齢は僅《わず》かに上回っている。
けれどもまだ、体練場で鍛えた体は若さの花をほころばせ始めたばかりで
頬に微《かす》かに生え始めたうぶ毛は、
刈られたことのない髪の影に、まだ姿を潜めている。
さて皆は適宜、脚を振り動かして伸ばしてみたり鋭く曲げたりして、さま
　ざまなやり方で
競技に備えて、体を怠惰から呼び覚まそうとする。
膝を深く屈《かが》めてみたかと思うと、今度は油で光る胸を
強く手のひらで打ち叩く。かと思うと、熱い脛を持ち上げて
短く走ってみたかと思うと突然に停止してみたりする。
　走者を横一列に並べていた棒が下に降ろされた。
軽やかに走路へと彼らは飛び出して行った。辺《あた》り一面に
若者たちの裸体がまぶしく輝く。たった今この同じ場所で飛ぶように疾走

していた馬でさえも
これに比べれば遅かったように思えるほど。まるで、クレタの兵士の矢か
逃げながら振り向きざま放たれるパルティア兵の矢が飛び出すかのよう。
その素早さは、あたかも、ヒュルカニアの荒野で脚の軽い鹿たちが
遠くから飢えた獅子の唸《うな》り声を聞きつけたか、
あるいは聞いたと思っただけで、怯え切って闇雲《やみくも》に逃げ出し、
恐怖のあまり一塊《ひとかたまり》となり、互いの角《つの》をぶつけ合って高い音を立てるかのよう。
アルカディアの少年パルテノパエウスは、風よりも早く軽やかに
人々の視界から消え去る。そのすぐ後から踵《きびす》を接して荒々しく迫って来るのは、イダス。
肩に息が当たり、あえぎ声が背に触れ、胸の影がもう背に当たるほど。
その次に、どちらが優位ともつかない争いを繰り広げながら
パエディムスとデュマスが駆けている。その二人を追って来るのは俊足のアルコン。
金色の髪が、まだ刈られたことのないパルテノパエウスの頭からなびいている。

この髪は、生まれた時からディアナ女神への捧げ物として
大切に伸ばされてきたもので、テーバエとの戦《いくさ》に勝って帰還したならば
——それは虚しい願いだったが——父祖の祭壇に捧げようと、大胆にも約束していたものだった。
この時その髪は結び目から解き放たれて、少年の背中に垂れ、
吹き寄せる西風《ゼピュルス》に煽《あお》られて背後になびき、少年自身の妨げとなると同時に
追い抜こうとするイダスの目の前にも届きそうなほど広がっていた。
そこで策略がイダスにひらめき、狡猾な手段を取るのに絶好の機会だと
若者は思った。既にゴールは目前で、今にもパルテノパエウスは勝利者として
ゴールに達しようとしている。イダスは少年の髪を摑《つか》んで引き戻し
先頭の位置を奪い取り、一番としてゴールに駆け込んだ。
アルカディアの兵士らは、武器を求めて唸《うな》り声を上げる。
もし奪われた勝利と、本来は少年のものになるはずだった栄誉が取り戻されないならば、
武器を取って彼らの主君を守ろうと、競技場一面に降りて来ようと身構え

る。
だがイダスの策略を良しとする者たちもいないわけではない。
パルテノパエウス自身は、倒れた地面の土で、顔や涙ぐむ眼を覆《おお》っている。
その涙のために一層姿の美しさが引き立っている。
今や少年は泣きながら胸を打ち、そんな仕打ちに相応《ふさわ》しくない貌《かんばせ》と
敗北の原因となった髪を、血の滲《にじ》む爪で引き裂く。周囲の叫び声は
さまざまに主張しながら荒れ狂う。どうするべきかと老アドラストゥス王
は
躊躇《ためら》い悩む。ついに王は口を開く。「諍《いさか》いは慎むのだ、
おお子供らよ。今一度、勝負が試みられねばならぬ。
だが、同じ走路で競うのはならぬ。イダスは、こちらの側《がわ》を走るのだ。
そしてそなたパルテノパエウスは、あちら側《がわ》を行け。どんな策略も走路に
入り込む隙がないように」。
二人は聞き入れて、王の言葉に従う。そしてアルカディアの少年パルテ
ノパエウスは
声には出さずに密やかに、女神に乞い願う。
「森を統《す》べたもうディアナ女神よ――貴女のためにこそ、この髪は供物と

して捧げられるはずであり、
その誓いのために伸ばしていたからこそこの髪は、あのような不正を招き
寄せたのですから——
少しでも母アタランテが貴女にとって、またこの私自身も、狩の折に
御心に適《かな》うことがあったなら、どうかお願いです、このような不吉な前兆
のもとにテーバエへ行くことを
お許しにならないでください。アルカディアの恥辱となるようなことをお
許しにならないでください」。
この祈りは聞き入れられ、女神の御加護は明らかとなった。走り出した少
年の重さを
地面はほとんど感じることはなく、素早い脚の動きの合間には、僅《わず》かな風
しか入らない。
足跡も微《かす》かに、砂塵の乱れすら残さずに地に印《しる》されて行く。
叫び声と共に少年はゴールに駆け込む。そして叫び声と共に、
アドラストゥス王のもとに駆け戻り、その手に勝利を握りしめ、深々と吐
息する。
競技は終わり、それぞれの業《わざ》に対する褒賞が運び込まれる。

アルカディアの少年は馬を、狡猾なイダスは盾を、賞として持って行く。
そして他の若者たちは、リュキアの矢を与えられることで満足して去る。
その次に王は、円盤投げで競う機敏な者はいないかと呼びかける。
誇らしげに膂力《りょりょく》を見せてつけてやろうと望む者はいないかと。
プテレラスという者が王に命じられて、青銅で出来た巨大な
滑《なめ》らかに磨き上げられた重い円盤を運んで来る。その重みに全身を折り曲げながら
傍《かたわ》らにずしりと降ろす。それを見てアルゴスの者たちは、言葉を失い、
どれほどの大力が求められるのかと考える。すぐに一団の者たちが進み出る。アカエアの一族から二名、
コリントスの者が三名、ピサの生まれの者が一名、そして七人目はアカルナニアの者。
それ以外にもさらに多くの者たちが栄光に駆り立てられたかもしれない。
もし
丈高いヒッポメドンが、観客席から促《うなが》されて、彼らの真中に進み出なかったならば。
そして彼は、右胸の脇に、別の大きな円盤を抱えながら

「こいつの方がいいだろう、お前たち、テーバエの城壁を石で打ち砕き
城砦を引きずり倒しに行くのだろうが。
こいつを取れ。そっちの円盤では、投げられないような奴なぞおらんだろう」。
そして何の苦もなく摑《つか》み上げると、
傍《かたわ》らにひょいと投げ出す。人々は後ずさり、驚嘆のあまりに、とても敵わないと思わずにはいられない。
かろうじてプレギュアスが、そして俊敏なメネステウスが
——この二人にしても、恥の想いと偉大な父祖のために踏み留まったのだが——
競技に応じようと請合《うけあ》った。他の若者たちは自ら脱落し
円盤を賛嘆の眼差しで見つめながら、栄光を得られないままに戻って行く。
あたかも、ビストニアの地で戦神《マルス》の盾が
不吉な光を映してパンガエアの山を打ち、太陽をも照り返して脅《おびや》かし
神の槍に打ち鳴らされて鈍《にぶ》い唸《うな》りを上げるかのように。
ピサの生まれのプレギュアスは腕試しを始める。たちまちすべての人の目を

その身に引き付けた。体躯《たいく》を見るだけでも、その武勇に疑いの余地はない。
まず最初に土を、円盤と手の両方に擦《こす》りつけ
すぐに余分な土を払い落とし、ぐるりと回して
どの側《がわ》に指をかけるか、どこに肘のくぼみを当てるのにより適しているか
　と調べてみる。
そのような技術も欠けてはいない。このプレギュアスは、常に
この競技に情熱を傾けており、祖国ピサの競技祭で賞賛を求めるだけでは
なく、
アルペオス河の両岸の間を測っては
その距離が最も大きく開いている場所で、
円盤を水に落とさずに対岸へと投げ渡すのを常としていた。
それゆえ己の力を信じてプレギュアスは、踏み荒らされた野原の遠くに向
　かってではなく、
上に向かって、右手の力を計る試し投げをする。
地面に両膝を屈《かが》め、全身の力を振り絞り、
円盤を自分の頭上へ、雲に届けとばかりに投げ上げてみせる。
円盤は素早く高みを目指す。まるで落下する時に勢いを増すように

上方へ向かって速度を早めていく。ついに頂点に達して、遥か上空から
ゆっくりと地面へと戻って来る。そして地中に深くめり込む。
その落ちる様子はあたかも、星空から突然に
太陽の妹神の月が蝕《しょく》で消え失せたかのよう。遠くから人々は
何とかしようと鉦《シンバル》を打ち鳴らし、なす術《すべ》もなく恐れまどう。
けれどもテッサリアの魔女(1)は、月の戦車を牽《ひ》く馬たちが、自分の呪文にか
　けられて喘ぐのを嘲笑う——
アルゴス人らは一斉に誉めそやす——ただしヒッポメドンは、穏やかなら
　ぬ様でそれを見ているが——
高さだけでなく飛距離でも、これに上回る腕前が見られるだろうと期待は
　募る。
　しかしこの時、身に過ぎた望みを打ち砕くのを喜びとする幸運の女神が、
プレギュアスに訪れる。神々に対して人間が逆らうことが許されようか。
既に彼は大きな飛距離を出そうと準備していた。
今や頭を屈《かが》め、脇腹全体を引き絞って腕を後に引いていた。
その時、重い円盤が滑《すべ》って足元にぽとりと落ちた。投擲《とうてき》は無となり
手は空《から》のままで虚しく降ろされた。

(1)テッサリアの魔女は月蝕を起こす魔力を持っていると信じられていた。

皆は呻《うめ》き声を上げた。中にはこれを見て喜ぶ者もいないでもなかったが。
その次に、細心の注意を払ってメネステウスが投擲《とうてき》を試みる。
より一層慎重に、そして熱心にメルクリウスに祈りを捧げ、
重厚な円盤の表面に塵《ちり》をまぶして、滑《すべ》りやすさを抑える。
円盤は、メネステウスの力強い手を離れ、先ほどよりも幸運に恵まれて飛んで行く。
そして競技場の狭からぬ領域を飛び越えてから、止まって落ちた。
どよめきが起きる。そしてその場所に矢を突き刺して印《しるし》とする。
三番手としてヒッポメドンが、力を競おうと、ゆっくりとした歩みを進めてくる。
というのも彼の心の奥深くでは
プレギュアスの不運とメネステウスの幸運とが、警告となっているのだ。
右の手で持ち慣れた円盤を持ち上げると、高々と掲げて
鍛え上げられた脇腹や力強い腕の具合を試してみる。
それから大きく振り回して円盤を飛ばすと、その勢いで自分自身も回転する。
円盤は、恐ろしいほどの飛び方で虚空を突き抜け、

既に投げた右手を遥か遠くに置き去りにしたままでなおも飛び続け、
メネステウスの記録を負かして、疑いの余地もなく差をつけて飛び越して行った。
敵の投げた印を遥かに越えて着地すると、
競技場の緑豊かな斜面も、木蔭になった天辺も
まるで巨大な岩塊が倒れたかのように、地を揺るがした。
その凄まじさはあたかも、噴煙を上げるアエトナ火山からポリュペムスが
眼を潰《つぶ》されてもなお、船の行方を耳で聞き取って
憎いウリクセスに岩を投げつけたかのよう(1)——
[七一九から七二一行まで削除]
そこでタラウスの息子なるアドラストゥス王は勝利者に、
虎の毛皮を持って行くよう命じる。その毛皮は黄色い縁取りを施されて輝いており
鋭い爪の先端は、黄金で覆《おお》われていた。
メネステウスはクレタの弓によく飛ぶ矢を褒美として得る。
「さらにそなたにも」と王は言う。「プレギュアスよ、不運のゆえに勝負を失ったとはいえ、

(1)ウリクセス(オデュッセウス)は一つ目の巨人ポリュペムスに捕えられたが、酒を飲ませて酔わせて、丸太の杭で巨人の目を潰して逃げ出した。

確かに一度は我らの誇りでありアルゴス軍の救いであったのだから、
この剣を持って行くがよい。ヒッポメドンもそれを妬むまい。
さて次は技術ではなく勇気が試される競技を行なおうぞ。一対一で拳《こぶし》を
　交えて戦う拳闘を。
これぞ剣で実地に戦う武勇に最も近い」。
　すっくと立ち上がったのは、見るも巨大で恐ろしさも凄まじい
アルゴスの武将カパネウス。そして黒い鉛を埋め込んだ牛の生皮を
拳《こぶし》に巻きつける。その拳《こぶし》もまた革に劣らず硬い。
「さあ来い、この大勢の若者たちの中からただ一人だけで充分だ」
とカパネウスは言う。「できるなら、テーバエ人を相手に
闘いたいものだが。テーバエ人なら殺してしまっても構わんが、
同胞の血で俺の武勇を汚《けが》したくはないものだ」。
皆の心は凍りつき、恐怖のあまり沈黙が彼らを支配する。
やがて思いがけないことに、スパルタ人の裸体の若者たちの間から
アルキダマスが飛び出して来た。他国の王に率いられた者たちは驚きの目
　で見るが
同胞たちは知っていた。このアルキダマスはポルクス神(2)を師と仰ぎ

(2) 双生神の一人で拳闘に優れる神。

神ご自身の訓練によって鍛え上げられたのだということを。
ポルクス神ご自身が御手をかけてアルキダマスの拳《こぶし》を作り上げられ
——アルキダマスの資質を神が愛されたからこそのことであったが——かつてしばしば
神御自《おんみずか》ら拳《こぶし》を交えて対戦され、神にも匹敵する荒々しさで立ち向かってくるアルキダマスに驚嘆されつつ、
誇らしさのあまりに彼を高々と持ち上げられ、裸のまま胸に抱きしめられたものだった。
このアルキダマスを、カパネウスは侮《あなど》り、挑戦に応じようとする彼を嘲笑い、
哀れむかのように、他の対戦者を求める。だがとうとう強く請われて
カパネウスも向き直る。それまでは寛《くつろ》いでいた首筋が戦意に駆られて膨《ふく》れ上がる。
両者は、踵《かかと》を浮かせて体を高く引き上げ
稲妻のように腕を振り上げた。身を守るために肩を引き頭を逸《そ》らせて
視線は外さないまま、相手の打撃を受けないように顔を防御する。
カパネウスの方は、あたかも冥府から巨人ティテュオスが

臓腑を抉《えぐ》る禿鷹《はげたか》から解放されて身を起こしたかのように(1)、
その四肢は大きな空間を占めており、骨格も凄まじく聳《そび》え立っている。
一方のアルキダマスは、つい最近まで子供だったばかりで、それでも年齢以上に成熟した
頑健さが備わっている。若々しい攻撃力は、将来のさらなる成長を約束している。
この少年が負かされて惨《むご》たらしく血に染まることを、見ている者は誰も望まず、
祈りを捧げながらこの試合を固唾を呑んで見守る。
　両者は互いの間合いを目で測り、どちらも先手を取る機会を待ち受けていた。
すぐには戦意を剥《む》き出しにせず拳《こぶし》を出すことも控えている。
しばらくの間はお互いにおそるおそる、闘志を燃やしつつも用心深く、
拳《こぶし》を相手に向かって軽く繰り出し
手に巻いた革を打ち合って試してみている。
アルキダマスの方が賢明さで勝《まさ》り、逸《はや》る心を抑えて先のことも計算に入れて

（1）二一四頁註（3）参照。

ゆっくりと、体力を温存している。しかしカパネウスの方は攻撃を節制す
　ることなく
己のことを省みず、闇雲《やみくも》に襲いかかり、
両の拳《こぶし》を無計略に振り回して無駄な攻撃をかけ、意味もなく歯噛みをし
体を伸ばして襲いかかるが、自身の不利になるばかり。けれどもスパルタ
　の少年アルキダマスは、頭に血が昇らぬよう
祖国のやり方に従って冷静に、相手の攻撃を受け流したりかわしたりして
　いる。
しばらくの間は、首を傾けたり、頭を素早く沈めたりして防御し、
あるいは腕で、相手が打ち込んでくる拳《こぶし》を払いのけたりしながら、
足取りは前に進めても、顔は打たれないように後《うしろ》に引いている。
たびたび、力では勝《まさ》る敵が襲いかかってくると、
——少年には敏捷さが生まれつき備わっており、その右手も充分に経験を
　積んでいる——
大胆にも、相手の懐に入って姿を消したかと思うと、目の前に立ちはだか
　る。
まるで峰から真っ逆様《さかさま》に水が流れ落ちて

突き出た岩にぶつかって砕けるかのように。そのように少年は、荒れ狂う敵の周りを
攻撃しながら飛び回っている。と、その時、少年は拳《こぶし》を振り上げ
脇腹と眼とを狙う。そして強力な拳《こぶし》を避けようとしている相手を巧みに逸《そ》らし
その腕の間をすり抜けて、思いがけない一撃を見事に打ち込み、
カパネウスの額《ひたい》の真中に傷を刻み込む。
今や血が流れ、生暖かい血の筋が額《ひたい》に印されている。
その時にはカパネウス自身は気づいておらず、突然に人々の間にどよめきが起きたのを
不思議に思っている。しかし、疲れた腕がたまたま顔を掠《かす》った時に
拳《こぶし》に巻いた革の端に血がついているのを見るや否や、
獅子か、あるいは虎でさえも、槍で傷を受けた時にこれほどは怒り狂わないだろうというほどに
カパネウスは逆上し、少年に襲いかかり、競技場全体に追い回し、
飛びかかって相手を仰向けに打ち倒す。
凄まじい恐ろしさで歯噛みをし、拳《こぶし》を振り回すのを

二倍にも何倍にもする。その拳《こぶし》はいくらかは空《くう》を切っているが
いくらかは少年の拳《こぶし》に当たっている。スパルタの少年は敏捷な動きで
自分の頭蓋の周りに降り注ぐ無数の拳《こぶし》をかわして死を免れる。
少年は脚の速さを頼りにして、しかしそれでも拳闘の技巧を忘れることなく
逃げながらも立ち向かい、逃げて行きながらカパネウスに拳《こぶし》を打ち返す。
　今や両者ともに闘いに苦しみ、息も絶《た》え絶《だ》えに疲弊している。
カパネウスの打撃はのろくなり、アルキダマスも今までのように敏捷に飛び回ってはいない。
二人とも膝の力はすっかり弱り、ほとんど休んでいるかのよう。
その有様はあたかも、長い間海を彷徨《さまよ》い疲れ切った水夫らが
船尾から合図が発せられたので、しばしの間、腕を止めたかのよう。
休むか休まないかのうちに再び命令の声が飛び、櫂《かい》を漕ぎ出す――
この時、またしても闇雲《やみくも》に突っ込んできたカパネウスを、少年は軽くいなして
自ら体を倒すようにして肩を丸め、相手の攻撃を逃れる。カパネウスは頭から

前方によろめき倒れる。起き上がろうとする所へ、少年は再び容赦なく拳《こぶし》を撃ち込んだ。

あまりに上手く決まったので、少年の方が血の気が引いてしまった。

アルゴス人らは叫び声を上げる。海岸や森のざわめきにも劣らぬほど。

地から起き上がろうとし、腕を挙《あ》げ、限界を超えた攻撃を加えようとするカパネウスを
アドラストゥス王は見るなり声を上げる。

「やめさせよ、同胞《はらから》よ頼む、カパネウスは正気を失っておる。やめさせよ、手を貸してくれ。

急ぐのだ、彼は正気ではない。勝利の徴《しるし》の枝と褒美を持ってくるのだ。

さもないと、少年の頭蓋骨を打ち割って脳髄を叩き出すまで、彼は止めるまい。

私にはわかる。アルキダマスを死なせぬように引き離すのだ」。

すぐさま、テュデウスが飛び出した。ヒッポメドンもまた王の命令を拒まない。

そして二人がかりでカパネウスの腕を両側から引き止めて押さえつけ、
さまざまな言葉をかけて思いとどまらせようとする。

「お前の勝ちだ、もうやめろ。負けた相手の命を容赦してやるのは立派な
　行為ではないか。
しかもあいつは我々の味方で、共に戦いに行く仲間ではないか」。しかし
　雄々しいカパネウスは折れずに
差し出された枝や褒美の鎧を手で振り払い、声を上げる。
「止《と》めるな！　こいつの面《つら》を――そのおかげでこの女々しい小僧が
誉めそやされている――その面《つら》を
泥と血にぶち込んでやる。その体をずたずたにして墓に送り込んで
スパルタでこいつを鍛えたというポルクス神にも嘆きの種を与えてくれ
　る」
とカパネウスは言う。しかし仲間たちは、荒れ狂いまだ勝負はついていな
　いと言い張る彼を、遠くに連れて行く。
一方、スパルタ人らは、名高い祖国の山タユゲトゥスの育んだ少年を褒《ほ》め
　称《たた》え、
カパネウスの脅《おど》しを、ずっと離れた所から、嘲笑したのだった。
さてこれまでの間、勇敢なテュデウスは、他の者たちがさまざまな栄冠
　を得たことや、

自身の武勇を自覚していることで、甚《はなは》だしく心を掻き立てられている。
彼は円盤投げでも脚の速さを競うことでも優《すぐ》れており
拳《こぶし》を交えて闘うことでも他に引けを取らない。けれども他の競技にも増して
彼の心にあったのは、体に油を塗って競う格闘技であった。この競技を行なうことで、戦いの間の余暇を過ごし
武器を揮《ふる》う情熱を宥《なだ》めるのをテュデウスは常としていた。
そしてアケロウス河の岸辺で、巨大な相手に立ち向かい、
河神ご自身に教えられるという至福の鍛錬を受けたものであった。
それゆえ、この格闘技の勇者に与えられるべき栄光が、若者たちを競技に誘《いざな》った時、
アエトリア生まれのテュデウスは、その肩から
恐るべき外衣、父祖の地カリュドンの野猪[1]の毛皮を振り落とす。
これに対して、ヘルクレスの血筋を誇るアギュレウスが、巨大な体躯《たいく》を持ち上げる。
その巨体は、ヘルクレス自身にも劣らない。大きく盛り上がった肩をして、
桁外《けたはず》れの身の丈で、並みの人間を遥かに上回っている。

(1) 二二八頁註(1)参照。

けれどもその体には頑健な強さも、父ヘルクレスのような不屈さもない。
四肢は無駄に大きいばかりで、活力のない血が
全体に溢《あふ》れて漂っている。それゆえこの相手をテュデウスは
打ち負かすことができるという大胆な自信を持つ。確かに彼の方が体は小さく見えるが
その骨格は重厚で、筋肉も力こぶで硬く盛り上がっている。
「自然」の女神は決して、この勇敢な精神とこれほどの力とを、
劣った肉体の中にわざわざ閉じ込めてしまうようなことはなさらない。
二人は肌に油を豊かに塗り込めると早速、競技場の真中へと走って向かう。
そして砂を掬《すく》い上げて体に纏《まと》わせる。
濡れた四肢に、それぞれ砂を掛け合って滑り止めにし、
首を両肩の間にすくめた。そして腕を湾曲させて左右に広げて構えを取る。
すぐさま、練達のテュデウスは巧みに
アギュレウスの長身を自分と同じ高さにまで引き下げる。
背を屈《かが》め、膝は地面の砂に届きそうなほど曲げて。
しかしアギュレウスは、あたかもアルプスの峰の女王として聳《そび》える糸杉が

激しく吹きつける南風に梢をあおられて
かろうじて根本で自らを支えて、ほとんど地面の近くまで幹を撓《たわ》められながらも、
今にも中空へ再び梢を戻そうとしているかのよう。
そのような様子でアギュレウスは長身を前方に屈《かが》み込ませて
自分の方からも力を込めて、呻《うめ》きながら、小柄な敵に対峙して体を二つに折り曲げている。
それから二人は、今度は手で代《か》わる代《が》わるに、頭にも肩にも横腹にも
首にも胸にも、さらに避けようとする脚にも、攻撃をかける。
一時《いっとき》の間、二人はお互いの腕を摑《つか》んで突っ張り合っていたかと思うと、
今度は激しく、摑《つか》み合っている指を振り解《ほど》こうとする。
その様はあたかも、群《むれ》の中でも抜きん出た二頭の牡牛が
恐ろしい闘いを繰り広げているかのよう。野の真中には、輝くばかりの牝牛が立って
どちらが勝利者になるかと待ち受けている。二頭は胸をぶつけ合って荒れ狂い、
牝牛への恋情に駆り立てられ、傷の痛みすらも忘れ去る。

あるいは猪が鋭い牙をひらめかせて闘うように、またあるいは毛並みも荒くいかつい熊が
剛毛《あらげ》に覆《おお》われた前肢で組み合いながら闘うように——
テュデウスの力は衰えていない。日差しや砂塵を被《かぶ》っても
四肢を疲れさせてふらつかせるようなことはない。皮膚はぴんと張り詰め、力を振り絞っているために
硬い筋肉が盛り上がっている。それに対してアギュレウスは、疲れていないどころではなく、
ふいごのように息を吐いたり吸ったり、息づかいも苦しげにすっかり消耗し、
滝のような汗と共に、体にこびりついた砂が流れ落ちている。
そして気づかれないように、地面に胸をつけて支えている。
テュデウスは上から強く抑えつけている。そして相手の首を狙うと見せかけて
脚を攻撃する。その試みは残念ながら、テュデウスの腕が短かったために
成功には至らなかった。長身のアギュレウスは反撃し
上から相手にのしかかり、巨大な全身を傾けて

テュデウスを圧倒する。その様子はあたかも、ヒベルニアの山の鉱夫が
地下に潜り、日の当たる生活を遥か後に残してしまうよう。
もし鉱道の天井が揺らいで、突然の轟音と共に大地が裂けたなら、
崩れた山の内部に取り残されて
鉱夫は埋《うも》れてしまう。そして地下深くに、押し潰《つぶ》され粉々になった死体と
　なって
不運な魂を、本来戻るべき星々のもとに戻すことも叶わない――
だがこのことにかえって敏捷さを増したテュデウスは、勇気も精神もいや
　増す。
直ちに、桁違《けたちが》いに重い相手の拘束をすり抜けて、
うろたえる相手の周りを回って、意表をついて背後から組み付く。
そして素早く、相手の脇腹と腰をしっかりと締め付ける。
さらに腿で膝を抑えつけながら、その拘束から抜け出そうと虚しい努力を
　続け
脇腹に右の拳《こぶし》を打ち込もうとしているアギュレウスを、
信じがたいことにテュデウスが――見るも恐ろしい！――驚くべき巨体に
　もかかわらず持ち上げた。

あたかも伝説の、ヘルクレスの腕に締め上げられた
大地から生まれた巨人アンタエウスが懸命にもがいているかのよう。巨人は秘密の力(1)を見破られ、
空中に高く持ち上げられている。もはや地面に降りる望みはなく、
母なる大地に足の爪先ですら触れることは叶わない——
どよめきが起こり、喝采が大きく観客席から沸き上がる。
そしてテュデウスは、宙に高々と差し上げた相手の体を、いきなり投げ落とし
地面に斜めに叩きつける。うずくまった相手に迫り、
相手の首を右手で、同時に脚で鼠蹊部を抑え込んだ。
アギュレウスは押さえつけられて力を失い、ただ恥を知る心のゆえに反撃している。
ついに、胸を地につけ腹這いになって、ぐったりとアギュレウスは地面に伸びてしまう。
そして長い時間が経ってようやく、打ちひしがれて体を起こす。
不名誉な敗北の跡を地面にくっきりと印して。
一方テュデウスは、右の手に勝利の棕櫚《しゅろ》を、左の手では褒美として与えら

(1) アンタエウスは大地に体の一部が触れてさえいれば母なる大地から力を得ることができた。

れた
輝く武具を持ちながら、「もし、この身に流れる血潮の少なからぬ分量が
お前たちも知っているように、ディルケの野で失われていなかったとした
　らどうだっただろうな。
そら、ついこの前にテーバエへと俺が使節として行った時の、この傷
　だ――」
と誇示しながら、獲得した栄誉の褒賞を仲間たちに渡す。
アギュレウスの方にも褒美の鎧が与えられるが、見向きもされない。
次に、真剣で闘おうと進み出る者たちが現われる。
既に武器を帯びてやって来たのは、エピダウルス生まれのアグレウスと、
まだここで死ぬ運命には定められていない、テーバエからの亡命者ポリュ
　ニケス。
アルゴス勢の長《おさ》アドラストゥス王は彼らを止めて言う。「この先、数多《あまた》の
　殺戮の場が待ち受けているのだ、
おお若人らよ！　その勇気は、敵の血をこそ狂おしく求める熱情のために
　とっておくのだ。
そしてそなた、そなたのゆえに、我らの父祖の地を捨て

愛する故郷の都《みやこ》を我らは後にしたのだから、
どうか、頼むから、戦《いくさ》を交えるより前にそのようなことを運命に任せて
　はならぬし、
そなたの兄弟の祈りにも —— 神々がその祈りを退けてくださるよう
　に！—— 許してはならぬ」。
そのように言って王は、両者に黄金の兜を贈る。
さらに婿であるポリュニケスには、賞賛が足りぬことのないようにと、
その長身の額《ひたい》に冠を結びつけ、声高らかに「勝利せるテーバエ人よ」と
　歓呼するようにと王は命じる。
その声に、酷《むご》い運命の女神らが予兆として歌声を合わせていたのだった。
　さらにアドラストゥス王自身も、然るべき働きでこの競技祭を祝い
最後の華となる栄誉を墳墓に供えるようにと
諸侯らは勧める。そして、並み居る武将たちの間で
王にだけ勝利が欠けることのないようにと、弓でクレタ産の矢を射るか
あるいは軽い投槍で雲を貫き通すかしてくれるようにと、彼らは王に乞い
　求める。
王は喜んでそれに従い、緑の丘から平原へと

若武者たちの精鋭に取り囲まれて、下《くだ》ってくる。そしてその背後からは
軽やかな箙《えびら》と弓を、従者が命じられて運んで来る。
そして王は、広い競技場を遥か遠くまで飛び越えて
標的と定めた桙《とねりこ》の樹に射当てようと心に決める。
万物の源は隠されてはいても、その予兆が流れ出るということを、誰が
否定しようか。
「宿命」は人の目に明らかにされている。しかし人はそれをよく見ようと
しない。
そのために、将来があらかじめ教えられているとは信じられないでいる。
かくして我々は前兆を
偶然だと思い込み、それがゆえに「運命の女神」は災厄を与える力を汲み
出すことができるのだ。
平原を横切り、次の瞬間、運命を告げる矢は樹に当たり、
――見るも恐ろしい！――たった今飛んで来た中空を
逆方向に戻って行き、標的から反対方向への飛行をそのまま続け
ついに、もとあった箙《えびら》の口のすぐ近くに落ちる。
諸侯らは、うろたえてさまざまなことを口にする。ある者たちは、雲か強

い風のために
矢が押し戻されたのだと言い、またある者たちは、硬い幹に当たって
撥《は》ね返されたためだと言う。大いなる破滅と災厄の予示は
密やかに隠されたままでいる。ただ一人にだけ戦《いくさ》からの帰還が許され
悲しみに満ちて戻って来るのだということを、矢は主人に告げていたの
だった。

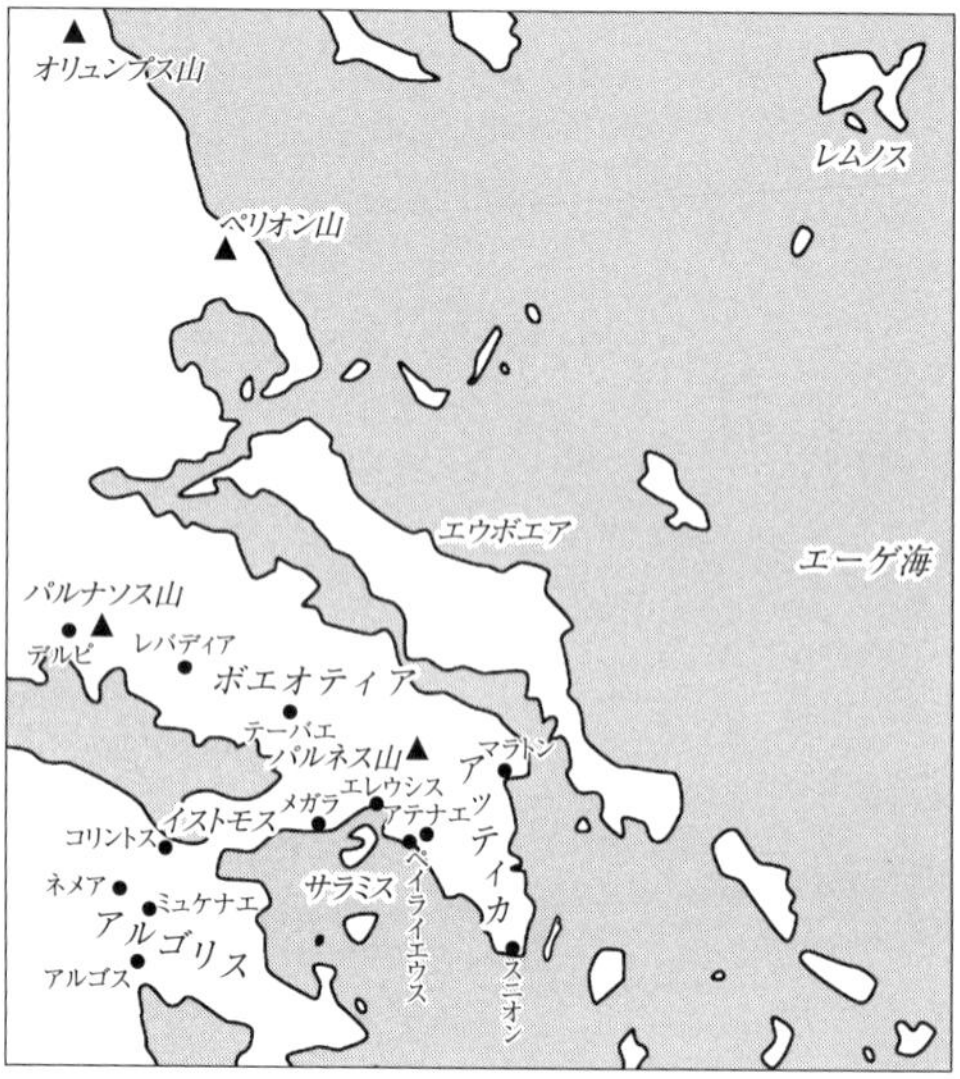

オリュンポス山
レムノス
ペリオン山
エウボエア
エーゲ海
パルナソス山
デルピ
レバディア
ボエオティア
テーバエ
パルネス山
マラトン
アッティカ
エレウシス
メガラ
アテナエ
イストモス
コリントス
ペイライエウス
サラミス
ネメア
ミュケナエ
アルゴリス
アルゴス
スニオン

関連地図

関連系図

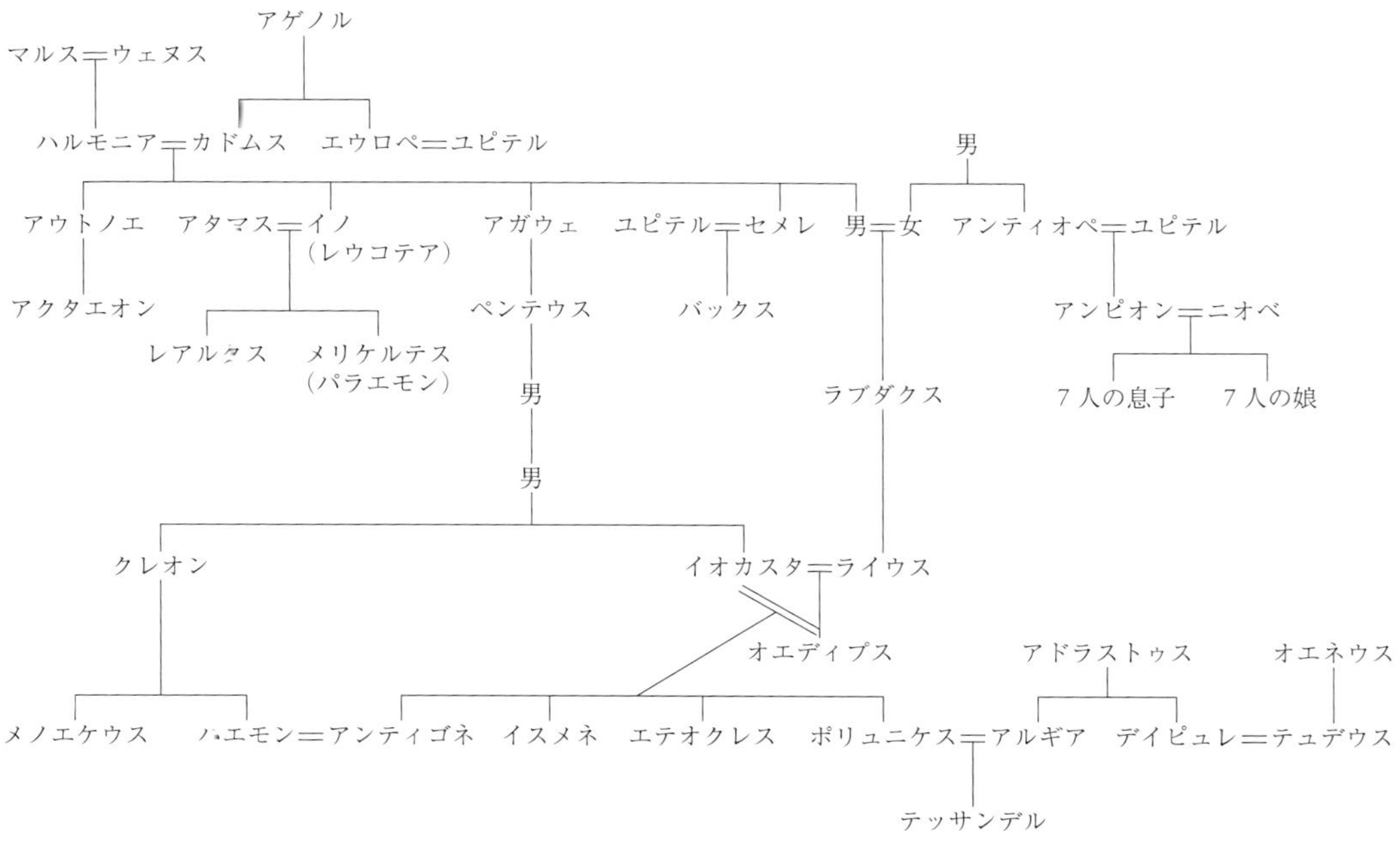

アゲノル
マルス＝ウェヌス
ハルモニア＝カドムス
エウロペ＝ユピテル
男
アウトノエ
アタマス＝イノ
（レウコテア）
アガウェ
ユピテル＝セメレ
男＝女
アンティオペ＝ユピテル
アクタエオン
レアルタス
メリケルテス
（パラエモン）
ペンテウス
バックス
アンピオン＝ニオベ
男
ラブダクス
7人の息子
7人の娘
男
クレオン
イオカスタ＝ライウス
オエディプス
アドラストゥス
オエネウス
メノエケウス
ハエモン＝アンティゴネ
イスメネ
エテオクレス
ポリュニケス＝アルギア
デイピュレ＝テュデウス
テッサンデル

解説

『テーバイ物語』は、白銀時代の詩人プブリウス・パピニウス・スタティウスによる叙事詩である。全十二歌に及ぶその形式はローマ古典作品の代表作とも言えるウェルギリウスの叙事詩『アエネーイス』に倣っており、題材はソポクレスを代表とするギリシア悲劇でも有名なオエディプス（オイディプス）王とその家族の伝説から取られている。

作者について

スタティウスの経歴に関しては、本人の著作『シルウァエ』第三巻第五歌および第五巻第三歌からある程度の推察が可能である。正確な生年は不明だが、おそらく後四五年頃にナポリに生まれたと思われる。詩作に熟達し著名な教師であった父親の薫陶を受け、父の死の前後にローマに活躍の場を移し、皇帝ドミティアヌスが催した詩の競技で賞を取るなど、華やかな活動をしていたようである。『テーバイ物語』が完成したのも、このローマにいる間である。九四年頃に健康を害して故郷のナポリに戻ったが、その翌年か翌々年には亡くなったらしい。

『テーバイ物語』以外の作品には、さまざまな主題を扱った短い詩をまとめた『シルウァエ』全五巻がある。また、英雄アキレウスの生涯を描くことを意図した叙事詩『アキレイス』があるが、これは未完に終わり、第二歌の途中で絶筆となっている。

生前に高い評価を得ていただけでなく、師と仰いだウェルギリウス同様、中世ヨーロッパでは隠れキリスト教徒の詩人として敬われ、ダンテの『神曲』の煉獄篇でも重要な人物として登場している。しかし、後述するとおり、主題や文体の観点から現代では必ずしも高い評価を得ているとは言いがたく、その評価は分かれている。

作品の主題

前述したとおり、叙事詩の主題となっているのは、オエディプス（オイディプス）の家族にまつわるテーバエ（テーバイ）王家の神話である。オエディプス王は「実の父を殺し実の母と結婚して子供を成す」という神託を心ならずも実現してしまったが、その結果として生まれた息子であるエテオクレスとポリュニケスの兄弟間で繰り広げられる王位を巡る血腥《ちなまぐさ》い争いが、この叙事詩の中核を成している。また、彼らの妹であるアンティゴネと叔父のクレオンにまつわる物語も含まれている。これらは古くからある伝説で、ホメロスやピンダロスにも言及があり、ステシコロス作と推定される断片も存在するなど、かつては多くの作品が作られたことが推察される。作品全体が残っているものとしては、ソポクレスの『オイディプス王』『アンティゴネ』『コロノスのオイディプス』を始めとして、アイスキュロスの『テーバイを攻める七人の将軍』、エウリピデスの『嘆願する女たち』『フェニキアの女たち』、またセネカの『オエディプス』などの悲劇作品があり、現代人にもなじみの深いものとなっている。

悲劇ではなく叙事詩という長大な作品の性格上、この『テーバイ物語』は相当に長いスパンの物語となっている。自ら盲目となったオエディプスが実の息子たちを呪う場面から始まり、籤引きの結果テーバエの王位から遠ざけられてアルゴスに亡命したポリュニケスがアドラストゥス王の娘と結婚することで援助を得て祖国へと進軍し、途中でヒュプシピュレの長い物語による中断を挟んだ後、七つの城門を堅く閉じたテーバエに攻め寄せる。そして、ホメロスの『イリアス』やウェルギリウスの『アエネーイス』のような英雄叙事詩的な戦闘が行なわれ、アルゴス軍の「七人の将軍」が戦死して行く様が順番に描写され、最後にはエテオクレスとポリュニケスが一騎打ちを行なうが両者とも死亡し、アルゴス王アドラストゥスが退却をすることで戦はテーバエの勝利で一旦終わる。しかしここで叙事詩は終わらず、禁を犯して兄ポリュニケスの死体を火葬したアンティゴネが叔父クレオンに捕えられ処刑場に引き出される。一方、戦死したアルゴスの武将の妻たちはアテナエ（アテナイ）のテセウスに慈悲と正義を求め、その嘆願に応えたテセウスはテーバエに進軍し、クレオンが討たれてようやく長い物語は終わる。

長大であるだけに、素材となったさまざまな神話伝説が詰め込まれすぎという印象も否めない。もともとこの「素材」自体がバリエーション豊富で、互いに矛盾するようなエピソードも珍しくない。例えば、エウリピデスの『フェニキアの女たち』ではエテオクレスの方が年長となっているが、ソポクレスの『コロノスのオイディプス』ではその逆になっている。またアイスキュロスの『テーバイを攻める七人の将軍』やソポクレスの『アンティゴネ』ではポリュネイケス（ポリュニケス）は不当にも祖国に攻め寄せる「祖国の敵」という位置づけであるのに対し、エウリピデスの『フェニキアの女たち』やソポクレスの『コロノスのオイディプス』では、エテオクレスの方が不当にポリュネイケス（ポリュニケス）を祖国から追い出したことになっており、この兄弟同士の王位を巡る争いにおいてどちらに正当性があるのか、作品によってまったく異なるものとなっている。

それらのさまざまなバリエーションのうちどれがこの『テーバイ物語』で選択されたのかは、かなり曖昧である。そのためそもそもどちらがこの争いを始めたのかという点は不明瞭になっている。ある場面ではポリュニケスが権力欲に駆られて一方的に祖国に攻め寄せてきたようにも読み取れ（一・一三九—一四七、二・一〇〇—一一九など）、また別の場面ではエテオクレスの方が一方的に取り決めを破って王権を独占しようとしているようにも読み取れる（二・三〇七—三七四、二・三八四—四〇九など）。このような曖昧さが、『テーバイ物語』という作品に一貫性が欠けているような印象を与えているとも言える。

また、叙事詩冒頭の「兄弟同士の争いを」という表現からはエテオクレスとポリュニケスの争いが主題であると思われるのに、第十一歌で彼らが相打ちに終わったあとにも物語は終わらず、残りの一歌以上を費やして、人が変わったように息子たちの死を嘆くオエディプスやアンティゴネの悲劇などが続き、クレオンとテセウスの間に戦いが再び始まるなど、冗長な印象を与えていると言うこともできる。

叙事詩の伝統

『テーバイ物語』には、ホメロス以来の叙事詩の伝統的な手法が数多く用いられている。例えば、出陣する際の将軍や兵士らのカタログであるとか、神々の会議や神々の介入、死者の召喚や冥府下り、葬送競技、さらに第五歌の大部分にわたってレムノスの女王ヒュプシピュレの身の上話が長々と続くのは「叙事詩中の叙事詩」という伝統的な手法である。これらの手法を用いて先行作品を模倣し発展させることが、ローマの叙事詩では伝統となっている。

とりわけ黄金時代の叙事詩であるウェルギリウスの『アエネーイス』をスタティウスが範と仰いでいることは、第十二歌八一六―八一七行のオマージュからも窺《うかが》われる。実際に『アエネーイス』を意識的に模倣して書かれたと思われる場面は、枚挙に暇がないほど多い。また、個々の場面だけではなく、全体的な基本構造も『アエネーイス』後半と類似している。『アエネーイス』の主人公アエネアスは、ポリュニケスと同様に、祖国を追われた放浪の身として登場する。叙事詩後半ではポリュニケスと同様に異国の王の娘と結婚することによって新たな居場所と後ろ盾を得るが、この縁組がもとで大きな戦いが始まる。この戦いは、運命によって定められたもので、しばしば神々の介入が行なわれる。城壁に囲まれた都市を巡って攻防が続き、多くの犠牲者が出るが、最終的には個人間の一騎打ちによって戦に決着がつけられる。

また、同じ白銀時代の詩人ルカヌスは、神話を素材にしない叙事詩を書いているため、スタティウスとは対照的な詩人として捉えられがちだが、実際には大きな影響をスタティウスに与えている。『テーバイ物語』冒頭で提示される fraternas acies（一・一）「兄弟同士の争い」は、ルカヌスが同じく叙事詩『内乱（パルサリア）』の冒頭で主題として掲げているcognatasque acies（一・四）「肉親同士の争い」を模倣しているということは、既に以前から指摘されている。スタティウスの『シルウァエ』の中には、亡きルカヌスの誕生日を記念した詩もあり（二・七）、スタティウスの読者がルカヌスの詩に精通していたという可能性は高い。したがって、『テーバイ物語』が『内乱（パルサリア）』を連想させるようになっている可能性も同様に高いと言える。

ただし、ルカヌス自身が『アエネーイス』を強く意識したと思われるような描写を行なっているし、ウェルギリウス自身もホメロスの叙事詩を模倣していることは言うまでもない。そのため、スタティウスが他の叙事詩からどのような影響を受けたのかは、必ずしも単純に語ることはできない。

作品の特徴

作品の特徴に関しては、白銀時代の詩人全般に通じることだが、衒学的で、文章表現に過剰なまでに凝る傾向がある。また、作品の主題に独自性を追求するよりも、既によく知られた古い物語を使い回すことも普通のことである。これは、日本文学における「本歌取り」にも通じるところがあるだろう。作品を理解するためには、「本歌」にあたる先行作品や神話伝説に対する豊富な知識が要求される。ウェルギリウスなどローマの文学にはもともとその傾向があったが、白銀時代にはそれが特に顕著である。例えば固有名詞などは、「テーバエ」とストレートに表現されることは少なく、「エキオンの末裔」「オギュギアエの都」などさまざまな迂遠な表現が成されている（「エキオン」はあまり知られていないテーバエ王家の祖先の一人。「オギュギアエ」はテーバエの七つの門の一つ）。そのため、神話伝説や古典作品に不慣れな読者にはいささか読みづらいと言わざるをえない。

同じ白銀時代の作者であるセネカやルカヌスのようにグロテスクな描写も多いが、迂遠な表現であるがゆえに逆に和らげられていることも多い。例えば第八歌七五一行以下で瀕死のテュデウスが敵の頭に齧りつき生血を啜《すす》るというパラス女神も身震いするような場面では、「相手の瞳の中に自分が写っているのを見た」という過剰に微細な表現がなされている一方で、実際の行為に関して直接的な表現はあまり行なわれていないのである。また、罪もない幼児アルケモルスが無惨にも大蛇に殺される場面（五・四九九以下）では、損壊された死体など確かにグロテスクな描写も多いが、セネカの『パエドラ』におけるヒッポリュトスの死に方や遺体に対する執拗なまでの描写に比べると、いたいけな犠牲者に対する哀れさの感情の方が強く打ち出されているように思われる。

評価の変遷

このように、内容の独自性よりも衒学的で凝った表現を追求することは、現代では高い評価に結びつきにくい。また、前述したように、全体に冗長で散漫な印象も否めない。そのため、現代では評価が分かれている。

否定的な評価としては、Ogilvie が簡潔に三つの欠点を挙げている。まず、全体の統一性が欠けていること、第二に白銀時代の特徴である衒学的に過ぎることとグロテスクであること、第三に、作者の主張などの内容がないことである(1)。

しかしこのような否定的な評価に対しては、反論も多くなされている。統一性の欠如に対しては、各歌の内容や場面やモティーフの対応関係に注目するなどして、一見は散漫に思われるこの叙事詩に何らかの統一性や構成を見出そうとする研究も少なくない(2)。例えば、叙事詩の主題である「兄弟同士の争い」はエテオクレスとポリュニケスの間にあるだけでなく、同じモティーフを叙事詩全体に見出すことができる。ポリュニケスの義兄弟となるテュデウスもまた兄弟殺しの罪を負っていることが言及されている（一・四〇二、二・一一三）し、彼とポリュニケスが最初に出会った時には殴り合いの争いを行なっている（一・四〇一―四三〇）。神々の世界でも、ポリュニケスと同様に籤引きに敗れて地上の権力から閉め出された冥府の王ディスは、兄弟である天界の王ユピテルに戦いを挑まれたと思い込んで怒りを露わにする（八・三一―八三）。その他にも、凄惨な兄弟同士の争いであるアトレウスとテュエステスの神話（アトレウスは弟テュエステスにその息子の肉を食べさせた）への言及（一・三二五、二・一八四、四・三〇五―八）や、ダナウス（ダナオス）とアイギュプトゥ

(1) Ogilvie, R. M. (1st published 1980, reprinted 1991), *Roman Literature and Society*, pp. 233 ff.

(2) Dewar, M. (1991), *Statius Thebaid IX* (Oxford), p. XXIX.

スの神話（ダナウスは自分の五〇人の娘を双子の弟アイギュプトゥスの五〇人の息子に嫁がせて、新床で殺させた）への言及（二・二二二、四・一三二―五、五・一一七―九、六・二九〇―三）などがしばしばなされる。さらに、エテオクレス・ポリュニケス兄弟が死んだあと今度はクレオンとオエディプスが争い、前者が後者を祖国から追放しようとするが（一一・六六五―七〇六）、この二人もイオカスタを通じて義理の兄弟にあたる。このような対応関係は、他にも多く見ることができる。

また衒学的で凝った文体に関して Vessey は、Curtius が『ヨーロッパ文学とラテン中世』で述べた「マニリスムス（マニエリスム）」の概念を引用した上で、内容や全体の統一性よりも文体の巧みさに注目して肯定的な評価をしている。(1) Vessey が引用している Curtius による「マニリスムス（マニエリスム）」の説明とは次のようなものである。「マニリストは事柄を正常にではなく、異常なふうに言おうとする。マニリストは自然的なものより技巧的・作為的なものを選ぶ。マニリストはひとの不意をつき、唖然とさせ、眩惑させようとする」(2)。このような作風は、古典的な全盛期を過ぎた後の衰退期の特徴にすぎないと否定的に評価されることも多い。しかしスタティウスの作風には、良かれ悪しかれ技巧的で作為的で、そして眩惑的な面があることは否定できないであろう。実際、翻訳には十分に反映できなかったが、具体的な説明に乏しいが詩的イメージは豊富、という詩句は作品の随所に見られる。

これらの評価とはまた異なる注目すべき論文を発表したのが、Ahl である。(3) Ogilvie が「無内容で散漫」と断じたこの叙事詩の主題は、過去の（しかもローマにとっては他国の）神話ではなく、同時代のドミティアヌス帝に対する批判なのだと論じたのである。確かに、『アエネーイス』が古《いにしえ》の神話伝説を主題にしていながらも実際には「未来の予言」やさまざまな隠喩などで同時代のローマを表現しているように、『テーバイ物語』の「権力を巡る兄弟同士の争い」という主題が同時代の内乱を表現していると理解されるのは、決して不自然なことではないだろう。この時代のフラウィウス朝に至るまで、皇帝の座を巡ってローマでは血腥《ちなまぐさ》い政争が同胞の間で繰り広げられてきた。しかも時の皇帝ドミティアヌスは、スエトニウスの記述(「ティトゥス」九、「ドミティアヌス」二)によれば、実の兄ティトゥスの死期を早めて帝位に就《つ》いたと言われている。また『テーバイ物語』の中では王位に就いたエテオクレスが princeps と呼ばれている(一・一六九)が、これはスタティウスの時代には皇帝に使われる称号である。これらのことからも、第一歌一六―三三行における表面上の皇帝への阿諛追従にもかかわらず、この血で血を洗う家族内殺人の物語は、暗にローマの政権批判を行なっている作品だと考えることもできるだろう。

もちろん、父親の代からの職業詩人であるスタティウスが、時の最高権力者を批判するという危険を冒す必要が果たしてあるのだろうかという疑問は残る。しかし Ahl 以来、この『テーバイ物語』に何らかの隠れた意味があるのか否かなどの議論を含めて、スタティウスの作品全般に対する再評価の動きは活発に行なわ

(1) Vessey, D. W. T. C. (1973), *Statius and the Thebaid* (Cambridge), p. 9.

(2) クルツィウス、E・R(二〇二二)『ヨーロッパ文学とラテン中世(新装版)』南大路振一、岸本通夫、中村善也訳(みすず書房)、四〇八頁。

(3) Ahl, F. M. (1986), 'Statius' "Thebaid": A Reconsideration', *ANRW* 2. 32. 5, pp. 2803-2912.

れている。文体に関しても、単なる「マニエリスム」と見なすのではなく、何らかの積極的な意味合いがあるという議論も多くなされている。また、テーバエの戦いを主題にした悲劇などの先行作品や、『アエネーイス』など他の叙事詩との関連だけでなく、セネカやマルティアリスを初めとする同時代の作家との関連や、同時代の社会との関連などを踏まえての新しい研究は、近年になって非常に活発になっている。[1] このような多角的な視点からの再評価の動きは、今後さらにダイナミックに発展していくであろう。

翻訳について

前述したとおり衒学的な文体であるため、直訳は不可能と判断し、現代の日本人にとっての読みやすさを重視して、意訳に近いことも行なっている。特に固有名詞に関しては、原文の迂遠な表現を避けて簡潔で直接的な表現に改めた。なお、地名の「テーバエ」にはラテン語形を用いたが、本書の邦題は慣例に従い『テーバイ物語』とした点、お断わりしておく。

翻訳にあたっては、

Hall, J. B., Ritchie, A. L. and Edwards, M. J.（eds., trs.）（2007-08）, *P. Papinius Statius: Thebaid and Achilleid* I: Texts and Critical apparatus. II: Translations（Newcastle）.

を参考にしつつ、基本的には

Shackleton Bailey, D. R.（ed., tr.）（2003）, *Statius*, II: *Thebaid*, Books 1-7. III: *Thebaid*, Books 8-12, *Achilleid*（Cambridge,

MA).

に依拠している。他に

Mozley, J. H. (ed., tr.) (1928), *Statius* I: *Silvae, Thebaid* I-IV. II: *Thebaid* V-XII, *Achilleid* (London).

および

Melville, A. D. (tr.) (1995), *Statius: Thebaid* (Oxford).

Ross, C. S. (tr.) (2004), *Publius Papinius Statius: The Thebaid. Seven Against Thebes* (Baltimore).

Joyce, J. W. (tr.) (2007), *Statius, Thebaid: A Song of Thebes* (Ithaca, NY).

の英訳も随時参照した。

---

(1) Dominik, W. J., Newlands, C. E. and Gervais, K. (eds.) (2015), *Brill's Companion to Statius* (Leiden).

訳者略歴

山田哲子（やまだ　てつこ）

一九六三年　東京都生まれ

一九九一年　成城大学大学院文学研究科修了

二〇〇三年　東京大学大学院人文社会系研究科博士課程満期退学

主な論文

「『テーバイス』独自の特色――『アエネーイス』と比較して」（『西洋古典学研究』XLVIII所収、日本西洋古典学会）

「プテレラースの死とケンタウロスの比喩―― Statius, *Thebais* VII. 632-639」（大芝芳弘・小池登編『西洋古典学の明日へ――逸身喜一郎教授退職記念論文集』所収）

「Statius, *Thebais* 12. 536 oblique の意味と解釈」（「フィロロギカ――古典文献学のために」X所収、古典文献学研究会）

テーバイ物語《ものがたり》 1　西洋古典叢書　2024 第2回配本

二〇二四年九月二十五日　初版第一刷発行

訳者　山《やま》田《だ》哲《てつ》子《こ》

発行者　黒澤隆文

発行所　京都大学学術出版会

606-8315 京都市左京区吉田近衛町六九 京都大学吉田南構内

電話 〇七五-七六一-六一八二

FAX 〇七五-七六一-六一九〇

http://www.kyoto-up.or.jp/

印刷／製本・亜細亜印刷株式会社

ISBN978-4-8140-0545-1

定価はカバーに表示してあります

プラウトゥス／テレンティウス　ローマ喜劇集（全5冊・完結）
1　木村健治・宮城徳也・五之治昌比呂・小川正廣・竹中康雄訳　4500円
2　山下太郎・岩谷　智・小川正廣・五之治昌比呂・岩崎　務訳　4200円
3　木村健治・岩谷　智・竹中康雄・山沢孝至訳　4700円
4　高橋宏幸・小林　標・上村健二・宮城徳也・藤谷道夫訳　4700円
5　木村健治・城江良和・谷栄一郎・高橋宏幸・上村健二・山下太郎訳　4900円
ボエティウス　哲学のなぐさめ　松崎一平訳　3600円
リウィウス　ローマ建国以来の歴史（全14冊）
1　岩谷　智訳　3100円
2　岩谷　智訳　4000円
3　毛利　晶訳　3100円
4　毛利　晶訳　3400円
5　安井　萠訳　2900円
6　安井　萠訳　3500円
9　吉村忠典・小池和子訳　3100円

3　食客　丹下和彦訳　3400円
4　偽預言者アレクサンドロス　内田次信・戸高和弘・渡辺浩司訳　3500円
6　ペレグリノスの最期　内田次信・戸高和弘訳　3900円
8　遊女たちの対話　内田次信・西井　奨訳　3300円
ロンギノス／ディオニュシオス　古代文芸論集　木曽明子・戸高和弘訳　4600円
ギリシア詞華集（全4冊・完結）
1　沓掛良彦訳　4700円
2　沓掛良彦訳　4700円
3　沓掛良彦訳　5500円
4　沓掛良彦訳　4900円
ホメロス外典／叙事詩逸文集　中務哲郎訳　4200円

【ローマ古典篇】
アウルス・ゲッリウス　アッティカの夜（全2冊）
1　大西英文訳　4000円
アンミアヌス・マルケリヌス　ローマ帝政の歴史（全3冊）
1　山沢孝至訳　3800円
ウェルギリウス　アエネーイス　岡　道男・高橋宏幸訳　4900円
ウェルギリウス　牧歌／農耕詩　小川正廣訳　2800円
ウェレイユス・パテルクルス　ローマ世界の歴史　西田卓生・高橋宏幸訳　2800円
オウィディウス　悲しみの歌／黒海からの手紙　木村健治訳　3800円
オウィディウス　恋の技術／恋の病の治療／女の化粧法　木村健治訳　2900円
オウィディウス　変身物語（全2冊・完結）
1　高橋宏幸訳　3900円
2　高橋宏幸訳　3700円
カルキディウス　プラトン『ティマイオス』註解　土屋睦廣訳　4500円
クインティリアヌス　弁論家の教育（全5冊）
1　森谷宇一・戸高和弘・渡辺浩司・伊達立晶訳　2800円
2　森谷宇一・戸高和弘・渡辺浩司・伊達立晶訳　3500円
3　森谷宇一・戸高和弘・吉田俊一郎訳　3500円
4　森谷宇一・戸高和弘・伊達立晶・吉田俊一郎訳　3400円
クルティウス・ルフス　アレクサンドロス大王伝　谷栄一郎・上村健二訳　4200円
サルスティウス　カティリナ戦記／ユグルタ戦記　小川正廣訳　2800円
シーリウス・イタリクス　ポエニー戦争の歌（全2冊・完結）
1　高橋宏幸訳　4000円
2　高橋宏幸訳　4000円
スパルティアヌス他　ローマ皇帝群像（全4冊・完結）
1　南川高志訳　3000円
2　桑山由文・井上文則・南川高志訳　3400円
3　桑山由文・井上文則訳　3500円
4　井上文則訳　3700円
セネカ　悲劇集（全2冊・完結）
1　小川正廣・高橋宏幸・大西英文・小林　標訳　3800円
2　岩崎　務・大西英文・宮城徳也・竹中康雄・木村健治訳　4000円
トログス／ユスティヌス抄録　地中海世界史　合阪　學訳　4000円
ヒュギヌス　神話伝説集　五之治昌比呂訳　4200円

1　秦　剛平訳　3700円
ピンダロス　祝勝歌集／断片選　内田次信訳　4400円
フィロン　フラックスへの反論／ガイウスへの使節　秦　剛平訳　3200円
プラトン　エウテュデモス／クレイトポン　朴　一功訳　2800円
プラトン　エウテュプロン／ソクラテスの弁明／クリトン　朴　一功・西尾浩二訳　3000円
プラトン　饗宴／パイドン　朴　一功訳　4300円
プラトン　パイドロス　脇條靖弘訳　3100円
プラトン　ピレボス　山田道夫訳　3200円
プルタルコス　英雄伝（全6冊・完結）
1　柳沼重剛訳　3900円
2　柳沼重剛訳　3800円
3　柳沼重剛訳　3900円
4　城江良和訳　4600円
5　城江良和訳　5000円
6　城江良和訳　5000円
プルタルコス　モラリア（全14冊・完結）
1　瀬口昌久訳　3400円
2　瀬口昌久訳　3300円
3　松本仁助訳　3700円
4　伊藤照夫訳　3700円
5　丸橋　裕訳　3700円
6　戸塚七郎訳　3400円
7　田中龍山訳　3700円
8　松本仁助訳　4200円
9　伊藤照夫訳　3400円
10　伊藤照夫訳　2800円
11　三浦　要訳　2800円
12　三浦　要・中村　健・和田利博訳　3600円
13　戸塚七郎訳　3400円
14　戸塚七郎訳　3000円
プルタルコス／ヘラクレイトス　古代ホメロス論集　内田次信訳　3800円
プロコピオス　秘史　和田　廣訳　3400円
ヘシオドス　全作品　中務哲郎訳　4600円
ホメロス　オデュッセイア　中務哲郎訳　4900円
ポリュビオス　歴史（全4冊・完結）
1　城江良和訳　3700円
2　城江良和訳　3900円
3　城江良和訳　4700円
4　城江良和訳　4300円
ポルピュリオス　ピタゴラス伝／マルケラへの手紙／ガウロス宛書簡　山田道夫訳　2800円
マルクス・アウレリウス　自省録　水地宗明訳　3200円
リバニオス　書簡集（全3冊）
1　田中　創訳　5000円
2　田中　創訳　5000円
リュシアス　弁論集　細井敦子・桜井万里子・安部素子訳　4200円
ルキアノス　全集（全8冊）

1　内山勝利・木原志乃訳　3200 円
クイントス・スミュルナイオス　ホメロス後日譚　北見紀子訳　4900 円
クセノポン　キュロスの教育　松本仁助訳　3600 円
クセノポン　ギリシア史（全 2 冊・完結）
1　根本英世訳　2800 円
2　根本英世訳　3000 円
クセノポン　小品集　松本仁助訳　3200 円
クセノポン　ソクラテス言行録（全 2 冊・完結）
1　内山勝利訳　3200 円
2　内山勝利訳　3000 円
クテシアス　ペルシア史／インド誌　阿部拓児訳　3600 円
セクストス・エンペイリコス　学者たちへの論駁（全 3 冊・完結）
1　金山弥平・金山万里子訳　3600 円
2　金山弥平・金山万里子訳　4400 円
3　金山弥平・金山万里子訳　4600 円
セクストス・エンペイリコス　ピュロン主義哲学の概要　金山弥平・金山万里子訳　3800 円
ゼノン／クリュシッポス他　初期ストア派断片集（全 5 冊・完結）
1　中川純男訳　3600 円
2　水落健治・山口義久訳　4800 円
3　山口義久訳　4200 円
4　中川純男・山口義久訳　3500 円
5　中川純男・山口義久訳　3500 円
ディオニュシオス／デメトリオス　修辞学論集　木曽明子・戸高和弘・渡辺浩司訳　4600 円
ディオン・クリュソストモス　弁論集（全 6 冊）
1　王政論　内田次信訳　3200 円
2　トロイア陥落せず　内田次信訳　3300 円
テオグニス他　エレゲイア詩集　西村賀子訳　3800 円
テオクリトス　牧歌　古澤ゆう子訳　3000 円
テオプラストス　植物誌（全 3 冊）
1　小川洋子訳　4700 円
2　小川洋子訳　5000 円
デモステネス　弁論集（全 7 冊・完結）
1　加来彰俊・北嶋美雪・杉山晃太郎・田中美知太郎・北野雅弘訳　5000 円
2　木曽明子訳　4500 円
3　北嶋美雪・木曽明子・杉山晃太郎訳　3600 円
4　木曽明子・杉山晃太郎訳　3600 円
5　杉山晃太郎・木曽明子・葛西康徳・北野雅弘・吉武純夫訳・解説　5000 円
6　佐藤　昇・木曽明子・吉武純夫・平田松吾・半田勝彦訳　5200 円
7　栗原麻子・吉武純夫・木曽明子訳　3900 円
トゥキュディデス　歴史（全 2 冊・完結）
1　藤縄謙三訳　4200 円
2　城江良和訳　4400 円
パウサニアス　ギリシア案内記（全 5 冊）
2　周藤芳幸訳　3500 円
ピロストラトス／エウナピオス　哲学者・ソフィスト列伝　戸塚七郎・金子佳司訳　3700 円
ピロストラトス　テュアナのアポロニオス伝（全 2 冊）